La Bête du Gévaudan

François Fabre

La Bête du Gévaudan

édition complétée par Jean Richard

Cette édition de *La Bête du Gévaudan*
est publiée par Succès du Livre Éditions
avec l'aimable autorisation des Éditions De Borée

ISBN 13 : 9782738223586

FRANÇOIS FABRE ET LA BETE DU GEVAUDAN

L'homme

L'abbé François Fabre est né à Saugues en 1854 de parents aubergistes. Il fréquente d'abord l'école des frères fondée par saint Bénilde, natif de Thuret (Puy-de-Dôme), puis le petit séminaire de la Chartreuse du Puy. Au grand séminaire du Puy, sa santé fragile l'oblige à faire de longs séjours de repos dans sa famille à Saugues et il n'est ordonné prêtre qu'à l'âge de 29 ans. Nommé tout d'abord vicaire à Montfaucon, il accepte une chapellenie-préceptorat au château de Croptes (Puy-de-Dôme) au service du comte de Roquefeuil. Vers 1905, il revient à Saugues. Sa sœur cadette, Zulma, ayant épousé un gendarme, part s'installer à Excideuil (Dordogne). Il y vivra également jusqu'en 1914. La guerre le ramène à Saugues où il y restera jusqu'à sa mort, le 7 mai 1932. Il avait 78 ans.

L'historien

Très tôt, il s'adonne à la lecture. Il lit tout ce qu'il peut trouver à Saugues, notamment les nombreux manuscrits des archives de la Collégiale Saint-Médard de Saugues, mais aussi celles de l'hôpital Saint-Jacques et de la municipalité. Dès l'âge de 28 ans, il commence à publier des articles dans *La Semaine religieuse du Puy*. Ainsi, de 1895 à 1905, il publie à compte d'auteur le plus souvent, une série d'ouvrages historiques sur la région de Saugues. Les *Notes historiques sur Saugues* et *Saugues pendant la révolution* en sont les plus importants. Il publiera aussi de petites monographies sur les paroisses voisines (Venteuges, Cubelles, Saint-Préjet) ou sur les seigneuries de la région (Servières, Meyronne, Les Salettes, La Fagette). Passionné de photo, il nous a laissé de nombreux clichés sur la région.

Il s'intéresse à tout et collectionne les insectes, empaille animaux et oiseaux. Il publie aussi des articles sur les moules perlières de la Virlange, sur le bouleau nain, sur une hache polie. Ses collections et ses documents sont exposés dans une salle du Diorama Saint-Bénilde.

La bête du Gévaudan

François Fabre y a consacré tout un chapitre dans les *Notes historiques sur Saugues* et en parle aussi dans *Servières* ou *Venteuges*. Avant 1900, la bête ne fait que peu parler d'elle. Des érudits et archivistes lozériens publient quelques documents des archives de Mende. Puis, en 1889, l'abbé Pourcher édite le premier ouvrage historique sur celle-ci. Pour l'écrire, il a compulsé les Archives de Mende, de Montpellier et s'est même rendu à Paris, à la Bibliothèque Nationale. Il publie in extenso les documents trouvés.

Plus tard, aux Archives de Clermont, François Fabre découvre toute une série de documents qui ont échappé à l'abbé Pourcher. Il est alors le premier à les publier, en 1901, dans *La Bête du Gévaudan en Auvergne*. En Auvergne !

Il va ainsi compléter la documentation relative à la bête, notamment sur la période des chasses d'Antoine et sur le rôle joué par Ballinvillers, intendant d'Auvergne. Ce livre est donc un complément très précieux de celui de Pourcher.

L'ouvrage étant rapidement épuisé, François Fabre est alors sollicité par André Mellerio pour le rééditer chez Floury, un éditeur parisien, qui en fait une édition de luxe avec reproductions en couleurs. François Fabre accepte cette réédition en changeant très peu de choses de son texte initial. Il ajoute cependant un dernier chapitre pour réfuter l'hypothèse émise par le docteur Puech selon laquelle la Bête ne serait qu'un fou sadique. Mellerio ajoute une bibliographie et une notice iconographique d'une trentaine de pages sur ce qu'il a lui-même découvert sur la Bête. Celles-ci sont encore aujourd'hui les références en la matière. Mais depuis, la Bête a fait couler beaucoup d'encre et il a semblé opportun de compléter cette édition avec ce qui a été publié ou découvert depuis la parution de cet ouvrage tiré seulement à 500 exemplaires et devenu très rare à l'heure actuelle.

Qui mieux que Jean Richard, lui aussi saugain, passionné d'histoire locale et par celle de la Bête, aurait pu pour compléter l'ouvrage de Fabre ?

Depuis plus de 30 ans, il collectionne tout ce qu'il trouve, il répertorie et classe tous les documents historiques et les écrits sur la Bête (plus de 1 000 références). Il a été le conseiller historique du Musée de la Bête à Saugues, créé par son ami Lucien Gires. Il est aujourd'hui le président de l'association MACBET (Musée, activités culturelles Bête du Gévaudan) après avoir été pendant de nombreuses années, le secrétaire des « Amis de la Tour ». Au fil du temps, il est devenu un personnage incontournable pour tout ce qui concerne la Bête du Gévaudan et surtout un des mieux documentés. Etudiants, chercheurs, journalistes, simples curieux viennent le rencontrer dans son « antre » de La Vachellerie. Il est incollable et intarissable.

Une curieuse facette de cette histoire

L'abbé Fabre écrivait à son cousin et ami Adrien Espeisse, émigré à Paris, dans une lettre du 9 juillet 1930 : « *J'ai celé mon état social pour ne pas heurter des préventions intransigeantes et laisser plus de liberté aux opinions qui voudront se manifester* ». C'est, en effet, le seul de ses livres où il n'indique pas, dans le titre, sa condition de prêtre : abbé François Fabre. Et 70 ans après, c'est un autre saugain comme lui, mais celui-là plutôt « *higanaou* », qui complète son livre. Mais tous les deux sont, avant tout, des saugains, solidement enracinés dans ce petit pays. Et ils sont nombreux à Saugues ou aux alentours. Ils se retrouvent au sein de l'association « Les Amis de la Tour » qui œuvre pour la sauvegarde et la vulgarisation du passé historique et du patrimoine de ce coin de province qui serait bien oublié, si, il y a plus de 200 ans, une bête n'y avait semé terreur et désolation.

Laissons conclure l'abbé Fabre lui-même qui, dans cette lettre du 9 juillet 1930 à Adrien Espeisse, ajoutait :

« *Voilà la Bête partie ! Elle va en faire des ravages... dans les bourses. Oh ! Pas à Saugues, mais dans les milieux plus intellectuels, et plus riches aussi. Il est à croire que l'éditeur n'aura pas de déboires à son sujet et qu'elle mettra à se laisser vendre moins de mauvaise grâce qu'elle n'en mettait à se laisser tuer* ».

Je suis prêt à parier que c'est à Saugues, cette fois-ci qu'elle fera le plus de ravages... dans les bourses.

Marcel ASTRUC
Président de l'association des « Amis de la Tour »

FRANÇOIS FABRE

LA BÊTE

DU

GÉVAUDAN

PARIS

LIBRAIRIE FLOURY

136, BOULEVARD SAINT-GERMAIN, 136

1930

ARDES
BLESLE
BRIOUDE
Vielle Brioude
MASSIAC
ALLANCHE
MURAT
S.T FLOUR
LANGEAC
PAULHAGUET
SAUGUES
MALZIEU
S.T CHELY
S.T ALBAN
AUMONT
MARUEJOLS
CHIRAC
MENDE
LA CANOURGUE
S.T ENIMIE
Serverette
Chateauneuf
Grandrieu

PRÉFACE

La Bête du Gévaudan, un peu dans tous les milieux, est généralement regardée comme un mythe fabuleux, et son histoire comme une légende fantastique, capable, tout au plus, d'intéresser les petits enfants.

L'égide mystérieuse qui semblait la protéger contre les balles, cette facilité qu'elle avait de se dérober aux battues, ces nombreux méfaits commis en si peu de temps, en des lieux éloignés l'un de l'autre, la terreur superstitieuse qui l'environnait, et les descriptions fantaisistes qui se répétaient et s'imprimaient, avaient fait d'elle un monstre extraordinaire dont les traditions, à travers les années écoulées, ont dénaturé davantage encore la personnalité.

D'autre part, le roman et le drame s'en sont emparés et lui ont donné un caractère d'invraisemblance difficile à faire disparaître.

Pourtant, hélas! aucune réalité ne fut plus vivante et plus tristement constatée! Les registres des paroisses, les correspondances diverses, les documents les plus authentiques attestent, de la manière la plus irréfragable, la vérité de son existence.

N'y avait-il qu'une seule Bête; ou faut-il croire à la pluralité d'animaux malfaisants qui firent à cette période une sinistre illustration?

Nous ne préjugeons en rien la question : au lecteur de se prononcer après avoir parcouru ces courtes pages, s'il les juge dignes de quelque intérêt.

Nous remercions cordialement les personnes qui nous ont donné en communication des documents ou des gravures et dont les noms sont cités en leur lieu, et, plus particulièrement M. André Mellerio, pour le concours précieux que nous a donné sa compétence dans l'iconographie des gravures, par quoi est illustré ce petit volume.

François Fabre.

CHAPITRE PREMIER

PREMIÈRES APPARITIONS DE LA BÊTE

Une douloureuse nouvelle s'était répandue sur les confins de Gévaudan et de Vivarais : on racontait que « le 3 juillet 1764, au village des Habats, paroisse de Saint-Étienne-de-Lugdarès, en Vivarais, une jeune fille de quatorze ans venait d'être soudainement dévorée[1].

Le 8 du mois suivant, une autre fille âgée de quinze ans, du Masmejean, paroisse de Puy-Laurent, en Gévaudan, devenait également la proie d'une Bête inconnue[2].

Les populations de ces villages étaient dans un émoi bien justifié qui gagna les paroisses avoisinantes. Et quelle ne fut pas la surprise et la terreur de chacun, lorsqu'on apprit qu'à la fin de ce même mois d'août, un enfant de quinze ans, au village de Chayla-l'Évêque, paroisse de Chaudeyrac[3], en Gévaudan, venait de trouver la mort dans ces mêmes conditions !

Qu'était donc cette Bête cruelle, assez osée pour se jeter sur des créatures humaines et comment pourrait-on arrêter ses ravages ?

Ce qu'elle était, on ne le savait point exactement : elle avait, quoique plus agile et plus forte, la forme et les apparences d'un de ces loups féroces que l'on rencontrait fréquemment alors, dans ce pays de montagnes. Et pour la détruire, l'on n'avait

1, 2 et 3. Archiv. de Montpellier. C. 44. Pourcher, *La bête du Gévaudan*, p. 32 et suivantes.

d'autres ressources que de faire des battues et lui donner une chasse acharnée.

Aussi les hommes se levèrent, les seigneurs à leur tête; mais, soit inexpérience, soit faute d'union et d'entente, ces premiers essais n'eurent aucun succès.

Et la Bête, que ces poursuites ne semblaient troubler aucunement, continua d'attaquer et de dévorer à belles dents ce qu'elle put rencontrer d'enfants à sa portée.

Au commencement de septembre, elle fit sa proie d'un autre enfant au lieu des Pradels, en cette même paroisse de Chaudeyrac. Le 6 septembre, à sept heures du soir, elle dévorait, au village d'Estrets, paroisse d'Arzenc, une femme de trente-six ans, et le 16, à six heures du soir, un garçon des Choisinets, paroisse de Saint-Flour de Mercoire, en Gévaudan[1].

Qu'allait-on devenir, si l'on ne réussissait pas à délivrer la terre de ce monstre féroce, qui, cantonné dans les environs de Langogne, rayonnait aux alentours, choisissant l'heure et l'endroit propices pour attaquer impunément ses victimes?

Le syndic de Mende, M. Lafont, recevait les plaintes de ces pauvres gens, exposés journellement à une mort calamiteuse. Les chasses privées étaient insuffisantes; fallait-il abandonner ces populations? Le cas était d'autant plus urgent qu'une nouvelle victime, la septième en trois mois, une jeune fille de douze à treize ans, venait d'être dévorée au village des Thorts, paroisse de Rocles.

M. de Moncan, gouverneur militaire de la province de Languedoc, informé de la situation, avait déjà envoyé l'ordre à M. Duhamel, capitaine aide-major des volontaires de Clermont, d'aller donner la chasse à cet animal, avec un détachement de quarante dragons à pied et dix-sept montés, et de prendre ses cantonnements à Langogne. Cet officier, avec ses hommes, s'était mis à la tête des chasseurs, et par là avait apporté le bon ordre et la discipline dans leurs rangs, ainsi qu'une régularité bien nécessaire dans les opérations.

Le 21 septembre, un gros loup avait été tué dans la paroisse de Luc, mais ce n'était pas encore la Bête poursuivie.

1. *Ibid.*

FIGURE
DE LA BÊTE
FAROUCHE

ET EXTRAORDINAIRE, QUI DÉVORE LES FILLES Dans la Province de Gévaudan, & qui s'échappe avec tant de vitesse, qu'en très-peu de tems on la voit à deux ou trois lieues de distance, & qu'on ne peut l'attraper ni la tuer.

EXPLICATION

ON écrit de Marvejols, dans la Province de Gevaudan, par une Lettre en date du premier Novembre mil sept cent soixante-quatre; que depuis deux mois il paroît aux environs de Langogne, & de la Forêt de Mercoire une Bête farouche qui répand la consternation dans toutes les Campagnes. Elle a déja dévoré une vingtaine de Personnes sur-tout des Enfans & particuliérement des Filles. Il n'y a guére de jours qui ne soient marqués par quelques nouveaux désastres. La frayeur qu'elle inspire empêche les Bucherons d'aller dans les Forêts, ce qui rend le bois fort rare & fort cher.

Ce n'est que depuis huit jours qu'on a pu parvenir à voir de près cet Animal redoutable. Il est beaucoup plus haut qu'un Loup : il est bas du devant, & ses pattes sont armées de griffes. Il a le poil rougeâtre ; la tête fort grosse, longue, & finissant en museau de Lévrier ; les oreilles petites, droites comme des cornes ; le poitrail large & un [illegible] ; le dos [illegible] une gueule énorme ; armée de dents si tranchantes, qu'il a séparé plusieurs têtes du corps, comme pourroit le faire un razoir. Il a le pas assez lent, & il court en bondissant. Il est d'une agilité & d'une vitesse extrêmes : dans un intervalle de tems fort court on le voit à deux ou trois lieues de distance. Il se dresse sur ses pieds de derriere, & s'élance sur sa proie, qu'il attaque toujours au cou, par derriere, ou par le côté. Il craint les Bœufs, qui le mettent en fuite. L'allarme est universelle dans ce Canton ; on vient de faire des Priéres publiques ; on a rassemblé quatre cens Paysans pour donner la chasse à cet Animal féroce, mais on n'a pu encore l'atteindre.

Vû par moi Censeur pour la Police.
Vû l'Approbation, permis d'Imprimer à la charge d'enregistrement à la Chambre Syndicale. Ce 22 Novembre 1764.
DE SARTINE.

Registré sur le Régistre N°. 16. de la Communauté des Libraires & Imprimeurs, page 197.

Se vend AUX ASSOCIÉS. Chez F. G. DESCHAMPS, Libraire, rue Saint-Jacques.

Celle-ci, plus agile que les chevaux qui couraient après elle, plus rusée que les batteurs qui la traquaient et que les chasseurs qui la tiraient, bravait tous les efforts et se dérobait aux coups avec une incroyable facilité.

Toutefois, ces chasses journalières finirent par la déloger des environs de Langogne, et, au commencement d'octobre, elle vint établir son repaire dans les bois de Saint-Alban, du Malzieu et de Saint-Chély.

Là, elle ne tarda pas à signaler sa présence par de nouveaux méfaits. Le 7 octobre, elle dévorait, au lieu d'Apchier, une fille de vingt ans. Le lendemain, elle attaquait, au Pouget, paroisse de la Fage, un jeune homme de quinze ans, à qui elle écorchait une partie de la tête, puis elle dévorait une fille de douze à treize ans à Contrandès, paroisse de Sainte-Colombe, et enfin une autre de vingt ans, à Grazeires, paroisse de Saint-Alban.

De nouvelles chasses furent faites de ce côté, commandées par le sieur Mercier, dont on lit le récit dans des relations envoyées à M. Lafont par M. de Morangiès. La Bête semblait invulnérable : elle fut tirée, elle fut même atteinte, on la vit tomber et se relever pour s'enfuir au loin, — les chasseurs voient des choses si extraordinaires ! — on la crut morte. Mais point; le lendemain elle dévorait de nouvelles victimes.

Le récit de ces carnages multipliés, de ces chasses infructueuses quoique vivement mouvementées, avait fait son chemin, et de ville en ville s'était répandu dans tout le royaume. Il n'était bruit que de ce monstre, et c'est de lui que les gazettes s'occupaient continuellement. A Paris, l'on ne désignait plus le Gévaudan que sous le nom de « Pays de la Bête ». On exagérait le nombre de ses méfaits, et l'on racontait sur ses ruses et son agilité des choses extraordinaires qui défiaient toute vraisemblance.

Cette Bête avait à peine été vaguement aperçue, l'on n'avait sur elle que d'imparfaites indications, et déjà les feuilles publiques la décrivaient, les gravures la représentaient, il faut voir avec quelle exactitude, telle l'estampe ci-contre qui courait le pays.

Le syndic de Mende avait défendu d'envoyer les femmes ou les enfants isolés aux pâturages, et les hommes eux-mêmes n'osaient plus sortir sans être armés d'un lourd bâton, d'une fourche ou d'une hache, surtout lorsqu'ils allaient faire leurs labours à proximité des bois.

Oh! ces longues inquiétudes, ces angoisses pénibles qui torturaient les pauvres mères lorsque leurs enfants étaient aux pâturages! Car il fallait bien de toute nécessité y conduire le bétail, les hommes étant occupés aux travaux des champs.

On résolut de concentrer tous les efforts sur Saint-Chély et le Malzieu. Au commencement de novembre, M. Duhamel avait reçu l'ordre de quitter Langogne et était venu, le 5, s'installer chez Grassal, aubergiste à Saint-Chély.

La Bête n'avait qu'à bien se tenir. On comptait la déloger comme l'on avait fait à Langogne; bien mieux, on comptait la tuer, grâce à l'expérience que l'on avait maintenant de ses habitudes et de la manière dont elle procédait. Aussi les populations se reprirent à l'espérance et firent bon accueil aux nouveaux arrivants.

Comme ces poursuites étaient pénibles pour les hommes et pour les chevaux, M. Duhamel fit augmenter la solde de ses troupes, afin de les mettre à même de soutenir plus vigoureusement les fatigues inséparables de la besogne à laquelle il allait les employer.

Les chasses furent reprises avec une certaine régularité. M. Duhamel se proposait de se lancer aux poursuites, de deux jours l'un, et un ordre régulier de battues fut publié qui devait être ponctuellement exécuté.

Il écrivait à M. Lafont : « Il est bien constaté qu'il y a deux de ces animaux, plusieurs rapports le confirment. L'on dit même qu'ils sont presque toujours ensemble[1]. »

La Bête, ainsi traquée du côté de Saint-Chély, se jeta « dans l'Auvergne, dans cette partie de la province qui est entre Chaudesaigues et Saint-Flour. Elle fondit sur un troupeau de bêtes à laine, en un pâturage de la paroisse de Chauchailles. Une femme qui gardait ce troupeau voulut lui arracher un mouton qu'elle avait saisi. La Bête se lança sur elle et la blessa à la lèvre inférieure et dans quelques autres parties du visage et de la tête.

1. Pourcher, p. 77.

Ses blessures n'ont point eu de mauvaises suites. La chose me fut rapportée le jour que M. Duhamel passa par ici[1]. »

Déjà même, le gouverneur de Languedoc avait cru devoir en référer à l'Intendant d'Auvergne :

« *A Montpellier, le 25 novembre 1764.*

« Vous êtes sûrement informé, M..., de tous les ravages qu'a causés et que cause encore un monstre qui rôde depuis environ quatre mois dans le Vivarais et le Gévaudan. Cette Bête féroce est actuellement dans les bois aux environs de Saint-Chély, à trois lieues de l'Auvergne. J'ai chargé M. Duhamel, capitaine aide-major des volontaires de Clermont, de lui donner la chasse avec un détachement de quarante dragons à pied et dix-sept montés, tous hommes choisis et bontireurs et j'ai autorisé cet officier qui est un homme prudent et rempli de zèle de se servir des habitans pour faire des batües. On a vu cet animal et on lui a même tiré quatre coups de fusil à dix pas de distance sans avoir pu l'arrêter, et il a depuis dévoré plusieurs personnes. Comme il pourrait bien se jeter sur votre province dont il est à portée, j'ai cru devoir donner des ordres à M. Duhamel de l'y poursuivre s'agissant du bien public que vous aimés et que je suis persuadé que vous procurés autant que moi, c'est ce qui me fait espérer que vous voudrés bien ne point désapprouver ce parti; j'ai même la confiance de croire que vous aurés la bonté, monsieur, de favoriser cette expédition en chargeant messieurs vos subdélégués et les maires et consuls des villes et lieux de votre généralité de donner à M. Duhamel toutes les facilités et les secours dont il pourra avoir besoin pour détruire ce monstre, si les chasses qu'on lui donne le font passer en Auvergne, et pour procurer les logements et les vivres et fourrages nécessaires à son détachement, en payant de gré à gré, je ferai part demain à la Cour de ce que j'ai l'honneur de vous marquer.

« J'ai celui d'être, avec un sincère et respectueux attachement, monsieur, votre dévoué et très obéissant serviteur.

« *Signé*, MONCAN[2]. »

1. Lettre de Lafont. *Ibid.* p. 82-83.

2. Archives du Puy-de-Dôme. C. 1731. Doc. inédit.

CHAPITRE II

LETTRES D'AUVERGNE

Il fut fait ainsi que le désirait M. de Moncan. L'Intendant d'Auvergne donna des ordres aux subdélégués qui les transmirent aux consuls, et tout fut ordonné et disposé pour que les battues fussent exécutées dans toutes les règles et que les dragons reçussent pour eux comme pour leurs bêtes ce qui était nécessaire dans ces journées mouvementées.

Le zèle des chasseurs était, en outre de la satisfaction bien légitime de délivrer son pays, stimulé par l'appât d'une gratification de deux mille livres que le 18 novembre, les États de Languedoc, sur la proposition de l'archevêque de Narbonne, promettaient à celui qui tuerait la Bête et qui en justifierait d'une manière non équivoque, tandis que les syndics de Gévaudan et de Vivarais avaient déjà promis, chacun de leur côté, une récompense de deux cents livres.

M. Duhamel se mit en relation directe avec l'Intendant d'Auvergne.

« Sur les représentations que j'ai eu l'honneur de faire à M. le comte de Moncan, commandeur de la province de Languedoc, touchant ce que j'aurois à faire, si, vu la proximité de l'Auvergne, la Bête féroce que je suis chargé de détruire y passoit, je viens de recevoir à l'instant des ordres pour y suivre ledit animal. M. le comte de Moncan me mande, M., qu'il a eu l'honneur de vous écrire à ce sujet pour vous prier de vouloir bien faire donner des ordres en conséquence pour que MM. les maires et consuls soient prévenus de mon arrivée, si j'étois relativement à ma commission obligé de m'y transporter avec mon détachement.

« Comme je n'ai rien tant à cœur que de tâcher de parvenir à détruire un monstre dont le publique souffre journellement, je vous supplierois, M., de vouloir bien faire ordonner à tous les maires et consuls de la généralité d'Auvergne, qu'ils ayent à m'informer sur-le-champ si le hazard faisoit qu'on y aperçut cette cruelle Bête, ayant l'attention d'employer pour cela des exprès sûrs et de ne donner que des nouvelles bien positives à cet égard, en me les adressant à Saint-Chély; comme la prière que j'ai l'honneur de vous faire a pour objet le bien publique, je me flatte que vous voudrez bien l'approuver.....

« A Saint-Chély, le 14 décembre 1764.

« *Signé*, DUHAMEL[1]. »

Ces mesures prises n'étaient point inutiles.

Au lendemain même de ce jour, l'on comptait une nouvelle victime. Aussitôt les consuls de Saint-Flour avertirent l'Intendant d'Auvergne de l'événement arrivé :

« Mgr... En exécution des ordres portés par l'honneur de votre lettre nous nous hattons de vous donner avis que la bette féroce est à deux lieues de cette ville et qu'elle dévora le quinze du courant à dix heures du matin auprès du village de Sistrières et aux environs des bois de Mgr de la Tour près la montagne de la Margheride, une fille âgée de quarante cinq ans, appelée Catherine Chastang, du lieu de la Fage, paroisse de Védrines-Saint-Loup. La tette de cette fille fut trouvée à cent pas du corps et le corps ettoit dévoré en partie. Cette malheureuse fut surprise par cet animal en gardant ses bestiaux. Depuis ce triste événement ce monstre n'a pas été veu de personne, et les habitants ont fait une chasse qui n'a rien produit.

1. Archiv. du Puy-de-Dôme. C. 1731. Doc. inédit.

« Si M. Duhamel se décide à poursuivre cet animal nous croyons devoir prévenir votre Grandeur qu'il sera très-difficile de loger la troupe et cet officier dans un pays isolé et dépourvu de tout et sujet à de grands froids qui empêcheront cet officier de pouvoir faire manœuvrer sa troupe. Il y a au contraire dans les environs, des particuliers en ettat de conduire cette chasse de les même favoriser s'ils avoient des ordres pour pouvoir contraindre les habitants des villages voisins parmi lesquels il y a de très-bons tireurs. Si votre Grandeur trouve à propos de nous procurer quelque chose à cet égard, nous remplirons ses ordres avec empressement, nous donnerons connaissance de ces derniers événements à M. Duhamel, et nous n'en aprenons la confirmation et le détail que dans le moment par le curé du lieu.

« *Signé*, VIGIER, 1er consul. COMBES, 2e consul[1]. »

Ces consuls connaissaient probablement la fable de la Fontaine, « Le Jardinier et le Grand Seigneur », ou, s'ils ne l'avaient point lue, le bon sens de l'homme pratique qu'est l'Auvergnat de Saint-Flour, leur faisait prévoir que les dragons et leurs chevaux par le surcroît de dépenses et les dégâts inévitables qui résulteraient de leur présence, occasionneraient plus de torts au pays que ne pourraient en faire plusieurs Bêtes à la fois, et qu'en somme ils trouveraient chez eux, pour se défendre, assez de bonnes volontés, assez de fusils et assez de bras pour les porter.

Les événements, comme on le verra par la suite des faits, devaient leur donner raison.

M. Duhamel, averti de la présence de la Bête, était venu sans tarder se mettre à sa poursuite. Il raconte lui-même la chasse faite et les incidents qui la marquèrent :

« *A Saint-Chély, ce 24 Déc. 1764.*

« M. J'ai trouvé ici, à mon retour de la chasse que je viens de faire, la lettre que vous m'avez fait l'honneur de m'écrire. La bête féroce est bien à présent aux environs d'ici, car le 20 de ce mois elle a dévoré une fille à deux lieues d'ici : cette malheu-

1. Archives du Puy-de-Dôme. C. 1731. Doc. inédit.

La Bête du Gevaudan
en 1764

reuse pressée par un besoin étoit sortie et avoit passé dans son jardin qui tient à sa maison. Cette bête qui vraisemblablement étoit embusquée aux environs luy sauta dessus, luy arracha le col des épaules et luy emporta la tête. Le curé de cette paroisse ne m'instruisit de cet événement que le 21 à mydy. J'y envoyai sur le champ un maréchal-de-logis avec douze dragons à pied avec ordre de garder à vue le cadavre et d'y passer la nuit

LA BÊTE DU GÉVAUDAN, D'APRÈS UN BOIS.

embusqué avec sa troupe et d'y attendre mon arrivée. Le lendemain, à la pointe du jour, je partis d'ici avec le reste de mon détachement, je me portai d'abord dans les forêts de la Baume à cinq lieues d'ici, où j'espérois trouver cette Bête. Les parroisses que j'avais fait commander la veille se trouvèrent bien exactement aux rendez-vous que je leur avois indiqués. Je fus assez heureux pour trouver effectivement cet animal dans la section battue, n'étoit l'imprudence de trois de mes dragons qui ne me savoient point posté si près d'eux, j'aurois tiré cet animal à quatre pas, car il venoit droit à moy et ne pouvoit m'apercevoir. Mais les dragons qui n'en sçavoient rien, crurent bien faire de courir après et luy firent changer sa marche, j'en suis inconsolable. Deux de mes fouriers à cheval poursuivirent cette Bête pendant près d'une demie heure, toujours prêts à la sabrer, et si près qu'ils ne voulurent pas se servir de leur carabine ny de leurs pistolets, mais il se trouva un marais impraticable, où ils ne purent passer à cheval et furent obligés d'abandonner l'animal qui gagna les bois. L'espoir de retrouver cette Bête dans la partie où je la laissois à la nuit me fit prendre le partie de coucher avec ma troupe sur la paille afin d'être plus à même de recommencer ma chasse.

« Je fis en conséquence commander trois paroisses où j'envoyai les ordres toute la nuit, tout ce monde se rendit bien exactement. Mais une pluie affreuse qui n'a pas discontinué depuis la pointe du jour jusqu'à six heures du soir m'a enfin forcé de rentrer sans me permettre de chasser.

« Je revins au village où étoit mon maréchal-de-logis de garde auprès du cadavre, et qui y avoit passé deux nuits sans apercevoir la bête qui y revenoit bien, mais que des paysans détournèrent maladroitement. Enfin, après avoir remis le cadavre entre les mains des parents pour qu'ils puissent le faire enterrer je rentrai icy pour y laisser reposer aujourd'huy ma troupe et luy donner le temps de nétoyer ses armes que la pluie a mouillées. Quoique je sois inconsolable de n'avoir point tiré cette bête que j'aurois bien sûrement maintenant si les dragons fussent restés à leur place, j'espère toujours en voir la fin ; donc, je me remets demain en chasse, peut-être serai-je plus heureux, je le désire bien sincèrement, je n'y épargne au moins ni soins ni peine, et je commande une troupe dont je ne saurois trop louer le zèle et la bonne volonté.

« D'après les ordres que vous avez bien voulu donner, M., dans votre généralité, je ne doute pas que je ne sois informé sur-le-champ, par des avis sûrs, si ce cruel animal y passait et je m'y porterais avec toute la diligence possible.

« J'ai l'honneur...

« *Signé* : DUHAMEL[1]. »

1. Archives du Puy-de-Dôme. C. 1731. Doc. inédit.

Cependant, la Bête ne dormait pas.

Ces poursuites multipliées semblaient lui fouetter l'appétit.

« Il est certain que cet animal parut dans les montagnes de la Margheride, le 15 du présent, au lieu des Gayx, paroisse de Védrine-Saint-Loup, et qu'elle y dévora une fille[1], elle attaqua aussi dans le même temps un jeune homme à qui elle enleva avec la griffe une partie de la peau du crâne, qui fut heureusement secouru au village de Chanteloube, mais on ne l'a plus vu depuis ce tems. Les habitants de Védrine-Saint-Loup firent aussitôt des battues dans partie des bois de la Margheride qui sont immenses et contigus, ils sont venus me dire qu'ils étoient prêts à faire de leur mieux pour la destruction de ce monstre et qu'il étoit essentiel de commander toutes les paroisses qui bordent la Margheride qui sont au nombre de seize, dont trois sont de la subdélégation de Langeac, telles que sont Pinols,..... et Chastel. Je serai fort exact à vous donner des nouvelles sûres de tout ce qui se passera. J'en ferai pareillement part à M. Duhamel. J'ai instruit les paroisses de vos intentions à ce sujet. Le marché est fait avec l'exprès à deux livres par jour, et il a reçu à compte 4 liv. seize sols. »

L'intendant d'Auvergne, le 26 décembre, envoyait à ses délégués l'ordre de promettre en son nom six cents livres de récompense à qui « tueroit et reporteroit la Bête » et de mettre des placards pour en informer les paroisses intéressées.

Mais ce loup « qui parcouroit un espace de plusieurs lieues avec une asilité (*sic*) sans égale dans peu d'heures »[2] n'avait plus reparu en Auvergne. Il avait fait, au contraire, de nouveaux ravages en Gévaudan et deux jeunes filles venaient d'y être nouvellement dévorées, et l'on était fondé à croire à plusieurs

1. L'an mil sept cens soixante quatre et le 17 Déc. en conséquence des réquisitions à moi faites par M. J. Servant, procureur d'office de la justice de Monfict, avons inhumé dans le cimetière, un cadavre féminin que ledit Servant nous a dit avoir trouvé dans le bois de la Balsie, appartenant à M. le comte de la Tour d'Auvergne et avoit été dévoré par une Bête féroce, et c'est en présence de J. Defix et Jos. Molinier signés cabaretiers du lieu et paroisse de Védrines St Loup... Molinier, Archer, Barthomeuf, curé. (Arch. du greffe de Riom, cour d'appel.)

2. Lettre de M. de Montluc, 29 déc. *Ibid.*

animaux de cette espèce, veu la datte de ces différents événements[1]. »

M. de Saint-Florentin, alors ministre d'État, s'intéressait vivement aux chasses que l'on faisait et au sort malheureux des habitants du pays infesté.

« Je vous suis obligé, écrivait-il à M. de Ballainvilliers, l'Intendant d'Auvergne, de votre attention à m'informer des maux que la Bête féroce qui a déjà ci-devant désolé le Vivarais a déjà faits dans la partie de l'Auvergne où elle s'est réfugiée. Vous avez pensé, avec raison, que le meilleur moyen de la détruire étoit d'engager par l'espoir d'une récompense les gens du pays même à la poursuivre, car on augmentera sans doute l'encouragement en augmentant la gratification. Le roi trouve bon que vous promettiez jusqu'à douze cents livres et elles seront payées sur-le-champ à celui ou à ceux qui auront tué cet animal.

« L'expérience de ce qui s'est passé en Languedoc a fait connaître le peu de succès que l'on devoit attendre de détachements de troupes par lesquelles on lui faisoit donner la chasse, et l'on a pris le parti de le rapeller.

« Je vous prie de continuer à me faire part de tout ce que vous aprendrez à ce sujet.

« *A Versailles, le 31 déc. 1764*[2]. »

Les prévisions des consuls de Saint-Flour s'étaient justifiées. Les dragons n'avaient pas eu le succès espéré, et d'autre part leur présence était pesante pour ces populations appauvries. Aussi M. Duhamel se vit effectivement rappeler dans son quartier, mais, après réflexion mûre, il fut, ainsi qu'on le verra, remis de nouveau, peu de jours après, à la tête des chasseurs pour faire une dernière tentative, contre cet animal maudit.

1. Lettre de Vigier, consul de St-Flour, du 2 janv. 1765. *Ibid.*

2. Archives du Puy-de-Dôme. C. 1731. Doc. inédit.

CHAPITRE III

LE MANDEMENT DE L'ÉVÊQUE DE MENDE

En face de ces douloureuses infortunes que ne consolait point l'espérance d'une prochaine délivrance, l'évêque de Mende, Mgr de Choiseul-Beaupré[1] s'était senti ému d'une profonde pitié.

Là où le bras de l'homme était impuissant, l'assistance de Dieu serait peut-être plus efficace. Cette calamité sans précédent n'était-elle point un fléau que le Ciel envoyait pour punir les crimes de la terre ? Et alors ne convenait-il pas de joindre au secours des armes, l'aide de la prière ?

En conséquence, l'Évêque, dans un mandement du 31 décembre 1764, ordonna que le 6 janvier de l'année qui allait s'ouvrir, le Saint-Sacrement serait exposé dans toutes les églises du diocèse, et que les prières publiques des quarante heures seraient récitées.

« Une bête féroce, disait ce mandement, inconnue dans nos climats, y paraît tout à coup comme par miracle, sans qu'on sache d'où elle peut venir. Partout où elle se montre, elle laisse des traces sanglantes de sa cruauté. La frayeur et la consternation se répandent; les campagnes deviennent désertes, les hommes les plus intrépides sont saisis de frayeur, à la vue de

1. Mgr. Gab.-Florent de Choiseul-Beaupré, év. de Mende, 1724-1767.

cet animal destructeur de leur espèce, et n'osent sortir sans être armés; il est d'autant plus difficile de s'en défendre qu'il joint à la force la ruse et la surprise. Il fond sur sa proie avec une agilité et une adresse incroyables; dans un espace de temps très-court, vous le savez, il se transporte dans des lieux différents, et fort éloignés les uns des autres : il attaque de préférence l'âge le plus tendre et le sexe le plus faible, même les vieillards en qui il trouve moins de résistance.

« ... Pères et mères qui avez la douleur de voir vos enfans égorgés par ce monstre que Dieu a armé contre leur vie, n'avez-vous pas lieu de craindre d'avoir mérité par vos dérèglements que Dieu les frappe d'un fléau terrible? Souffrez que nous vous demandions un compte de la manière dont vous les élevez; quelle négligence à les instruire des principes de la religion et des devoirs du christianisme! Quel soin prenez-vous de leur éducation?

« ... On vous voit bien moins occupés de leur salut que de leur fortune et de leur avancement pour lequel tout vous paraît légitime, et de ces passions naissantes que vous auriez dû arrêter et étouffer par des corrections salutaires, vous prenez soin au contraire de les nourrir et d'en faire éclore le germe..... Après cela faut-il être surpris que Dieu punisse l'amour déréglé que vous avez pour eux par tant de sujets d'affliction et de douleur qu'ils vous préparent pour la suite de votre vie...

« Entrons dans le dessein de Dieu qui ne nous frappe que pour nous guérir; si nous cessons de l'offenser, ses vengeances cesseront aussi, sa colère fera place à ses anciennes miséricordes. Le monstre redoutable qui exerce sa fureur contre nous ou sera exterminé, ou Dieu le fera disparaître pour n'y plus revenir.

« Loin de vous cette pensée folle que ce monstre est invulnérable, que les pasteurs et tous ceux qui sont chargés du sort des âmes s'appliquent à dissiper par de solides instructions ces contes fabuleux dont le peuple grossier aime à se repaître, et à bannir de son esprit tout ce qui ressent l'ignorance et la superstition.

« Cet animal, tout terrible qu'il est, n'est pas plus que les autres animaux à l'épreuve du fer et du feu. Il est sujet aux mêmes accidents, et à périr comme eux, il tombera infaillible-

l'on ne doit plus mettre en doute la forme & la figure de l'animal
feroce qui ravage le jeuaudan. dont on parloit avec si peu de certitude.
pour amuser le public; en voicy le vrai portrait envoyé à Mr le Prevost
de la quatredale d'usez par Mr. l'abbé Petit de Mendes, qui se trouva a
la vüe du facheux spectacle de cette jeune fille. qiu fut devorée a
la distance de deux coup de fusil, d'un hameau appellé St. jean des prés
ou Mr. Petit avoit porté le viatique a la tante de la jeune fille. epouse du
nommé joseph figuere. menager: le nombre des habilants fut trop petit pöur
oser y porter du secours; on prie tous les chretiens d'unir des ferventes
prieres à celles de Mgr. l'evêque de Mendes. pour la delivrance de ce
Monstre; se digne prelat prend les mesures possible pour le detruire et
á ordonné des prieres publiques dans son diocese
Mreys.

Collection du Professeur Grasset, de Montpellier. Cliché de la Revue *Æsculape*.

ment sous les coups qu'on lui portera dès que les moments de la miséricorde de Dieu sur nous seront arrivés...

« Déjà cette miséricorde nous a ouvert une ressource : les États de la province, sensibles aux calamités de ce pays, ont accordé une gratification à celui qui l'en délivrera, et nous avons lieu d'espérer que plusieurs bras s'armeront pour nous secourir. Mais soyons bien persuadés que ces moyens humains et tous ceux que nous sommes obligés d'employer pour notre défense n'auront d'autre succès que celui qu'il plaira à Dieu de leur donner; supplions-le donc très-instamment de les bénir et de les faire réussir[1]. »

L'Évêque de Mende, en somme, ne se bornait pas à demander seulement des prières. Aide-toi, le ciel t'aidera. Il demandait aussi à la vaillance et à la dextérité des chasseurs la délivrance de son diocèse, et, par la peinture de toutes ces infortunes, il cherchait à apitoyer les cœurs et à les convier à une entente et à des efforts énergiques pour la destruction de ce monstre insaisissable.

Enfin, pour appuyer d'arguments plus irrésistibles ses exhortations, il promettait mille livres à l'heureux vainqueur qui purgerait la terre de ce fléau.

La terreur et les croyances superstitieuses auxquelles ce mandement faisait allusion en essayant de les combattre, étaient en effet d'une exagération inconcevable que nourrissaient les feuilles publiques, les relations imprimées et les complaintes chantées qui se colportaient dans les villages.

L'une d'elles dépeignait ainsi le monstre :

« La Bête féroce qui a paru dans le Gévaudan au mois de novembre dernier, et qui fait tous les jours de si grands ravages dans cette province ainsi que dans le Rouergue où elle se montre si souvent, a la gueule presque semblable à celle du lion, mais beaucoup plus grande, des oreilles qui, dressées, passent la tête de quelques pouces et se terminent en pointe; le cou couvert d'un poil long et noir qui, étant hérissé, la rend encore plus effroyable; outre deux rangées de grosses dents

1. Pourcher, p. 137 et suiv.

pointues, elle en a deux en forme de défense, comme les sangliers, lesquelles sont extrêmement pointues; ses jambes de devant sont assez courtes, mais les pattes sont en forme de doigts et armés de longues griffes; son dos ressemble à celui qu'on nomme requin et cayman, il est couvert d'écailles terminées en pointes; ses pattes de derrière sont comme celles d'un cheval, et il s'y dresse dessus pour s'élancer sur sa proie; sa queue est semblable à celle du léopard, et est même un peu plus longue, son corps est de la longueur de celui d'un veau d'un an, couvert de côté et d'autre d'un poil ras de couleur rousse et il n'en a point sous le ventre[1]. »

Il est inutile d'ajouter que l'animal ainsi fantastiquement décrit n'avait de réalité que dans le cerveau des auteurs de la relation citée.

Il ne faut pas s'étonner de voir faire une description aussi fantaisiste par des personnes qui, vivant loin de là, n'avaient jamais aperçu l'animal en question, puisque M. Duhamel qui l'avait lui-même pourchassé, vu et serré de près, dans une lettre à l'Intendant d'Auvergne, en faisait un portrait assez singulier :

« Je vous envoye, M., le détail « exat » de la figure de la Bête féroce après laquelle je cours.

« Cet animal est de la taille d'un taureau d'un an. Il a les pattes aussi fortes que celles d'un ours, avec six griffes à chacune de la longueur d'un doigt, la gœulle (*sic*) extraordinairement large, le poitrail aussi long que celui d'un léopard, la queue grosse comme le bras est au moins de quatre pieds de longueur, le poil de la bête noirâtre, les yeux de la grandeur de ceux d'un veau et étincelants, les oreilles courtes comme celles d'un loup et droites, le poil du ventre blanchâtre, celui du corps rouge avec une raye noire large de quatre doigts depuis le col jusqu'à la quüe (*sic*).

« Je crois que vous penserez comme moi, que cet animal est un monstre dont le père est un lion; reste à savoir quelle en est la mère.

« J'avois reçu des ordres pour rentrer avec mon détache-

1. *Ibid.* p. 150. ANDRÉ. Bullet. de la Soc. d'Agr. de la Lozère, 1872. p. 100.

ment dans son quartier, mais huit jours après y être rentré, S. A. Mgr le comte d'Eu m'a envoyé des ordres pour retourner à la poursuite de ce monstre avec le même détachement. Je suis arrivé ici le 10 de ce mois, avec ordre de suivre cet animal partout où il yra jusqu'à ce que je l'ai enfin entre les mains...

« DUHAMEL[1]. »

La génération actuelle sourit à l'imagination naïve et féconde de ce brave officier, et ne souscrit point à ce portrait « exat » que démentirent catégoriquement les captures faites plus tard et l'inspection de toutes les bêtes qui tombèrent une fois ou l'autre sous les coups des chasseurs[2]. On ne s'explique pas d'où pouvait venir cet étonnant mirage, cette exubérante exagération ! Ce qui était indiscutable, c'était l'existence même de la Bête qui semblait prendre plaisir à attester sa présence et déceler ses instincts sanguinaires par des méfaits sans cesse renouvelés.

Le 2 janvier, elle est au Mazel de Grèzes, près Saugues. On lit, en effet, dans les registres de paroisse :

« L'an mil sept cens soixante-cinq et le deuxième du mois de janvier, a été dévoré par la bette féroce Jean Châteauneuf, du Mazel, sur notre paroisse, âgé d'environ quatorze ans, et les débris ont été enterrés le lendemain au cimetière de cette paroisse, tombeau de ses prédécesseurs, en présence de Jean Maurin et de Jean Bret, qui ont déclaré ne sçavoir signer de ce en quis et requis.

« *Signé :* DE ROCHEMURE[3]. »

Au jour même où se faisaient les prières ordonnées, elle apparaît à Chaudesaigues.

« *A Chaudesaigues, le 7 Janv. 1765.*

« Mgr... J'ai cru qu'il est de mon devoir d'instruire Votre Grandeur du dégât que cette beste farouche vient de faire le

1. Archives du Puy-de-Dôme. C. 1731. Doc. inéd.

2. L'abbé Trocellier, curé d'Aumont, dans une relation qui a été conservée, fait aussi un portrait peu fidèle de l'animal poursuivi.

3. Reg. de Grèzes. Greffe de Riom.

Portal Delin. Brenet Sculp.

Portrait de la Hiene, Bête feroçe qui desole le Gevaudan, vuëe par Mr. Duhamel Officier des Dragons volontaires de Clermont, détaché a la poursuitte de cet animal dangereux. Permis d'Imprimer et distribuer ce 2 Mars 1765. DE SARTINE.

Se vend a Paris chez Portal Rue St. Jacques au dessus des Jacobins

six du présent mois dans notre voisinage où elle a égorgé dans le même jour une femme et une fille dans deux endroits différents et éloignés d'une demy lieue l'un de l'autre.

« Le premier cas, Mgr, est arrivé à un village qu'on appelle Saint-Juéry[1], limite de l'Auvergne et du Gévaudan. Une femme estoit vers les dix heures du matin dans son jardin pour y cueillir des herbes pour mettre au pot, cette beste ly aperçut et fut à elle, la saizit par le col, luy a fait une ouverture aux mameles et luy a mangé la face.

« Le second est arrivé le même jour à onze heures du matin, dans un petit bois qu'on appelle de Monclergue sittué sur la paroisse de Maurines pendant qu'on disoit la grand-messe, une fille passant dans le bois fut attaquée de cette beste et fut égorgée comme la première. Lesdits accidents sont arrivés à une lieue de cette ville, ce qui jette l'épouvante dans tout le pays.

« *Signé* : AZEMAR[2]. »

De là, six jours après, le 12 janvier, la Bête vient attaquer, de l'autre côté de la Margeride, dans la paroisse de Chanaleilles près Saugues, les sept enfants du Vileret d'Apcher.

Ces enfants, cinq garçons et deux filles, par une sage mesure de prudence en usage dans ces jours dangereux, s'étaient réunis ensemble pour garder leurs troupeaux. Chacun d'eux était armé d'une pique ou d'une lame de couteau solidement emmanchée au bout d'un bâton. Soudain, l'horrible Bête est devant eux. Portefaix, Pic et Couston, les trois plus âgés, — ils avaient à peine douze ans, — lui font face et abritent derrière eux les fillettes, Madeleine Chausse et Jeanne Gueyfier, et les deux enfants. C'est Portefaix qui dirige la défense. La Bête se met à tourner autour, les enfants aussi, les piques en avant.

1. « Acte de décès, Delphine Courtiol, femme à Étienne Gervais, de Saint-Juéry, « décédée le six janvier 1765, enterrée le lendemain. Les parents ont assisté à sa « sépulture.

« D'APCHER, *curé*. »

« Avis. — La susdite Delphine Courtiol a été dévorée dans son jardin, audit lieu « de Saint-Juéry, par une bête féroce inconnue qu'on prétend être une hyène et qui, « depuis le mois d'août qu'elle est dans le diocèse, y a causé des ravages affreux. » (POURCHER, p. 163).

2. Archives du Puy-de-Dôme. C. 1731. Doc. inédit.

Mais elle, plus agile, d'un bond saute à la gorge de Panafieu, l'un des plus petits qui était derrière. Les trois grands fondent sur elle, et à coup de piques, lui font lâcher sa proie. Elle se retire à deux pas, emportant une partie de la joue de l'enfant, puis revient avec fureur, tourne toujours et se jette sur le petit Veyrier qu'elle renverse. Repoussée encore une fois, elle bondit avec rage et saisit à nouveau Veyrier par le bras et l'emporte.

La troupe se précipite sur elle avec ses piques, mais ne peut lui faire lâcher prise. Le pauvre enfant va périr, lorsque Portefaix et Couston se divisent et obligent le loup à passer à travers un bourbier qui se trouvait à quelques pas. Ce bourbier ralentit sa course et les enfants peuvent le rejoindre. Comme les coups portés par derrière restaient sans effet, Portefaix suggère à ses compagnons de frapper à la tête, dans les yeux et dans la gueule. Ces efforts incessants qui le harcèlent et l'obligent à se défendre empêchent le monstre de mordre sa victime. Dans sa rage, il fausse avec ses dents la pique de Portefaix. Enfin, sur un dernier coup qui le blesse à la tête, l'animal fait un bond en arrière et abandonne l'enfant. Aussitôt Portefaix se met devant Veyrier qu'il protège de son corps et de son arme, et le monstre bientôt poursuivi par tous les autres, finit par prendre la fuite.

Une assez longue relation — nous en avons abrégé le récit — fut faite alors de cet événement[1].

Portefaix reçut, ainsi que ses compagnons, diverses gratifications. Élevé aux frais de l'État, il entra dans le corps du génie et mourut lieutenant du corps d'artillerie pour les colonies à Douai, en 1785.

On a quelque peine à croire que ce soit une seule et même bête qui ait commis ces divers méfaits, dans un si court délai et en des lieux si éloignés l'un de l'autre.

Le loup se repaît, une fois gorgé, il se terre dans son antre et attend que la famine le pousse pour se mettre de nouveau en chasse. Ici, rien de tel. Une victime était dévorée le matin, une seconde égorgée le soir. Bien plus, deux personnes étaient quelquefois jugulées à deux ou trois heures d'intervalle.

Et alors comment expliquer dans plusieurs individus cette

1. Archives de Montpellier. POURCHER, p. 165 et suiv.

même communauté de goût pour la chair humaine, et cette similitude de procédés dans les attaques et la manière de dévorer les victimes? Ne serait-ce point une portée de louveteaux que leur mère, un jour de pénurie et de trop grande faim, aurait nourris avec de la chair humaine?

On sait la prédilection qu'ont les animaux pour les aliments qui leur ont été donnés en pâture dans leur jeune âge et pour lesquels ils gardent plus tard une préférence très marquée. Ces fauves durent trouver à la chair humaine une saveur particulière et purent garder pour elle un appétit si irrésistible qu'il leur fit surmonter cette timidité, cette répulsion naturelle qu'a le loup pour le voisinage de l'homme, et les poussa à venir rôder incessamment autour des villages pour guetter et atteindre leur proie.

Certains sauvages du nouveau continent ne trouvent-ils pas succulente la chair humaine qu'ils dévorent avec une évidente satisfaction? Est-il donc étonnant que ces loups aient trouvé un goût préféré à cette chair dont ils devinrent insatiables? Et peut-être même ces loups, ainsi copieusement gorgés, durent-ils à cet aliment d'un nouveau genre, ce développement remarquable et ces plus grandes proportions qui caractérisent les bêtes fauves tuées dans ces chasses, ainsi qu'il sera dit en son lieu?

Ce qui semble encore plus singulier, c'est le nombre d'animaux extraordinaires que l'on voyait en même temps, en des lieux très distants les uns des autres.

M. Vigier, consul de Saint-Flour, dans une lettre du 14 janvier 1765, annonce à l'Intendant d'Auvergne que la Bête féroce, ou du moins son semblable, vient de paraître aux environs de Durfort et de Sourniac en Limousin, où elle a dévoré un enfant qui gardait les brebis.

« Le père de cet enfant, qui est accouru à son secours, a eu une joüe entièrement emportée, et deux autres voisins qui étoient égallement accourus ont reçu des coups de griffe dans le visage ou sur les bras; ces trois personnes ont passé icy hier dimanche pour aller chés Madame de Sourniac, pour se faire penser, croyant avoir été mordues par un loup enragé[1]. »

1. Invent. des Archives du P.-de-D., p. 80.

D'autre part, M. Pagès de Vixouses rappelait qu'il y a dix-huit ans, on avait vu un animal semblable dans les environs d'Aurillac[1]. Un berger fut attaqué à deux pas de sa porte par cet animal. Il en garde encore la marque le long du visage et à la tête. Cet animal le mordit au sein dont il emporta une partie. Celui du Gévaudan doit être de la même espèce[2].

Que fallait-il croire de ces récits divers ? Quelle était dans ces assertions la part de l'imagination et la part de la vérité ? Ce n'est point à cette distance des faits accomplis que l'on peut avoir la prétention d'élucider la question et de faire complètement la lumière.

Ce qui contribuait à jeter le trouble dans les esprits, c'était la cupidité des paysans qui, parce qu'ils avaient vu allouer certaines indemnités aux enfants et aux grandes personnes attaquées et blessées par la Bête, se donnaient quelquefois le rôle imaginaire de victimes pour attirer sur eux la commisération des pouvoirs publics et solliciter ainsi une aumône rarement refusée.

Le 13 janvier, un certain Géraud, métayer au domaine de Boulan, appartenant à M. d'Estremons, bourgeois de Mauriac, revenait de cette ville, à une heure un peu tardive. Il fut soudain attaqué par la Bête. Mais comme il avait un gros bâton, il sut se défendre, la mit en fuite et en fut quitte pour quelques blessures. Son récit paraissant un peu louche, M. de Tournemire vint faire une enquête et ne tarda pas à découvrir la supercherie du paysan qui, disait-il, « était hyvrogne, et en cette année les vins du Limousin sont fumeux ».

Qu'arriva-t-il ? On emprisonna, pour en avoir imposé, le paysan trompeur, et le 8 février, M. de Saint-Florentin écrivait à M. de Ballainvilliers que l'on avait bien fait de mettre en prison pour quelques jours cet homme : « Cette punition pouvant servir à contenir ceux qui auroient envie de se servir d'un pareil stratagème pour se procurer quelque gratification[3]. »

1. Près de cinquante ans auparavant un loup féroce s'était montré dans la paroisse de Lezoux : « 12 sept. 1716. J'ay enterré Gabrielle Challi, décédée le jour précédent « munie du sacrement de Pénitence. Cette femme avait été mordue d'un loup enragé, « et elle devint enragée... *Signé*, PARIZET, curé de Saint-Pierre de Lezoux. »
(*Reg. de Lezoux.*)

2. Archives du P.-de-D. C. 1731.

3. Archives du P.-de-D. C. 1732.

CHAPITRE IV

LA CHASSE DU 7 FÉVRIER 1765
PAR LE GÉVAUDAN, L'AUVERGNE, LE ROUERGUE

Ces exagérations et ces cupides supercheries n'enlevaient rien de leur triste réalité aux douloureux méfaits commis par la Bête.

Celle-ci, en cette période, semblait fréquenter de préférence la région d'Auvergne contiguë au Gévaudan.

Le 20 janvier, le sieur Montbriset, de Brioude, faisait connaître à l'Intendant ce que l'on apprenait d'elle :

« Le sieur Altaroche, correspondant de cette subdélégation à Massiac, m'a donné avis par sa lettre du 18 du présent que la Bête féroce qui se tient dans les bois de la Margeride, avoit paru, ces jours passés, du côté de la Chapelle-Laurens, et qu'elle y avoit dévoré lundy dernier un jeune garçon de l'âge de treize ans, du village de Lescure, paroisse de la Chapelle-Laurens. Par sa même lettre, il me marque qu'on a fait le lendemain une battue générale dans ce canton, mais qu'on ne l'a pas trouvée. Le sieur Romeuf, correspondant à la vôtre, m'apprend aussy par une lettre du 19 que cette bête a dévoré, le 15 de ce mois, une fille du village de la Bastide, paroisse de

Lastiq, et que, malgré les chasses journalières que l'on fait pour la détruire, il n'est pas possible de la joindre[1]. »

Que faisait donc pendant ce temps-là M. Duhamel? M. Duhamel n'était informé que tardivement des événements arrivés; aussi, dans une lettre du 25 janvier, il se plaignait amèrement contre M. de Montluc, le subdélégué de Saint-Flour, de ce qu'il ne l'avait point averti du retour de la Bête en Auvergne, ni des ravages qu'elle y avait commis, et qu'il venait d'apprendre; c'est pourquoi il s'y rendait en toute hâte avec ses dragons.

« Un consul du village de Julliange, en Gévaudan, vint m'avertir que la veille, une femme du village de Chabanole, de la généralité d'Auvergne, qui n'est qu'à une demi-lieue du Gévaudan, avoit été attaquée et dévorée par la Bête féroce... Je m'y portai sur le champ, mais le cadavre étoit déjà enlevé et enterré.

« Je fis battre également tous les bois jusqu'à Saint-Flour, où je vins coucher pour marquer à M. de Montluc la surprise où j'étois de différents événements arrivés dans son département sans en avoir la moindre nouvelle.

« Je ne trouvai pas M. de Montluc[2]. »

Celui-ci, pour se défendre du retard dont on l'incriminait, expliquait que les passages du loup étaient si rapides qu'il lui était impossible d'obtenir et de donner, en temps voulu, des renseignements précis.

Cependant la Cour, que de fréquents messages tenaient au courant de la situation, s'était émue de la continuité de ces malheurs et de l'insuccès des efforts faits jusqu'ici.

Il fallait tenter un grand coup, et par l'appât d'une grosse récompense stimuler les ardeurs et les courages et mettre enfin un terme à tous ces maux.

Le 27 janvier, le Contrôleur général, M. de l'Averdy, invite M. de Ballainvilliers « à faire afficher en Auvergne, ainsi qu'on va le faire en Languedoc, que le Roy accorde une somme

1 et 2. *Ibid.*, C. 1731. Doc. inéd.

de six mille livres à celui qui tuera cette bête, et à ordonner, lorsqu'elle sera tuée qu'elle soit vuidée et arrangée pour en conserver la peau et même le squelette, qui sera envoyée icy pour être déposée au jardin du Roy. »

Il donne aussi des indications utiles pour faire les battues[1]. Les curés devaient lire au prône ces affiches, afin que les habitants fussent instruits de la récompense promise.

De plus, M. de Tournemire, subdélégué à Mauriac, dans son élection, leur recommandait, « dans le cas où cette bête viendroit à se montrer dans leur paroisse, de lui en donner avis sur-le-champ par un exprès qu'il payeroit, pour les mettre à portée d'être prévenus dans l'instant. » Enfin, ils devaient recommander à leurs paroissiens, en cas d'événement, de s'adresser tout de suite à eux[2].

C'était un bien joli denier que la récompense promise! Les six mille livres du roi, les deux mille des États du Languedoc, les mille livres de l'Évêque de Mende et les deux cents livres des syndics de Gévaudan et de Vivarais, en tout neuf mille quatre cents livres, constituaient presque une fortune, à cette époque, pour l'heureux mortel qui aurait la chance de jeter bas le monstre.

Oh! l'heureux coup de fusil! C'était plus qu'au poids de l'or qu'allait être payée la balle fortunée qui frapperait la Bête. Aussi, que de rêves dorés vinrent illuminer les modestes demeures qu'habitaient les robustes chasseurs de ces montagnes! De quelles chimères l'on se repaissait, et quelles félicités l'on se forgeait sur l'espérance d'un coup bien dirigé!

Les fusils furent mis en état, les balles scrupuleusement et minutieusement travaillées, on lima des lingots de fer, le plomb n'ayant pas assez de consistance pour pénétrer la Bête. Tout ce qui portait une arme voulut tenter la fortune.

Et cette Bête qui ne voulait pas se laisser tuer!

... « La véritable Bête féroce cause toujours les mêmes ravages entre Saint-Flour et Massiac. Elle traversa, le 27 janvier, le village de Saint-Poncy, et les consuls la virent de fort près, dans le territoire de cette paroisse. Le 30 janvier elle a

1 et 2. *Ibid.*, C. 1731. Doc. inéd.

pensé dévorer une fille qui lavoit du linge au ruisseau de Montchamp, et on soupçonne qu'elle a tué une jeune fille qu'on ne retrouve plus à la paroisse de Lorcières, on craint même qu'après en avoir dévoré partie, elle n'ait enterré le reste du corps, comme elle avoit fait le 22 janvier de la femme du nommé Chabannes.

« Le 7 de ce mois, j'ai recommandé une chasse générale, dans les paroisses des deux subdélégations qui environnent les lieux où cette Bête a paru, et j'espère tout du zèle avec lequel s'y portent les gentilshommes et les habitants de ces paroisses[1]. »

Dans un premier placard affiché pour annoncer la récompense promise, M. de Ballainvilliers ordonnait les mesures suivantes :

« Article premier. — Un nombre suffisant d'habitants des paroisses de notre généralité, qui sont exposées aux incursions de la Bête féroce, seront tenus aux premiers ordres qu'ils recevront de notre part par nos subdélégués, de se transporter armés, de la façon qu'il sera ci-après expliqué, dans les lieux qui seront indiqués pour donner la chasse audit animal.

« Art. II. — Ces habitants seront armés, les uns de baïonnettes et fusils chargés de lingots, les autres de sabres, d'autres de fusils et de sabres ; et enfin, ceux qui n'auront pas la facilité de se procurer ces sortes d'armes seront armés de fourches de fer, de piques et autres armes offensives.

« Art. III. — Ordonnons qu'il sera placé, dans les villages les plus exposés, deux hommes armés en état de défense pour combattre la Bête féroce en cas que par l'effet de la chasse elle vienne à se jeter dans ces villages.

« Art. IV. — Pour parvenir à faire tomber la Bête féroce dans les embuscades qui lui seront tendues, ordonnons qu'il sera commandé par nos subdélégués un certain nombre de chasseurs bien armés à l'effet de battre la campagne et les bois, se porter en avant et chasser la Bête.

« Art. V. — Lorsque les dits habitants se seront transportés au lieu et à l'heure indiqués par notre subdélégué, il sera néces-

1. *Ibid.* 1731. Doc. inéd.

saire qu'ils se divisent par pelotons composés de plus de cinq personnes et assez distants les uns des autres pour que l'arme à feu ne puisse blesser ceux qui composeraient un autre peloton. Ces pelotons seront placés aux différents endroits par où la Bête pourrait s'échapper.

« ART. VI. — Ces pelotons demeureront à leurs postes sans pouvoir courir sur la dite Bête que dans le cas d'une nécessité absolue.

« ART. VII. — Ne pouvant prévoir où la Bête féroce paraîtra, et par conséquent désigner les paroisses qui peuvent être employées à chasser cette Bête, nous autorisons nos subdélégués à donner les ordres nécessaires suivant les circonstances : enjoignons aux dits habitants de se conformer à ce qui sera prescrit de notre part par nos subdélégués.

« ART. VIII. — Dans le cas où la Bête serait tuée par aucun des habitants, il sera tenu de nous l'apporter aussitôt à Clermont et de nous la présenter sans être en aucune façon mutilée; si ce n'est des coups qu'elle pourra avoir reçu quand elle aura été attaquée.

« ART. IX. — Faisons défense à aucun des dits habitants sous prétexte de chasser et hors d'icelle de tirer sur aucune espèce de gibier, à peine de cinquante livres d'amende.

« ART. X. — Ordonnons que si on parvient à tuer la dite Bête féroce, il soit sur le champ dressé procès-verbal sommaire de la façon dont elle aura été attaquée et détruite. Lequel procès-verbal sera fait en présence de deux notables, consuls ou autres, s'il s'en trouve, et fera mention du nom et qualité de celui qui aura tué la dite Bête féroce.

« ART. XI. — Dans le cas où il s'élèverait quelque difficulté ou querelle entre ceux qui prétendraient avoir concouru à la destruction de la dite Bête féroce, ordonnons que par provision elle nous sera conduite à Clermont par un des consuls de la paroisse où elle aura été tuée, sauf à ceux entre lesquels la dispute se serait élevée à se retirer devant le subdélégué du lieu qui dressera procès-verbal des dires des parties pour nous être envoyé.

« *Signé* : Bernard BALLAINVILLIERS[1]. »

1. Archiv. du Puy-de-Dôme. C. 1731.

Un second avis, également imprimé, et commençant par la description de la Bête, afin que personne n'en ignorât, réglait par le menu les dipositions de la chasse qui allait se faire :

« *A Saint-Flour, le 1er février 1762.* »

« Vous n'ignorez pas, Messieurs, qu'il rode depuis trois mois un animal étranger qu'on croit être un léopard, de la grandeur d'un veau d'un an, la tête grosse, le museau pointu, le corps allongé et effilé sur le train de derrière, le poitrail fort ample, son poil est d'un brun tirant sur le roux, avec une raye de quatre doigts quasi noire sur le dos, depuis la tête jusqu'à la queuë qui est ramue et longue jusqu'à terre, le poil du poitrail gris blanc; ce monstre ayant fait un ravage considérable, le gouverneur du Languedoc a chargé un détachement des volontaires de Clermont de lui donner la chasse, et en conséquence de commander les paroisses et tout ce qui seroit nécessaire pour parvenir à sa destruction, même de le faire suivre en Auvergne s'il y passoit...

« Comme ce détachement se trouve actuellement arrassé (*sic*) par les travaux immenses qu'ils ont faits pour le détruire, il a déterminé qu'il seroit fait une chasse générale quelque temps qu'il fasse, jeudi, septième du présent, tant en Gévaudan qu'en Auvergne, dans les paroisses nécessaires à cette opération. Cette Bête féroce, errant actuellement depuis une quinzaine de jours, dans les paroisses au-dessus de la Margeride du côté Nord, il paroit nécessaire que les paroisses, depuis les rives de l'Alagnon se mettent en mouvement.

« Elles recevront en conséquence des ordres de leurs subdélégations, et que chaque village batte exactement son territoire, menu par menu, car cette bête se tient aussi bien derrière un buisson, dans une rase, fougère, etc., que dans le bois, et fort difficile à débusquer (il paraît que la finesse de sa vue et de son oui (*sic*) est le principe de sa ruse).

« Vous voyez par là que ce qu'on demande à chaque Paroisse qui recevra des ordres pour marcher n'est pas difficile à remplir puisque ça se réduit uniquement à faire battre à chaque village son terrain. Il n'y a que les paroisses limitrophes de la Margeride toutes dans les subdéléguations de Brioude,

Langeac et de Saint-Flour, qui auront de plus tous les bois de la Margeride à battre, ce qui peut se faire en une heure, ou tout au plus en une heure et demie au petit pas, puisqu'il n'y a qu'à les traverser exactement devant soi, en gagnant vers le midi, et s'arrêter à la vue du Gévaudan, observant de conserver la chaîne pour prévenir les accidents qui pourraient arriver en tirant dans le bois...

« ... Il sera fait aussi une chaîne sur le grand chemin depuis le pont de Garraby jusqu'à Lagarde, par les paroisses d'Auvergne, dans le même ordre qu'elles observent à l'attelier lorsqu'elles travaillent au chemin. Il y a à espérer que d'après ces précautions prises, ce monstre sera tué, il peut même être forcé dans cette chasse. Comme il a pénétré deux fois en Auvergne par la même route, il est à présumer qu'il fera sa retraite par le même endroit, qui est très favorable à sa destruction, étant dans un pays que l'œil observe de fort loin.

« Il est ordonné aux habitants des paroisses de se mettre en chasse dès la pointe du jour indiqué pour cela, et MM. les gentilshommes et principaux habitants des dites paroisses sont instamment priés de les faire manœuvrer et de ne laisser prendre de fusil qu'à ceux qui ont une longue expérience de s'en servir, il seroit dangereux, veu la grande quantité de monde répandu dans les campagnes qu'il n'y eut quelqu'un de tué.

« Tout le monde doit sçavoir que les ordonnances du Roi défendent expressément de tirer sur le gros et menu gibier, il n'est permis que de tirer au loup comme animal nuisible, et même sans se déranger de l'objet principal. On a fait la peinture du monstre pour qu'il soit connu et qu'il ne soit point donné de fausse alerte et que l'on puisse faire connaître l'endroit où il aura passé en allumant du feu sur les hauteurs les plus voisines du village où il aura fait route à l'entrée de la nuit...

« P. S. — Je viens d'apprendre, dans le moment que la Bête féroce a quitté la Margeride, et que mercredi 30 janvier, elle a été au lieu de Charmensac, paroisse de Saint-Just, où elle a attaqué une jeune fille de quatorze ans, qui s'est longtemps débattue avec elle, même l'a terrassée plusieurs fois; mais l'ayant mordue à la cuisse et renversée, cette Bête lui a déchiré le visage et le col, au point qu'on n'espère pas qu'elle en revienne. Le moment d'après, elle a passé au-dessous du village de Saint-Just, et a été vue de plusieurs personnes qui ont heureusement sauvé une femme qui lavoit son linge au ruisseau que cette Bête guêtoit. Ces faits là sont sûrs, ce qui fait que dans l'arrangement de la chasse générale du 7 février, nous croyons devoir changer les dispositions qui portent qu'il sera fait une chaîne tout le long de la grande route de Garraby à la Garde par les paroisses d'Auvergne qui travaillent à cette partie du chemin; elles seront au contraire employées chacune à battre leur terrain, village par village, et même un village où il y auroit vingt hommes par exemple, fairoit très bien de se diviser en pelotons de cinq hommes armés de fourches, âches, etc., qui prendroient chacun un côté de leur territoire...

« ... La chasse du jeudi, 7 février, se fera de grand matin[1]. »

Enfin, si cette chasse générale n'était pas couronnée du succès désiré, M. Duhamel avait tout organisé, pour que les battues et les poursuites pussent recommencer le lundi suivant dans les mêmes conditions.

On fondait sur cette chasse du jeudi de grandes espérances. Soixante-treize paroisses de Gévaudan, trente de l'Auvergne, et quelques-unes du Rouergue, un ensemble d'environ vingt mille hommes, devaient former un cercle qui peu à peu se resserrant allait enfermer comme dans un étau le monstre poursuivi. Chaque paroisse se mettait en mouvement à une heure qui lui avait été indiquée, et tous les efforts convergeaient vers un centre commun où étaient postés les meilleurs tireurs.

La bête serait bien habile si elle parvenait à franchir ce cercle de rabatteurs qu'appuyaient des tireurs aux aguets. Sans doute il y avait les grands bois, les épais taillis de pins, mais les traqueurs faisaient tant de bruit, poussaient des cris si vigoureux qu'ils la feraient bien déloger. Cette fois on était presque sûr d'en venir à bout, d'autant plus qu'on savait où la lever.

Aussi les pauvres mères virent une lueur d'espérance pénétrer dans leur âme; c'est bien en ce jour qu'allaient finir ces terreurs journalières qui les assiégeaient sans relâche.

1. Archiv. du P.-de-D. C. 1732.

Figure de la Bête féroce que l'on croit être une Hyene, qui ravage depuis 6 mois le Gevaudan près Langogne et tous les Environs. plusieurs Lettres particulieres avoient annoncé la destruction de ce cruel Animal, mais les nouveaux desordres quelle vient de faire nous assure du contraire. Le Roy etant informé des ravages de ce Monstre envoya Mr Duhamel officier dans les Volontaires de Clermont avec 50 Dragons. Ce Monstre est dune légéreté étonnante il fait dans une heure un chemin imense franchit les murs les plus élevés. Sa Majesté a ordonné une gratification de 6000 liv. pour quiconque le detruiroit. Les Etats du Languedoc et les Diocèses de Mantes y ont aussi ajouté une recompense pour celui qui le tueroit. Ce cruel Animal a devoré beaucoup de femmes et d'Enfans.

Les chasseurs jetaient un coup d'œil bienveillant sur leur arme. Qui sait si de ce canon ne sortirait pas la balle fortunée qui devait gagner la récompense promise, et faire de son possesseur l'heureux héros de la journée ? D'aucuns firent bénir les balles avant de les glisser dans leur fusil : la bénédiction de l'Église ne peut que porter bonheur.

Et là-bas, à Paris, la cour attendait avec anxiété le résultat de cette journée.

Hélas, cette journée devait être pour tous une immense déception !

Les opérations faites en Gévaudan sont ainsi racontées par M. Lafont :

« Nous nous mîmes en chasse, jeudi, le 7me jour de ce mois, de grand matin. Soixante-treize paroisses du Gévaudan furent en mouvement; presque toutes avaient chacune à leur tête, outre leur consul, une personne notable dirigeant les opérations que M. Duhamel ou moi leur avions indiquées.

« Cette chasse était encore composée d'environ 30 paroisses d'Auvergne, et de plusieurs du Rouergue...

« Le pays était couvert d'un demi-pied de neige. Le temps quoique froid, était calme et serein. Sur les 10 à 11 heures, la Bête fut lancée par les chasseurs de la paroisse de Prunières. Elle gagna les rives de la Truyère, dont le bord opposé se trouva malheureusement dégarni, quoique suivant les dispositions faites et ordonnées par M. Duhamel, il eut dû être gardé par les habitants de la ville et paroisse du Malzieu. Le vicaire de Prunières et dix de ses paroissiens se jetèrent dans la rivière et la traversèrent à pied, et presque à la nage, nonobstant la rigueur de la saison. Ils suivirent la Bête pendant longtemps à la trace, la perdirent ensuite dans les bois qui ont beaucoup d'étendue. Elle fut rencontrée, à une heure de l'après-midi, par le valet de ville du Malzieu et quatre paysans de cette paroisse. Le fusil du valet de ville fit faux feu, un des paysans la tira à balle forcée. La Bête tomba au coup sur ses deux jambes de devant en poussant un grand cri que les cinq chasseurs entendirent. Elle se releva promptement; ils la poursuivirent jusqu'à la nuit sans pouvoir l'approcher d'assez près pour la tirer. Ces chasseurs vinrent nous trouver, le lendemain, vendredi, à Saint-Alban, chez M. le comte de Morangiès où M. Duhamel et moi nous nous étions rendus. Ils nous confirmèrent tout ce que je viens d'avoir l'honneur de vous dire. Ils ajoutèrent qu'en suivant la Bête ils avaient trouvé quelques gouttes de sang, mais le valet de ville crut que ce n'était point de cet animal, d'autant mieux qu'il n'en avait point laissé à l'endroit où ils l'avaient tirée. Il prétendit que ce sang avait été répandu par un paysan de la troupe que son sabot avait blessé au talon.

« M. le comte de Morangiès présumant sur ce rapport que la Bête pourrait se trouver dans le voisinage du lieu où on l'avait tirée, nous proposa de faire faire avant la chasse générale indiquée pour lundi, une chasse particulière d'un certain nombre de paroisses voisines, et de la fixer à dimanche, le temps étant trop court pour qu'elle pût être exécutée le lendemain, samedi.

« En conséquence, M. Duhamel expédia des ordres pour 17 paroisses, qu'il fit porter par un détachement de ses dragons qu'il avait à Saint-Alban. Il en partit le soir pour y revenir le lendemain avec sa troupe qu'il fut prendre à Saint-Chély.

« Le samedi, je fus au lieu de Javols voir un enfant de 8 ans que la Bête avait enlevé devant la porte de sa maison, le premier de ce mois, qu'elle entraîna environ 200 pas, et qu'elle abandonna ensuite, étant poursuivie par un homme et par un chien.

« Dans le temps que j'étais à Javols, la Bête coupa la tête et le col, vers les trois heures de l'après-midi, à une jeune fille d'environ 14 ans, auprès du village de Mialanette, paroisse du Malzieu[1]... Un paysan qui l'aperçut emportant cette tête dans un bois, y accourut... on trouva la tête entièrement rongée...

1. « Ce jourd'huy, 11 février 1765, a esté enterrée Marie-Jeanne Rousset de Mialannes en cette paroisse, âgée d'environ douze ans qui avoit esté en partie dévorée le neuf du présent mois, par une Bête entrefophage (*sic*) qui ravage ce pays depuis près de trois mois.

André Portal et Benoît Martin présens audit enterrement.

Signé : Constand, curé.

(Registres du Malzieu. Greffe de Riom, cour d'appel.)

« M. le comte de Morangiès qui demeure à demi-lieue de Mialanette, accourut avec les gens de sa maison dès qu'il fut informé de l'accident. M. Duhamel s'y rendit dans le même temps, ils firent tendre des pièges; on laissa le cadavre exposé à l'endroit où on l'avait trouvé, et M. Duhamel embusqua des dragons dans le voisinage et à la portée du fusil. Le lendemain dimanche, nous fîmes la chasse ordonnée sur les dix-sept paroisses, dont les habitants guidés par leurs seigneurs ou leurs consuls vinrent tous aboutir, en chassant, au lieu dont nous étions convenu. Il se trouva au point de réunion plus de deux mille personnes. Le terroir de Mialanette était dans l'enceinte de cette chasse. L'on battit longtemps les bois, le pays était couvert de neige. L'on n'aperçut nulle part aucune trace...

« Le lendemain lundi, l'on fit la chasse générale dans le même ordre que celle du jeudi, quoique le temps fut cruel, qu'il tombât beaucoup de neige, et que le vent fut des plus violents. L'on chassa depuis le matin jusqu'à la nuit, ce fut encore infructueusement. La Bête ne fut vue nulle part...

« Les deux chasses générales et particulières se sont faites dans le plus grand ordre. Il n'est arrivé aucune sorte d'accident quoiqu'il y eût environ vingt mille hommes en mouvement. Les seigneurs du pays les plus qualifiés ont été les premiers à donner l'exemple : M. le comte de Morangiès et M. son frère; M. le comte d'Apchier et son fils, M. le comte de Saint-Paul et autres étaient à la tête des gens de leurs terres...

« On n'a aperçu que quatre loups à toutes ces chasses et il y en a eu un de tué le lundi[1]. »

Dans la région d'Auvergne la chasse n'avait été ni plus facile ni plus fructueuse :

« M. le comte d'Apchier, M. le prieur de la maison de Pébrac ont fait une autre chasse le même jour, sur les frontières de Gévaudan, et dans les bois qui avoisinent les paroisses de Charaix, Pébrac, Chazelles et Desges qui sont toutes placées sur les limittes de cette province[2]. »

1. Archiv. de l'Hérault. POURCHER, p. 209, et suiv.

2. Lettre de M. Marie à Langeac. Archiv. du P.-de-D. C. 1732.

« Il ne nous fut pas possible de pénétrer dans les bois, la quantité de neige et les brouillards qui n'ont cessé que d'aujourd'hui en ont été l'obstacle... nous nous bornâmes à cotoyer les bois et à battre les bruyères voisines, sans apercevoir aucune trace de la Bête féroce qui parut le 5 du présent aux environs du bois du village de Lescure, paroisse de la Chapelle-Laurent, où je m'étois rendu pour faire faire la battue des bois...[1]. »

Enfin, M. de Montluc, dans une lettre du 9 février, résume ainsi le résultat de la journée du 7 :

« La chasse du 7 n'a pas réussi... je n'ay pas ouï dire qu'elle ayt été vue en Auvergne, où il faisoit ce jour-là un brouillard extrêmement épais...

« ... Sa ruse étonne si fort le paysan, que c'est une opinion générale chez eux qu'il y a là-dedans quelque chose de surnaturel, et souvent même il est entretenu dans cette idée par gens lettrés en qui il a confiance[2]. »

Qu'il y eût ou non du surnaturel, une chose était incontestable, c'est que cet animal était bien difficile à tuer.

Tant d'hommes contre une seule bête, et c'est encore la Bête qui l'emportait! Combien devaient être tristes ces déclins de journées, combien piteux ces retours de la chasse, les cavaliers épuisés, les chevaux harassés, les chasseurs exténués, et les rabatteurs, de la tête aux pieds, trempés jusqu'aux os par la neige, par le givre des taillis et le brouillard pénétrant de ces montagnes, les uns et les autres ayant perdu l'espérance qui, le matin même, leur mettait au cœur cette flamme de vaillance, bien nécessaire pour supporter ces dures fatigues auxquelles la nuit seule mettait un terme!

Et alors pour les pauvres mères, les terreurs ni les angoisses n'étaient donc point finies, et de longues journées allaient donc encore se lever, où il faudrait vivre dans les transes, et s'attendre à chaque instant à apprendre qu'un de leurs enfants venait d'être la proie de la Bête cruelle!

1. Lettre de M. Gueyffier, à Brioude. *Ibid.*
2. *Ibid.*

CHAPITRE V

M. DUHAMEL EST REMPLACÉ PAR MM. DENNEVAL

La Cour avait connu avec peine l'insuccès de ces dernières journées, et M. de l'Averdy, exprimait à M. de Saint-Priest, l'intendant de Languedoc, combien il avait été douloureusement affecté d'apprendre le résultat infructueux des chasses des 7 et 11 février.

D'où pouvait provenir un si pénible échec, et à qui devait-on en faire remonter la responsabilité ?

Depuis longtemps déjà des plaintes diverses avaient été formulées contre les dragons. Ils commettaient, dans les lieux où ils passaient, quelques excès, et se montraient parfois exigeants chez les paysans lorsqu'ils descendaient chez eux. Les récoltes et surtout les blés se trouvaient fort mal de leur présence, et, en somme, leur passage ne se faisait guère sans dommages incessamment renouvelés.

Un sieur de la Barthe, parce que l'un de ses fermiers avait été maltraité par eux, exprima ses plaintes à l'Intendant :

« Les dragons traitent le Gévaudan en pays de conquête, exigent tout sans payer. Les chevaux qui sont aussi nécessaires qu'une troisième roue à un chariot, détruisent les récoltes, et je crois qu'il ne manque plus que brûler pour avoir une vraie image de la guerre. Les plaintes se multiplient, et le paysan est au désespoir[1]. »

On les accusait en outre, dans l'espoir d'obtenir seuls la récompense promise, d'éloigner les chasseurs et tous ceux qui pourraient avoir quelque chance de tuer la Bête.

M. Lafont, sur la demande de l'Intendant, fit une enquête afin de vérifier la réalité de ces allégations. Sans doute les dragons avaient d'abord fait quelques dommages aux blés en courant à travers champs, mais sur la représentation qui en fut faite à M. Duhamel, celui-ci y avait pourvu.

« M. Duhamel, disait-il dans son rapport, est d'un zèle infatigable, ayant extrêmement à cœur de réussir dans son entreprise, et d'avoir des attestations avantageuses sur sa conduite... Il est d'un caractère vif; peut-être même employa-t-il, en égard aux circonstances, un peu trop de sévérité dans l'affaire du fermier de M. de La Barthe, mais c'est une suite de la ponctuation qu'il met et qu'il exige dans le service...

« ... Il est certain que pendant que j'étais à Montpellier, des dragons ont éloigné dans quelques occasions des chasseurs qui étaient à la poursuite de la Bête, d'où l'on a conclu que c'était par les ordres secrets de M. Duhamel. Je lui en ai parlé, non seulement il s'est très-fort défendu, mais il m'a encore très étroitement prié d'écrire dans les communautés, pour dissiper le préjugé où le public pouvait être à cet égard et annoncer que la chasse était ouverte à tout le monde...

« M. Duhamel s'est plaint à moi, à son tour, que bien des personnes du pays, qui, de leur côté, désireraient tuer la Bête, le voyent avec peine, ainsi que sa troupe, et qu'il lui avait été assuré que certaines gens avaient excité des paysans à porter plainte contre ses dragons pour qu'on les retirât.

« Il est vrai qu'il s'est formé bien des petits partis pour la destruction de cet animal, sur lequel l'on fait des projets de fortune les plus vastes. Je ne suis pas sans m'apercevoir de bien de petites rivalités[2]. »

1. Pourcher, p. 182.
2. Arch. de l'Hérault, C. 14. Pourcher, p. 192 et suiv.

Le rôle de M. Duhamel est ainsi caractérisé par l'abbé Trocellier, curé d'Aumont : « Il se donna beaucoup de peine, et ne fit rien. »

L'étude impartiale des documents montre, en effet, qu'il n'épargna ni sa peine, ni ses efforts. Si le succès ne couronna point son entreprise, il serait injuste de lui en faire un reproche : on sait ce qu'il eut de luttes à affronter contre les difficultés des lieux, le naturel indocile des indigènes, et la rigueur de la saison.

Il avait compris que devant l'insuccès persévérant de ses efforts et la lassitude des populations, son rôle allait finir et la direction des opérations lui échapper prochainement : aussi, peut-être voulut-il, après la journée du 7, bénéficier une dernière fois de sa situation, et faire une tentative suprême dans celle du 11 février, afin de remporter le triomphe désiré.

Il y avait, là-bas en Normandie, un gentilhomme, M. Denneval, à qui ses exploits contre les loups avaient fait une certaine célébrité. Il en avait tué dans sa province, il en avait exterminé dans les provinces voisines; bref, il ne comptait plus ses victimes, dont le nombre, dit-on, s'élevait à douze cents. C'était le plus célèbre louvetier de France.

La Cour jeta les yeux sur lui, et le pria de venir délivrer le Gévaudan.

Déjà même, avant la grande chasse du 7, l'Intendant de Languedoc avait reçu avis de M. de l'Averdy que « M. Denneval, gentilhomme de la province de Normandie, voulait bien se rendre avec M. son fils, capitaine au régiment des recrues d'Alençon, dans le diocèse de Mende, pour y donner la chasse à la Bête féroce qui y cause tant de ravages. Le talent qu'il a pour cette espèce de chasse, ayant détruit des loups toute sa vie, fait espérer qu'il parviendra à nous délivrer, s'il est bien secondé[1]. »

Le 20 février, M. de Montluc fait savoir à l'Intendant d'Auvergne que « M. d'Enneval doit s'être arrêté à Massiac, où il est beaucoup parlé de la Bête qui roule de ce costé-là. Effectivement, elle attaqua samedi dernier un berger entre Massiac et Bonnac[2] ».

1. *Ibid.*, p. 237.
2. Arch. du P.-de-D., C. 1732.

Le 21, M. Denneval annonce que « la Bête a été signalée à Massiac et qu'il y reste jusqu'à ce qu'il sache des nouvelles d'ailleurs... elle ne marque que quatre doigts à la patte, comme un loup, et les ongles sont pouelüs, elle joue avec sa quüe comme un chat lorsqu'il va se jeter sur quelque chose[1].

« Nous sommes arrivés icy, le mardi gras. En passant par Massiac, j'appris que cette Bête devait être dans ces cantons. J'envoyai ici mon fils, et le même jour je fus à la Chapelle-Laurent, dans les montagnes, à pied, les chevaux n'y pouvant aller à cause des neiges tombées ci-devant. Il y avait eu un petit garçon mangé pas tout à fait. Le lendemain, à la messe, deux paysans qui l'avaient vue la dépeignirent à peu près comme une estampe que nous a donné l'Intendant de Clermont; elle ne ressemble en rien à celle que vous avez vue, elle est haute comme un veau d'un an, fort allongée de corps et de tête, les oreilles courtes, elle est rousse de partout, excepté une raie brune sur le dos, la queue fort longue, et dont elle joue comme un chat qui cherche à se jetter sur sa proie.

« Elle ne reste point en place, et travaille continuellement dans dix lieues environ de tour. Elle est d'une légèreté surprenante, j'ai été voir une de ses anciennes passées, *il y avait vingt-huit pieds, d'un saut à l'autre, en plat pays.*

« Cependant elle ne va pas toujours de même; j'ai été visiter aussi de vieux bâtiments d'une métairie abandonnée. Il aurait fallu de la lumière; surtout la neige éblouissait. L'on m'avait dit qu'elle y logeait mais je n'y trouvai que d'anciennes couchades...

« Il y a encore ici deux blessés à l'hôpiral[2]. Une femme d'un

1. *Ibid.*

2. « L'animal anthropophage qui porte le trouble et la consternation dans le Gévaudan et dans l'Auvergne, donne de l'exercice aux chirurgiens de notre hôpital..... Ils onț actuellement entre les mains, deux jeunes filles que ce cruel animal a très-grièvement blessées.

« L'une, nommée Catherine Boyer, âgée de vingt ans, fut attaquée le 15 janvier au village de la Bastide, parroisse de Lastic, à deux heures d'ici.... elle lui emporta d'abord avec ses griffes toute la partie chevelue de la tête, lui rongea ensuite une partie de l'os coronal et lui découvrit si fort l'os pariétal gauche, que le péricrâne manque avec tout le haut de l'oreille...

« L'autre fille qu'on y a conduite aujourd'hui, est de la paroisse de St-Just, et n'est pas aussi blessée que la première. C'est une jeune personne de quatorze ans,

Figure de la Bête feroce nommée Hyene qui devore les Hommes et principalement les Femmes et les enfants leur arrache les mamelles leur mange le cœur et le foye et leur arrache la tete. Elle fait ce carnage sur les limites du Gevaudan et de l'Auvergne. Se Vend a Paris chez Basset rue S. Jacques au coin de la rue des Mathurins a S.te Genev.

certain âge qui a le haut de la tête, la joue, et une oreille emportée : on croit qu'elle n'en reviendra pas. L'autre, une jeune fille, a le bras mangé. Elle tue tout à fait, en coupant le col net et prenant toujours par derrière ou de côté, quand on n'est point secouru.

« Dimanche dernier, une fille allant à la messe, elle lui sauta sur le corps, l'abattit et l'aurait dévorée, si elle n'avait pas été aussitôt secourue par un homme et des mâtins. Enfin, tous les jours quelques nouvelles découvertes. *Mais comme il y a beaucoup de loups, peut-être leur donne-t-on le nom de Bête.* Nous allons nous fixer à Saint-Chély et à la Garde, où l'on a remarqué qu'elle passe souvent pour traverser d'Auvergne dans le Gévaudan.

« Cette bête n'est nullement facile à avoir. Enfin, je ne perdrai courage qu'à la dernière extrémité. Nos chiens ne sont pas encore venus et ne sont pas prêts d'arriver. Nous avons été bien reçus partout. Nous dînons aujourd'hui chez l'Évêque.

« *Signé* : DENNEVAL[1]. »

Maintenant que nos chasseurs étaient en face les uns des autres, qu'allait-il arriver ? Chasseraient-ils chacun de leur côté, ou bien réuniraient-ils leurs efforts pour tomber d'un commun accord sur leur ennemi ?

Il était convenu qu'ils s'aideraient mutuellement, mais bientôt la rivalité éclata, sourde d'abord, puis évidente et nullement dissimulée.

Les dragons faisaient toujours des battues, et cela déplaisait à M. Denneval qui craignait qu'on ne tuât la Bête sans lui, et par suite, qu'on ne lui enlevât la gloire et la récompense qu'il s'était promises.

hardie comme un dragon, et qui eut le courage de lutter contre la Bête dès qu'elle lui sauta dessus. L'animal lui porta un coup de griffe à l'oreille gauche et la lui détacha des muscles, la plaie continua jusqu'au bas du menton. Il lui en fit une autre au côté droit du nez, et lui en emporta la pointe jusqu'aux os carrés, avec la moitié de la lèvre supérieure. La fille prit la Bête par la patte, et, si elle avait eu un prompt secours, on croit qu'on l'aurait prise. » (POURCHER, p. 299 et suiv. Biblioth. nat. Lettre écrite de St-Flour).

1. Biblioth. nat. POURCHER, p. 247 et suiv.

Aussi le 4 mars, il écrivait à l'Intendant :

« *A Saint-Chély.*

« Nous attendons nos chiens avec la plus grande impatience, mais il ne nous sera pas possible de chasser si M. Duhamel et les dragons y restent, attendu qu'ils font journellement des battues, et que cela effarouche cet animal, au point de ne le pouvoir approcher. Ils le sçavent par expérience, depuis trois ou quatre mois qu'ils y sont sans l'avoir pu atteindre, aussi je vous prie de vouloir bien donner des ordres ou faire en sorte qu'il rejoigne son cartier, sans quoy nous serions obligés de nous en retourner dans notre pays.

« *Signé* : DENNEVAL[1]. »

On le voit, le conflit était aigu et l'accord entre les chasseurs impossible. Il y avait donc encore de beaux jours pour la Bête, aussi celle-ci ne chômait pas.

Le 21 février, elle avait attaqué, sur la route, Bonavel, aubergiste de Chanac; le 24, au Fau, paroisse de Brion, une fille de sept à huit ans qui mourut de ses blessures.

Le dernier février, deux femmes, des Escures, paroisse de Fournels, furent assaillies par elle, et le même jour, à Grandvals, une jeune fille enlevée, qui secourue à temps, n'eut presque aucun mal.

1. Archiv. du P.-de-D. C. 1732., doc. inédit.

CHAPITRE VI

MÉTHODES DE DESTRUCTION DE LA BÊTE DÉPART DE M. DUHAMEL

UNE si grosse récompense promise avait fasciné les esprits et éveillé toutes les convoitises.

Si l'on trouvait un procédé de destruction, et si le succès en suivait la mise à l'essai, l'on aurait part, sans aucun doute, à la gratification annoncée.

Aussi les cerveaux se creusèrent, et les esprits ingénieux mirent à la torture leurs facultés inventives, pour découvrir une méthode qui put faire périr infailliblement le monstre poursuivi[1].

1. Là où l'imagination se donnait également libre carrière, et épuisait, sans vergogne, toutes ses ressources, c'était dans la confection des figures ou portraits de la Bête qu'en cette époque on répandait à profusion.

On la représentait de toutes les façons et sous les formes les plus invraisemblables, et ce qu'il y a de singulier, c'est que chacune de ces estampes, au dire de la légende qui l'accompagnait, « était très fidèle... le vrai portrait de la Bête. » Ces gravures prématurées étaient passablement téméraires : on avait si peu vu cet animal jusque-là insaisissable !

Des complaintes étaient aussi colportées, et un apologue du *Mercure de France* (août 1765), était ainsi formulé :

« LA BÊTE FÉROCE »

Fléau d'une province, un monstre anthropophage y répandoit le carnage et l'horreur.

On ne se doute point de ce que sut imaginer de combinaisons saugrenues et de conceptions insensées l'imagination délirante de quelques inventeurs.

Le plan, aussitôt conçu, était envoyé à l'Évêque de Mende ou à l'Intendant, pour être mis à exécution, et les archives de l'Hérault (C. 44.) conservent plusieurs lettres, offrant chacune un système varié pour la destruction certaine de la Bête.

De ces lettres, reproduites par M. l'abbé Pourcher (p. 253 et suiv.), nous ne citerons que les deux plus singulières, à titre de pure curiosité.

Déjà cent malheureux, conduits sur son passage,
Avoient éprouvé sa fureur.
Pour se saisir de la Bête cruelle,
Un jour mille chasseurs battirent les forêts.
Mais, hélas! trop faibles contr'elles,
Ils la virent braver leurs traits.
Et d'une cruauté nouvelle,
Étaler à leurs yeux les terribles effets.

Leur chasse, cependant, ne fut pas inutile,
Nombre de loups à qui ces bois,
Depuis longtemps, servent d'asile,
Y furent pris pour cette fois.
Petits brigands, quand la justice
Poursuit les scélérats fameux,
S'ils échappent à leur supplice,
Elle vous prend en courant après eux.
Et c'est toujours, faute de mieux,
Nous rendre un signalé service.

POURCHER, p. 309.

L'une des complaintes commençait par le couplet suivant :

Courage, chasseurs de France,
Partez pour le Gévaudan,
Allez-y en diligence,
Ne perdez pas un moment,
Poursuivre cette Bête
Qui ravage ce pays,
Et votre fortune est faite,
Si vous remportez le prix.

F. ANDRÉ, p. 32.

« *Tuvel, le 18 février 1765.*

« Monseigneur, permettez qu'après avoir présenté mes très humbles respects à votre Grandeur, j'ose me donner l'honneur de vous donner avis du moyen que je me suis proposé de représenter pour détruire entièrement le monstre affreux qui continue de troubler le repos général du public dans le royaume ; lequel par sa rapidité et ses ruses a le secret de se garantir de l'effet de la poudre et du plomb. En conséquence comme cet animal furieux ne fait sa proie que du sexe, ainsi qu'il est dit par le bruit commun, il conviendrait pour cet effet d'emprunter l'artifice pour que sa proie soit son véritable vainqueur. A cette cause, vu que ce monstre est acharné audit sexe, il faudrait qu'en tous les lieux qu'il paraîtra qu'on fit des femmes artificielles, composées avec du plus subtil poison et les exposer sur les avenues différentes sur des piquets pliants pour inviter ce maudit animal à exécuter son indigne fureur et à avaler sa propre fin. En sorte que pour composer ces femmes postiches, c'est d'avoir premièrement trois vessies de cochons et le col d'une brebis ou mouton dépouillé à chaux vives.

« Deuxièmement, la peau aussi d'une brebis et les boyaux, en observant de bien faire raser ladite peau pour qu'il n'y ait ni poil ni laine. Ensuite avoir du sang des dites brebis ou agneaux avec de la bonne éponge pour en faire des pelotons qu'on attachera avec des petits morceaux de chair, pour mettre le tout dans les dites vessies et boyaux étant dûment préparés et assaisonnés avec ledit poison et faire des dites trois vessies la tête et les mamelles, et observer de faire peindre sur un papier ou un linge fin la figure d'une femme, qu'on pourra coller superficiellement sur la vessie qu'on destinera pour la tête.

« Troisièmement enfin, lesdits boyaux seront distribués sous ladite peau, à laquelle il serait bon qu'on y laissa un peu de chair contre, aussi duement poudrée du dit poison pour que ce monstre puisse trouver de quoi mordre partout où ses cruelles dents donneront pour s'éterniser entièrement, ainsi que je le souhaite.

« Voilà, Mgr, ce que votre serviteur a cru devoir représenter à Votre Grandeur pour le repos du public à tous ses égards. Si vous jugez nécessaire, Mgr, que la présence de votre serviteur soit utile pour faire faire cette composition, je me transporterai sous vos ordres dans toutes les villes et lieux qui me seront indiqués; suppliant Votre Grandeur de ne pas trouver mauvais l'avis de celui qui se dit, Monseigneur, de Votre Grandeur, etc.

« De Joas de Papoux, chez M. de Cubière. »

Seconde lettre du même.

« Monseigneur, Votre Grandeur ayant bien voulu honorer votre serviteur d'une réponse très flatteuse sur les moyens que je proposais prendre pour la destruction de cette Bête féroce; c'est ce qui m'enhardi, Monseigneur, à vous présenter par icelle le second avis, qui pourrait être plus efficace, que le précédent. En conséquence, vu et considéré que jusqu'à ce jour les plus rigoureuses poursuites n'ont rien opéré contre cet insigne monstre et que malgré toutes ses ruses et rapidité, il n'est pas sans avoir quelque intervalle de repos étant même fort long, lorsqu'il n'est pas poursuivi. Je pense qu'il se laissera surprendre en observant de lui donner la chasse en la forme ci-après. Voici quel serait mon dessein :

« Premièrement, de se pourvoir environ de vingt-cinq hommes seulement des plus intrépides et les faire déguiser de la manière suivante.

« Secondement, avoir s'il est possible une peau de lion, d'ours, de léopard, de cerf, de biche, d'un veau, d'une chèvre, d'un sanglier, d'un loup mâle et d'une femelle, avec deux moutons.

« Troisièmement, en revêtir douze ou quinze et plus s'il se peut sous les susdites peaux, et les autres avec des petits gilets et de longues culottes bien garnies avec des plumes de différentes couleurs et leur faire faire pour tous des bonnets de cartons en forme de casques garnis aussi avec des plumes et y entremêler de petites lames de couteaux.

« Quatrièmement, oindre tous ces dits vêtements avec du miel, et odoriférer le tout de Musc. Ensuite avoir environ douze onces de graisse de chrétien ou de chrétienne, s'il est possible avec du sang de vipères, mêler le tout ensemble et le partager pour que lesdits en aient chacun dans une petite boëte.

« Cinquièmement, enfin, armer lesdits hommes d'un pistolet d'Urson à deux coups, chargé de trois balles carrées, mordues par la dent d'une femme ou d'une fille, y joindre un petit lingot de fer aussi carré; et oindre les dites balles et lingots de cette graisse; plus d'un bon couteau de chasse et d'une patte de fer à trois griffes oints de même avec ladite graisse. Moyennant quoi étant lesdits hommes capables de bien jouer leur rôle sous l'attitude de bien se contenir. Un seul pourrait être vainqueur de cette Bête cruelle en parcourant dans les bois ou forêts de trois à trois, se tenant les uns des autres à la distance de trente à quarante pas, formant un triangle, en observant de garder un grand silence, Dieu bénira l'entreprise.

« A cette cause, je supplie Votre Grandeur, Monseigneur, que si vous me jugez capable de commander cette brigade : je me rendrai sous le bon plaisir du Roi, mon maître, par vos ordres, toutesfois que Votre Grandeur jugera à propos de faire mettre à exécution le projet que Dieu m'a inspiré, comme étant fidèle sujet de sa Majesté et de Votre Grandeur avec un profond respect, etc.

« De Joas de Papoux. »

« A Nimes, le 2 mai 1765, étant dans la maison de M. Troussel, avocat, vis-à-vis la rue des Marchands à Nimes. »

Un sieur Herbert, de Verrières près Sceaux, conseillait à M. de Montluc, une ruse qu'il avait vu réussir contre un fort loup cervier qui désolait les environs de Bonnières : « Je donnai avis aux habitants d'habiller un mouton en fille, que l'on coiffa avec un bonet de fille; l'on le plaça en un endroit commode et plusieurs personnes armées se postèrent. L'animal n'a pas manqué de venir se jeter sur le mouton qui remuant, s'est imaginé estre un enfant, pendant ce temps là l'animal a été tiré et tué par ceux qui étaient postés[1]. »

1. Archiv. du P.-de-D. C. 1732. Lettre du 22 mars, à M. de Montluc, à Saint-Flour.

Quelques jours après (14 mai 1765), il suggérait encore un nouveau procédé :

« Voici un autre que si vous le faites mettre à exécution, il est certain qu'il réussira.

« C'est de faire un rond qui contienne six ou sept tireurs dans lequel les hommes soient assis, ayant les jambes enfoncées dans le trou du rond. Le tablier cachera leurs habits, et dans le milieu dudit, y mettre quatre ou cinq enfants qui chantent, dansent et jouent à la manière des enfants de la campagne. Par ce moyen il ne pourra arriver aucun danger auxdits enfants étant sous la garde des tireurs qui seront rangés en rond[1]. »

Une cinquième méthode n'était pas moins naïve :

... « M. de Saint-Priest a envoyé un projet de détruire cette beste, il l'a reçu de M. le Controlleur général, c'est un curé du dioçaise de Reims qui lui en a fait part. Il prétend d'abord que c'est un chat-tigre à qui il fait passer les mers venant du Metzig; il dit qu'il faut exposer des veaux d'un an dans les forêts, bois ou pleinnes, tous vivants, leur mettre du poison sur le dos... »

M. d'Enneval dans une lettre promet de faire l'essai de cette méthode[2].

Si la communication de ces inventions diverses, avait pour mobile, en majeure partie, l'espoir du lucre, quelquefois cependant, elle partait d'un meilleur naturel et d'un sentiment de compassion non déguisée : « Le curé de Bouconville, J. Bourgeois, qui suggérait le dernier procédé, s'exprimait ainsi : « Le désir de voir le Languedoc bientôt délivré de cet animal redoutable, est le seul motif qui m'a porté à prendre la liberté de vous faire cette lettre, espérant que vous voudrez bien la recevoir comme le témoignage d'un zèle patriotique. »

Les chasseurs, eux, y mettaient, en général, moins de réserve et moins de désintéressement. Ils ne pouvaient apercevoir la Bête et lui tirer un coup de fusil, sans faire une relation grossie

1. *Ibid.*
2. Archiv. du P.-de-D. C. 1732. Lettre de M. d'Enneval.

de l'affaire et se targuer de l'avoir atteinte, ou même dangereusement blessée. Ceci d'ailleurs n'a rien d'étonnant, nos chasseurs d'aujourd'hui ne feraient peut-être pas autrement.

« *Langeac, 4 mars 1765.*

« Il est vrai que M. du Verny de la Védrines, gentilhomme verrier, rézidant dans la paroisse de Nozerolles, est venu le dernier jour du Carnaval me faire son rapport que le mardy précédent qui estoit le 12 du mois de Février, la Bête féroce avoit passé au-devant de sa verrerie, qu'un de ses domestiques, qui fendoit du bois l'ayant aperceue venant vers lui, cria hautement au secours ; au bruit de cette voix le sieur de la Védrines sortit de sa verrerie, sans armes, mais ayant veu la Bête qui marchoit à grands pas, il demanda qu'on lui portât un fuzil, ce qu'on fit promptement, il lui tira dessus d'assez loin, et il croyait que de ce coup, il lui avoit cassé la jambe gauche de derrière, et pour me confirmer son rapport il me le fit témoigner par son domestique qui étoit avec lui, c'est environ vers les trois à quatre heures du soir que cette action arriva, le maître et le domestique poursuivirent la Bette dans le bois qui est proche de la verrerie, ils trouvèrent du sang répandu sur la nège, et comme la nuit approchoit, qu'il faisoit du brouillard, il ne leur fut pas possible de rencontrer aucun vestige par où cette Bette avoit passé ce qui les obligea de se retirer. Et pour me mieux confirmer sur la vérité de son rapport, le sieur de la Védrines me dit qu'il le prouveroit par le témoignage des sieurs Chastel, chasseurs de profession, qui rézident dans la paroisse de la Besseyre Saint-Mary en Gévaudan, voisine et limitrophe de celle de Nozerolles en Auvergne... prétendant que les Chastel estant à la chasse le lendemain, mercredi 13, dud. mois, avoient trouvé la Bette féroce, ils avoient remarqué qu'elle n'avoit que trois jambes. . . . .
. . . Je fis appeler les Chastel, le jeudi jour de foire, et après les avoir interrogés, ils m'ont dit que le rapport du sieur de la Védrines n'étoit pas fidèle, qu'ils n'avoient pas esté à la chasse le mercredi, qu'il faisoit très-mauvois temps et qu'ils n'avoient pas vu la Bette féroce... Plusieurs personnes m'ont raporté que

M. de la Védrines n'avoit tiré son coup de fuzil que *sur un gros chien qui s'étoit perdu dans les montagnes*[1]... »

L'ordonnance de l'Intendant annonçant la gratification promise, conviait tous les chasseurs à se rendre en Gévaudan et en Auvergne pour la destruction de la Bête. Il en vint, en effet, des provinces voisines, mais leur bonne volonté ne tint pas longtemps contre les difficultés de l'entreprise :

« Ils viennent, disait M. Lafont, avec la meilleure volonté, ils chassent quinze jours ou trois semaines, et après avoir essuyé bien des fatigues, s'en retournent chez eux très dégoûtés. »

Il ne restait donc en présence que M. Duhamel et MM. Denneval. On a vu comment la bonne entente ne régnait point entre eux et combien leurs rapports étaient tendus.

Le premier continuait avec ses dragons ses battues ordinaires. Les seconds prétendaient toujours que ces courses infructueuses mettaient la Bête en fuite et la rendaient fort difficile à approcher.

M. de Montcan soutenait Duhamel; la Cour, au contraire, avait une plus grande confiance dans l'expérience et l'habileté de Denneval et comptait davantage sur son concours pour le succès.

Celui-ci qui le savait, voulait interdire la chasse à son adversaire, et le faire rappeler dans ses quartiers.

M. Lafont vint exprès sur les lieux pour essayer de concilier leurs opérations, mais son intervention n'eut aucun succès.

Bien plus, MM. Denneval voulaient rendre la chasse exclusive et en garder pour eux seuls le privilège, alléguant que des lettres de la Cour leur donnaient cette faculté. Mais M. Lafont leur fit observer que d'après les placards apposés la chasse était ouverte à tous, et que chacun, avec un certificat donné par lui, avait le droit de poursuivre la Bête. Cette mesure n'était d'ailleurs pas inutile à cause de la grande étendue de pays que le monstre parcourait en peu de temps.

1. Lettre de M. Marie, correspondant de la subdélégation à Langeac. Archiv. du P.-de-D. C. 1732.

M. Denneval, qui, au dire du syndic, avait la plume légère, en référa à la Cour. Finalement, M. de l'Averdy, dans une lettre du 20 mars, faisant ressortir le peu de succès des chasses précédentes, l'inconvénient des battues et la perte de temps qui en résultait, proposait de mettre M. Denneval seul à la tête des chasses, avec ordre aux chasseurs de se ranger sous sa direction.

De plus, M. de Choiseul écrivit à M. de Montcan pour le prier d'ordonner à M. Duhamel de ne plus se mêler aux opérations et de se retirer dans ses quartiers.

Enfin, le jour de Pâques, 7 avril 1765, le détachement de dragons, avec son chef, quittait Saint-Chély pour se rendre à la ville du Saint-Esprit[1].

Ainsi finissait cette rivalité. MM. Denneval étaient bien seuls maintenant à la tête du pays, et leur compétiteur disparaissait emportant ce témoignage que rendait de lui M. de Montluc :

« On rendra à M. Duhamel la justice qu'il a mis beaucoup d'activité et de bonne volonté pour détruire ce monstre... mais malheureusement il a toujours échappé à sa poursuite[2]. »

1. Ses états de dépenses, du 4 nov. 1764 au 7 avril de l'année suivante, étaient de 302 liv. 15 s. pour loyer, casernes, etc... et 2.226 liv. 5 s. pour fournitures diverses à St-Chély et médicaments aux personnes blessées par la Bête.

2. Archiv. du P.-de-D., C. 1732.

CHAPITRE VII

CHASSES DE MM. DENNEVAL

PENDANT ce temps-là, qu'était devenue la Bête?

La Bête affirmait plus que jamais sa présence et ses instincts sanguinaires par de nouvelles attaques et de nouvelles victimes dévorées. Son appétit devenait plus violent, sa fureur plus insolente, et jamais jusqu'ici ses méfaits ne s'étaient si fréquemment renouvelés.

Le 9 mars 1765, M. Denneval écrit : « La Beste fait toujours parler d'elle, et encore hier, ayant coupé la teste à une fille, mangé le sein, une épaule et un bras, on fut après elle, mais elle estoit trop près des grands bois, cela s'est passé auprès d'Albaret. Vous savez sans doute que depuis le premier jour du mois elle avoit attaqué plusieurs femmes, filles ou enfants, une femme à qui elle a enfoncé les griffes à la gorge, le même jour, un petit garçon dévoré du côté d'Ardes et la Voulte... M. de Lauriac nous a envoyé trois gentilshommes bons tireurs, qui se nomment MM. de la Fayette[1]. »

Le lendemain, 10 mars, l'abbé du Rochain, comte de Brioude, annonce que « la Bête est dans les environs du Ligonès, elle attaqua hier une fille de vingt-cinq ans, à un demi-quart de lieue du Ligonès, qu'elle mit à mort. On l'a vue ce matin dans

1. *Ibid.*, C. 1732. Lettre à M. de Ballainvilliers.

les environs à deux lieues de Saint-Flour. Cette fille fut surprise par cette Bête qui étoit en embuscade, elle lui sépara la tête du corps qu'elle a emportée.

« Nous avons dans ce pays un grand louvetier, ses chiens sont partis ce matin pour aller rejoindre le maître à Saint-Chély. M. du Ligonès qui est ici avec sa femme partira lundy pour aller chez luy, pour y recevoir les chasseurs. M. Denneval doit incessamment chasser dans ces cantons[1]. »

Il serait trop long de raconter ici les attaques diverses que fit cet animal féroce à Chabriès, près Arzenc, à Malaviallette, et au mas de la Bessière, paroisse de Saint-Alban, où la femme Jouve lutta longtemps, se battit corps à corps contre lui, et réussit enfin à lui arracher un de ses enfants qu'il emportait et dont il avait déjà mutilé le visage (13 mars).

Le 20, un enfant périt à Aumont, le 29, un autre à Javols, le 4 avril, Annez Dauphine à la Roche-Redonde, paroisse de Saint-Alban, et enfin le 7 avril, jour de Pâques, une fille est dévorée à la Clause, près Saugues[2].

Les relations rapportent qu'elle avait fait sa première communion ce jour-là. On ne faisait pas, à cette époque, sa première communion à dix-sept ans, et l'eût-elle faite, on ne l'aurait sûrement pas envoyée garder les bestiaux en ce jour. Une complainte parut sur elle :

A l'abri d'une terre close,
Sur le penchant d'un coteau,
Une petite fille de la Clause,
Gardait ses vaches et ses veaux.

Il y a quatorze couplets de cette valeur.

Quelques gentilshommes étaient de nouveau venus du Dauphiné, du Vivarais ou d'ailleurs, mais bientôt mécontents, soit

1. Lettre de Brioude. Archiv. du P.-de-D. C. 1732.

2. « Le septième avril, même année que dessus (1765), a été dévorée par la bette féroce Gabrielle Pelicier, de la Clauze, sur cette parroisse, âgée d'environ dix-sept ans, et les débris ont été enterrez le lendemain au cimetière de cette parroisse tombeau de ses prédécesseurs, présents Jean Cubizole du susdit village et Benoit Bret, clerc qui ont déclaré ne sçavoir signer, de ce enquis et requis. De Rochemure, curé. »
Regist. de Grèzes. Greffe de Riom (Cour d'Appel).

des hauteurs de Denneval qui voyait en eux des compétiteurs, soit des difficultés insurmontables des lieux, ils étaient repartis.

Denneval comptait bien ne pas procéder comme son prédécesseur. Il avait avec lui six bons limiers dressés à courir le loup. Les paroisses avaient reçu l'ordre, aussitôt que la bête serait aperçue, de venir immédiatement lui en donner avis, ou, si une victime était attaquée et mise à mort, de ne pas toucher au corps avant son arrivée.

Une fois averti, il venait en hâte faire prendre contact à ses chiens qui devaient mener vigoureusement le loup et le faire tomber sous les coups des tireurs. Mais les limiers, soit défaut de dressage ou de flair, soit que cette Bête leur répugnât eurent de la peine à reconnaître la piste comme on l'eût désiré, et ne rendirent pas d'abord les services attendus.

Il avait établi son cantonnement du côté de Saint-Alban, et du Malzieu. Le 21 avril, il voulut essayer d'une battue faite par plusieurs paroisses pour ramener la Bête du côté de Prunières et des bois de M. de Morangiès, où il y avait des gorges qui pouvaient être fructueusement occupées par des tireurs. Mais toutes ces tentatives furent inutiles, il put approcher la Bête, la mener jusqu'à la nuit : la Bête lui échappa.

« M. d'Enneval vient de m'instruire des nouveaux ravages qu'a faits la Bête féroce. Au commencement de ce mois elle a dévoré une fille de treize ans près de Saint-Alban. M. d'Enneval y alla et un de ses piqueurs la trouva dans le bois de Morangiès; on n'eut pas le temps de l'envelopper, elle quitta le bois et les chiens la suivirent. On trouva en la poursuivant des ossements humains et beaucoup de sang, on ne sait qui elle a dévoré... Le même jour elle dévora le soir un enfant de dix ans dans la paroisse de Saint-Denis, et depuis elle a attaqué près de Saint-Chély un homme robuste qui s'est longtemps défendu contre elle, après beaucoup de ruses, elle l'a terrassé et dévoré[1]... »

« Depuis la semaine sainte pendant laquelle la mauditte Beste tua et dévora trois filles et un garçon, et notre dernière chasse, il n'est arrivé aucun accident[2]... »

1. Lettre à M. de St-Florentin, du 13 avril 1765. Arch. du P.-de-D. C. 1731.
2. *Ibid.* Lettre du 17 avril.

« *Du Malzieu, 31 avril.*

« ... Le dix-huit elle tua un garçon à Pauillac[1] à deux ou trois lieues d'icy, elle le saigna comme auroit fait un boucher, lui arracha un œüil, lui mangea les joües, les cuisses et lui disloqua les deux genoux. Le 21, je fis faire une batüe de douze paroisses, où elle fut trouvée sous un rocher, par un jeune homme âgé d'environ dix-huit ans, de la paroisse d'Osmon (Aumont), il étoit armé d'un vieux sabre, elle ne voulut pas décamper, lui gronda et grinça des dents, étant saisy de peur, et s'écriant au secours, son curé qui étoit le plus proche armé d'un pistolet, y accourut, mais elle avoit pris la fuite.

« Elle vient attaquer à Caufour (Couffours) une fille de onze ans et un garçon de seize; ils se défendent et sont blessés, mais sont secourus par un de leurs parents armé d'une hache. En les quittant, ce loup vint rejoindre un autre animal plus petit que lui, qui le caressa et lui lécha la gueule.

« Le 28 une nouvelle battue fut faite et une louve tuée pesant quarante et quelques livres, elle fut portée à Mende, et le subdélégué la fit ouvrir en public par un chirurgien, on lui trouva dans le corps quelques chiffons d'étoffe linge, du poil et des os qu'on jugea être de lièvre... On soupçonne beaucoup que ces paysans en vue d'une récompense lui avoient enfoncé ces drogues avec une baguette. »

Le paysan n'a de grossier que l'habit, il était fort capable, pour avoir part à la gratification promise, de glisser dans cet animal les chiffons retrouvés :

... Quid non mortalia pectora cogis
Auri sacra fames?...

1. « Martial Charrade du Besset, âgé d'environ treize ans, fut dévoré avant-hier par la Bête féroce qui mange le monde dans les tènements de Vachellerie, paroisse de Paulhac où il s'était loué pour vacher, et aujourd'hui vingt avril mil sept cens soixante cinq les restes de son corps ont été portés et inhumés dans le cimetière de cette paroisse, présens J. Charrade, son père et d'Ant. Charrade son frère...

Signé : FOURNIER, curé. »

(Reg. de la Besseyre. Greffe de Riom, cour d'appel.)

Toutefois l'opinion des médecins qui firent l'autopsie, ne confirma point l'hypothèse intéressée de Denneval.

« Quoique les loups soient très avides, et qu'on trouve quelquefois dans leurs entrailles bien des choses qui semblent n'avoir aucun rapport avec leurs aliments, on serait bien en peine s'ils n'ont dévoré quelque cadavre humain et partie de ces habits,

ESTAMPE ALLEMANDE EN COULEUR
Bibl. Nat. — Cabinet des Estampes. — Coll. Hennin.
Cliché de la Revue *Æsculape*.

de pouvoir comprendre où celui qui a fait le sujet de notre vérification pourrait avoir rencontré les matières dont on a trouvé les débris mal digérés dans ses entrailles.

« *Signé :* Bonnel DE LA BRAGERESSE, BLANC. »

Cette louve, tuée à la Panouse, dans le mandement de Saugues, le 23 avril, était encore jeune et n'avait jamais porté, d'après l'examen qui en fut fait. Si donc elle s'attaquait aux humains, nonobstant sa petite taille et son âge, combien d'autres loups plus gros pouvaient avoir la même hardiesse, et par suite, combien il est peu étonnant qu'il y ait eu tant de personnes attaquées en un si court espace de temps et en des lieux si différents!

Aussi devant cette perspective, une lettre circulaire du 25 avril fut adressée aux consuls des communautés pour ordonner soigneusement la destruction des loups et louveteaux, et offrir une prime double de celle qui avait été promise les années précédentes.

A la méthode déjà signalée, M. Denneval joignit un nouvel expédient. Il avait ordonné, on l'a déjà vu, de laisser sur place les victimes jugulées. Une fois prévenu, il faisait répandre du poison sur les restes délaissés, espérant que la Bête viendrait se repaître à nouveau et avalerait ainsi son propre trépas. L'expérience en fut faite sur le corps de la fille de Venteuges. Mais, ou la Bête ne revint pas, ou le poison absorbé par elle fut sans effet.

M. Denneval commençait à se laisser gagner par le découragement.

Il ne faisait pas mieux que son prédécesseur. Ses procédés n'avaient pas plus de succès, et d'autre part jamais la Bête n'avait fait tant de victimes.

Des signes de mécontentement se manifestaient parmi la noblesse de ces pays, la France elle-même était étonnée de l'adresse merveilleuse de cette Bête qui en remontrait à un si célèbre louvetier.

Bien plus, les Anglais s'occupaient aussi du Gévaudan et de sa Bête dont le sinistre renom avait franchi les mers.

On lit dans le *Courrier* du 26 avril 1765 :

« Les journalistes Anglais s'égaient à nos dépens, mais à l'Anglaise, au sujet de la Bête du Gévaudan. On lit dans une de leurs feuilles du 29 mars, qu'une armée française de cent vingt mille hommes a été défaite par cet animal qui après avoir dévoré vingt-cinq mille hommes et avalé tout le train de l'artillerie, s'est trouvé le lendemain vaincu par une chatte dont il avait dévoré les chatons.

« On ne voit point sur quoi peut tomber ce sarcasme, mais ce qu'on voit bien clairement... c'est que l'art de railler avec sel et de badiner avec grâce n'est pas, du moins communément, l'art des écrivains anglais. L'air pesant du climat et l'humeur sombre de la nation s'y opposent[1]. »

1. Les Allemands aussi s'intéressaient à cette lutte d'une Bête qui tenait en échec toute une province, et des gravures circulaient, dont la légende, en langue allemande, dénotait l'origine.

On aurait mauvaise grâce à ne pas en convenir, cette infériorité de l'homme sur la Bête prêtait bien un peu à la raillerie.

Toutefois, comment pouvait-il se faire que ce monstre pût se dérober à tant de battues, échapper à tant de chasseurs, et faire impunément tant de victimes?

Et d'abord, les difficultés des lieux faisaient merveilleusement le jeu de la Bête.

On ne peut se figurer, sans les avoir vues, ces gorges profondes, ces ravines sauvages de Meyronne et la Révolte, de la Desge, au-dessous de la Besseyre, de la Truyère sur l'autre versant des Margerides qui sont elles-mêmes creusées de plis profonds, souvent hérissées d'épais taillis, inaccessibles à l'homme et praticables aux fauves seuls. La Bête avait tôt fait de sauter d'un versant à l'autre, de se couler sans être vue à la faveur des taillis et de mettre en défaut, tout en passant près de lui, la vigilance du tireur au poste. Et là-haut sur les arides sommets des monts que ne ponctuent ni arbres ni arbustes, il lui était facile d'apercevoir le chasseur aux aguets, et de se sauver hors de portée.

Si quelquefois, l'éveil donné, elle ne pouvait se sauver à temps sans essuyer quelques coups de fusil, l'imperfection des armes de cette époque, le saisissement et le manque d'assurance ou la trop grande distance du tireur rendaient la plupart des coups inutiles, quand le feu lui-même ne ratait pas.

Les battues, par elles-mêmes, n'étaient pas si dangereuses qu'on pourrait le croire. Il y avait une telle cohue, une telle confusion, et entre les tireurs et les rabatteurs de si larges vides amenés forcément par les grands bois, les forêts impénétrables, alors plus nombreux qu'aujourd'hui, qu'il n'est point étonnant que la Bête ait pu aisément se dérober.

D'ailleurs, ceux qui jusqu'ici avaient dirigé les chasses tenaient à s'assurer la récompense promise, et à tuer eux-mêmes la Bête, de sorte qu'ils se réservaient les meilleurs postes, et ne laissaient pas facilement aux autres l'occasion de remporter le prix. C'est ainsi que la prime extraordinaire qui devait assurer la mort du monstre, était peut-être pour lui une cause de salut.

Enfin on ne peut être surpris de voir la Bête dévorer impu-

ESTAMPE ALLEMANDE

Bibl. Nat. — Cabinet des Estampes. — Coll. Hennin.

Cliché de la Revue *Æsculape*.

nément tant de victimes, puisque l'on sait qu'elle ne s'attaqua d'abord qu'aux enfants ou aux femmes, rarement aux hommes, et seulement lorsqu'ils n'avaient point en mains d'armes dangereuses. Sans doute l'éveil était bientôt donné, et l'on venait aussitôt au secours des victimes. Mais avant que les fusils aient été décrochées, la Bête avait gagné le large, et l'on ne retrouvait plus que les débris de la personne dévorée.

CHAPITRE VIII

INCURSIONS DE LA BÊTE EN AUVERGNE

« A M. Jaout, à Clermont, 8 mai.

MONSIEUR, je prand la liberté de vous informer du ravage que cette maudite bette fait dans la paroisse de Nozeirolles et d'Auvers, et aux environs. Le 29 du mois d'avril elle emporta une de mes nièces âgée environ de onze à douze années de devant leur porte entre les deux fraire et un autre petit du village de Lair, subdélégation de Langeac. Deux hommes en menant les bœufs la rencontrairent qu'elle la menoit par le cou, on la lui ota mais à peine elle respiroit, son cou étoit tout percé, dans un cardeure elle mourut, chagrin, Monsieur, bien triste pour une famille. Dans Chanteloube, paroisse de Nozeirolles d'Auvers, emporta aussi une autre fille âgée d'environ quatorze ennées, en gardant deux vaches, cela arriva le 4 may que j'ai su aujourd'hui; à Nozeirolles même paroisse, mangea aussi une autre fille quelque temps avant âgée environ de dix-sept ennées, en mangea aussi presque tout de suite une autre au Besset, âgée environ de treize ennées, sans y comprendre autres deux ou trois à des distances de moy environ une lieue, de sorte, M., que nous voilà dans bien des paines, Dieu le veut, nous le méritons, mauvais païs, mauvais jans, et mauvais vivre aussi, avec dargean il faut l'on prie pour avoir quelque peut de blé... DU VERNY DE LA VÉDRINES[1]. »

1. Archiv. du P.-de-D. C. 1733.

La Bête, si terrible pour cette malheureuse paroisse, ne comptait pas s'en tenir là :

« 15 may. — J'ai l'honneur de vous informer, que le samedy onze du présent, entre les deux ou trois heures du soir, quatre petits garçons du village d'Auvers, paroisse de Nozeirolles, gardaient les vaches dans les bois de la Tenezeire, proche de leur village, dont le plus vieux de l'âge de quatorze ans, et les autres trois de l'âge de dix à douze ans, ont esté attaqués par la bette féroce. Le plus grand garçon qui avoit un bâton assez long au bout duquel estoit une bayonnette fut fort courageux pour se défendre, et ses petits camarades, l'un desquels fut poursuivi par la Bette qui commençoit par le prendre par les habits. Mais le plus grand porta sur la Bette plusieurs coups de bayonnette qui la firent reculer, et un autre des petits encouragé par la hardiesse du plus grand, ayant un batton à la main luy en porta un coup sur le muzeau qui la fit fortement tousser et après la Bette se sauva dans les bois...

« Ce rapport m'a été fait ce jourd'huy par le plus grand accompagné de son père. A Langeac, 15 May[1]. »

Les familles éprouvées étaient, on le conçoit, dans une profonde désolation. Partout, d'ailleurs, la terreur était à son comble.

Cette maudite Bête ne se bornait plus à assaillir dans les pâturages les gardeurs isolés et sans défense. Son appétit et son audace s'étaient singulièrement accrus, et elle venait maintenant jusque sur le seuil des maisons, jusque dans les cours fermées, emporter les jeunes enfants sous l'œil des parents, parfois même au milieu de groupes stupéfaits de cette insolence.

Aussi le syndic de Gévaudan recommandait-il dans tous les villages la compascuité, et les gardeurs en nombre ne partaient plus sans s'être prémunis de piques effilées et acérées qu'avait fait distribuer l'Intendant d'Auvergne. Les chiens qui avaient à lutter contre la Bête, furent pourvus d'énormes colliers en fer forgé, avec des pointes aiguës qui défiaient les dents les plus pénétrantes.

1. *Ibid.* C. 1733. Lettre de M. Marie à Langeac.

Suitte des ravages affreux causés par la cruelle Bête du Gévaudan, qui continue de désoler se Pays, malgré les poursuittes et recherche continuelle de Mrs Denneval et autres fameux Chasseur.

A Paris chez Mondhare rue S. Jacques a l'Hotel Saumur

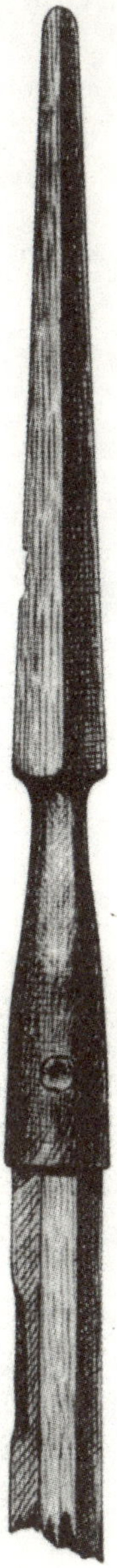

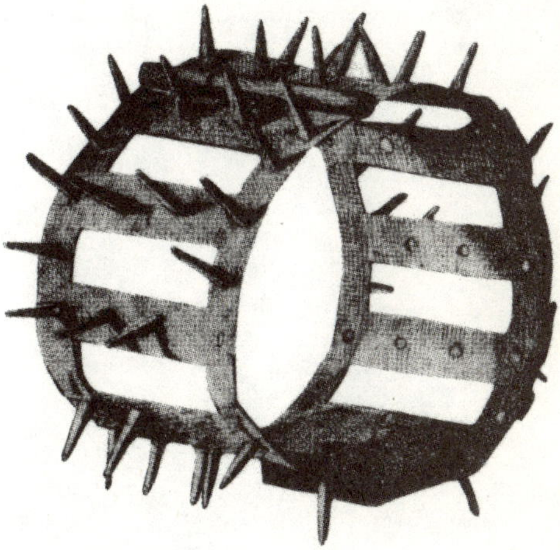

Les hommes eux-mêmes, la nuit venue, n'osaient pas sortir de leurs demeures : cet animal farouche était si redoutable dans l'obscurité! On ne voulait plus s'aventurer isolément pour se rendre aux foires voisines, et ce n'est que par groupes compacts et armés qu'on allait aux marchés. Le commerce souffrait de ces craintes justifiées qui retenaient chez eux les paysans, et empêchaient l'approvisionnement ordinaire des bourgs.

Enfin, cette Bête, on ne savait pas au juste ce qu'elle était; il y avait probablement en elle quelque chose de surnaturel : elle s'était montrée sous des formes si diverses! Ne l'avait-on pas aperçue marchant toute dressée sur ses pieds de derrière?

Ne l'avait-on pas vue écoutant aux portes des fermes isolées? Ne se jetait-elle pas à la rivière comme un homme qui veut se baigner? D'aucuns même l'avaient entendue parler!!!

De sorte qu'à travers tous ces récits divers et ces exagérations superstitieuses, le peuple se formait la conception vague d'un monstre terrible, insaisissable et invulnérable, dont les instincts sanguinaires mettaient en défaut et déjouaient sans cesse les efforts et les ruses de l'homme.

Que faisait donc M. Denneval, ou plutôt qu'avait-il fait depuis plus de deux mois qu'il était arrivé dans ce pays?

Sa conduite était diversement appréciée. M. de Morangiès, dans une lettre du 3 mai, s'exprime ainsi à son sujet : « Je suis trop voué à l'humanité et au patriotisme pour n'être pas sensiblement affecté de la durée de ce cruel fléau, et la chose me paroit trop intéressante pour que je ne me croie pas obligé de dire la vérité sur la conduite de MM. Denneval... Il me suffira de vous assurer que toutes les paroisses du côté de Saugues ainsi que celles de ce canton-ci (Saint-Alban) sont indignées des mauvaises manœuvres de ces chasseurs... Il est rebutant pour un peuple qui ne trouve à vivre que dans un travail journalier d'être employé des jours entiers à des chasses fort éloignées, pénibles et toujours infructueuses par l'absurdité des projets et des mesures de ces Messieurs, qui ont encore l'indécence de ne point payer de leurs personnes, de se refuser à l'exemple qu'ils doivent donner, et de penser plutôt à un gain sordide que tout condamne, qu'à la réussite de leur mission. Le sort de notre malheureux pays se décide au Malzieu, par ces aventuriers au milieu des pots et des verres, et de concert avec tous les crapuleux de cette folle cité.[1] »

Ces récriminations, quoique inséparables d'une certaine exagération, avaient un fonds de vérité.

Aussi Denneval sentant que la sympathie des populations commençait à lui échapper, pour la regagner, allait donner au monstre une chasse active et sans intermittence.

Le 1er mai, du côté de Saint-Alban, MM. Marlet de la Chaumette, virent la Bête dans un pâturage, la poursuivirent, la tirèrent et la blessèrent, de telle sorte que dans sa fuite elle perdait beaucoup de sang. Denneval vint avec ses chiens continuer les poursuites, mais sans aucun résultat.

Le 6 mai, chasse générale. La Bête est levée près du Villaret, paroisse de Chanaleilles, elle est tirée, mais elle s'échappe encore.

Le 12, nouvelle chasse. Deux loups furent tirés à soixante pas. « Dans la battue qui s'est faite aujourd'hui, M. de Rochemure avec deux autres particuliers de la paroisse de Grèzes ont tiré trois coups sur un animal qu'ils ont assuré être la Bête du Gévaudan, sans le blesser, et un jeune homme qui en fut blessé il y a quelque temps nous a dit que c'étoit la même qui l'avoit dévoré[2]. »

On fait encore une battue le 16, mais sans succès. Comme aucune victime n'était signalée depuis le 2 mai, ce qui semblait extraordinaire, étant donnée la multiplicité de ses attaques, on crut que l'animal avait succombé aux blessures reçues au premier mai.

« *Malzieu, 18 may.*

« Je crois qu'il est arrivé quelque sinistre événement à la Beste en question, depuis le 2 de ce mois nous n'avons appris aucune nouvelle qu'elle ait fait meurtre, ni mesme qu'elle ait attaqué personne, ce qui pourroit nous faire conjecturer que les blessures qu'elles a reçues la veille par MM. de la Chau-

1. Pourcher, p. 562-563.

2. Archiv. du P.-de-D. C. 1733. Lettre de M. de Montluc, du 12 mai.

mette, et le même jour l'une de nos battues à Saint-Alban, où je suis sûr d'avoir vu beaucoup de sang dans la poursuite que j'en fis, pourroient lui avoir occasionné quelque avanture. Ceci joint aux deux coups de fusil qu'on luy tira dans la chasse que nous luy donnâmes le six, bien tiré par un paysan à vingt pas, et l'autre à quinze pas par M. de la Fagette (*sic*) un de nos meilleurs tireurs, après que les chiens l'atteignirent, et la mordirent plusieurs fois au vu de plusieurs chasseurs[1]. »

Oh! si vraiment la bête était morte! Et comme le silence se continuait à son sujet, chacun se laissa bercer de cette douce espérance qui fit son chemin et gagna au large et au loin.

« J'ai l'honneur de vous mander, écrivait le délégué à M. de Saint-Florentin, que j'ai cru nécessaire de prier MM. d'Enneval de faire battre les bois, ravins et rochers les plus proches de l'endroit où la Bête fut tirée le 6. Il serait bien à désirer d'y trouver la preuve que les habitants du pays sont délivrés d'un monstre qui fait tant de ravages[2]. »

Hélas! cette illusion ne devait pas être de longue durée!

« L'espérance que M. Denneval avoit donnée de la mort de la Bête féroce vient de s'évanouir, et la lettre que je reçois de lui en datte du 23 de ce mois m'apprend qu'elle continue ses ravages avec plus de fureur que jamais[3]. »

Le 19 mai, en effet, pendant une battue que l'on faisait, une fille d'environ cinquante ans fut dévorée au bois de Servilanges, paroisse de Venteuges. Le monstre lui avait coupé la tête qu'on ne put retrouver, et après avoir traîné environ cent cinquante pas le reste du corps, avait sucé tout le sang et arraché le cœur. Puis, quelques heures après, il était revenu ronger le haut de la poitrine.

« ... Le 24, il dévore une fille à Mazel, paroisse de Jullianges, le même jour il attaque une fille à Marsillat, paroisse

1. Archiv. du P.-de-D. C. 1733. Lettre de M. Denneval.
2. *Ibid.* C. 1733.
3. *Ibid.*

de Clavières, en Auvergne; un enfant de quatorze ans lui enfonça dans le flanc une baïonnette dont il était armé, et qu'il retira tout ensanglantée...[1] »

Avait-elle été dérangée et chassée par les battues, ou bien était-ce simple fantaisie de sa part, c'est l'Auvergne que la Bête semblait choisir alors pour théâtre de ses terribles déprédations.

« Je viens avoir l'honneur de vous donner avis que l'une des bettes qui dévore le monde a passé à Lair, paroisse de Nozeirolles, le 1er juin, et a mangé une petite fille d'Étienne Hugon en gardant les bestiaux[2].

« Cet animal a paru plusieurs fois aux environs du village de Lair, en Auvergne, elle y attaqua un enfant le 27, qui se trouvant à portée de sa maison, eut le temps de s'y réfugier.

« Le 30, elle tenta à diverses reprises de surprendre le nommé P. Olier, journalier de Chanteloube, même paroisse de Nozeirolles. Cet homme labouroit près d'un petit bois. Il fit d'abord bonne contenance, et voulut aller à la Bête féroce avec une hache dont il étoit armé, elle attendit et lui inspira tant de frayeur, qu'il n'osa s'approcher. Il alla chercher du secours à son village, les paysans vinrent en foule, l'un d'eux la découvrit de fort près dans un bled, et luy tîra un coup de fusil sans la blesser, un autre paysan fut à portée de luy donner un coup de hache, mais la crainte de la manquer, et de se voir ensuite attaqué le retint et la bête se retira ensuite à petits pas dans les bois de Roussillon, paroisse de Pinols, en Auvergne[3]. »

D'autre part, M. Denneval apprenait que la Bête s'était jetée sur une petite fille qui gardait deux bœufs au village de Jullianges « mais heureusement ces deux bœufs vinrent la

1. *Ibid.* C. 1733.

2. *Ibid.* C. 1733. « Jeanne Hugon, âgée d'environ onze ans, fille légitime d'Étienne Hugon, du village de Lair, cette pauvre enfant fut ensevelie au cimetière de la paroisse, le 2 juin (1765), ayant été dévorée par la Bête féroce, le jour précédent, à demie mangée, dans le bois du village... DAUDÉ, prieur. »

3. Archiv. du P.-de-D. C. 1733. Lettre de Saint-Florentin.

dégager, et elle en fut quitte pour un coup d'ongle à l'épolle gauche. Elle voulut plus loin se jeter sur une jeune fille qui gardoit les cochons, mais ces animaux la secoururent (?) de même que sa mère qui étoit heureusement à sa portée. La Bête s'est ensuite réfugiée dans les bois de Lorcières[1]. »

Nos lecteurs nous pardonneront ces longueurs monotones et ce récit fastidieux des attaques et des carnages de la Bête. Celle-ci ne variait pas ses exploits dont l'histoire, par suite, ne peut être qu'uniforme et tristement monotone.

Enfin, comme de nouvelles victimes étaient signalées au Mazet et à Saint-Privat du Fau, une chasse énergique avait, en conséquence, été donnée au monstre, pendant les journées du 8, 10, 12 et 13 juin.

La chasse du 12, faite en partie en Auvergne, est ainsi racontée par M. d'Enneval, dans une lettre à M. Lafont :

« Monsieur, nous fîmes partir, le 11 au soir, nos gens et nos chiens pour aller coucher à Paulhac, afin de faire le lendemain matin une quête plus ample. Et nous nous rendîmes à six heures, à la chapelle de Beaulieu, dans la Margeride, rendez-vous indiqué, où nos gens nous firent rapporter qu'ils avoient connaissance d'un animal qu'ils soupçonnoient être la Bête et qu'ils l'avoient suivie à traces de limiers par les bois du Besset, en Auvergne, jusqu'à la rivière qu'ils ne purent passer; et l'heure avançant ils tinrent conseil pour s'en revenir au rendez-vous. Sur le champ nous renvoyons les gens à pied de la communauté de Saint-Pierre-le-Vieux et de Prunières et nous gardâmes environ trente tireurs à cheval, avec lesquels nous nous mîmes à la poursuite. Passant par la Vachelerie, on nous rapporta qu'un paysan l'a vue à la pointe du jour derrière une petite muraille. Nous l'envoyâmes chercher, il nous confirma le fait et me mena à l'endroit et il me dit que la Bête avoit prit la fuite à son approche, la tête tournée du côté du bois de la Molle. Nous continuâmes à y marcher, de là, à Diége. Nous traversâmes les bois du Favard, ceux du Besset et nous passâmes la rivière près du château de Sarlonges (*sic*). Là, on nous rapporte que sur

1. *Ibid.* C. 1733.

les neuf heures, la Bête avoit voulu attaquer une femme et une fille, mais que s'étant bien défendues avec la baïonnette, elle les avoit quittées faisant route vers Nozeyrolles, en Auvergne.

« Nous y fûmes et nous nous informâmes si on l'y avoit vue. On nous dit que non. Je demandois au Prieur quels étaient les bois les plus fourrés dans ce canton. Il me répondit qu'il y en avait de très forts de l'autre côté appartenant à M. Dupont de la Grange et qu'en tirant encore plus loin dans l'Auvergne, on trouvait ceux de M. d'Apchier qui y joignoient.

« Nous y fûmes et ayant grimpé la montagne, je postois les tireurs sur la crête et envoyois les chiens par dessous le bois en cas de besoin excepté un limier que je lâchois dans ces bois vers le milieu. Il en eut connaissance, la rapprocha très bien et lui fit passer ces bois jusqu'à la verrerie de M. de la Vedrine, gagnat vers ceux d'Apchier, où un orage nous prit et la nuit approchant nous l'arrêtâmes et fûmes coucher au village d'Auvert, où nous couchâmes tous dans la bergerie, et ne trouvâmes ni pain, ni paille. Dès la pointe du jour, je renvoyois en quête dans les bois de M. d'Apchier jusqu'à la Pause et dans ceux de Colanic proche l'abbaye de Pébrac et le Bois Noir, où on n'eut aucune connaissance.

« Nous rabattîmes sur les bois de Julianges, de Paulhac et de Saint-Privat-du-Fau, sans autre succès. Pendant ce temps, on vient avertir au Malzieu, sur les neuf heures du matin, que la Bête avoit paru dans les bois de Serverette et aux gorges de Prunières. Une personne, que j'y avais laissée pour avoir soin d'un chien malade, y fut avec. Il trouva le Vicaire qui avoit fait entourer ces bois, mais dans la battue il ne sortit rien. Et il n'a pas même été vérifié que ce fût la Bête. »

M. l'abbé Peytavin, curé de Saint-Julien-du-Tournel prétendait prouver péremptoirement que cette Bête n'était qu'un ou plusieurs loups carnassiers, et comme preuve il apportait la liste des personnes dévorées par les loups dans sa paroisse, surtout au village de Serviès.

CHAPITRE IX

NOMINATION DE M. ANTOINE POUR DIRIGER LES CHASSES

Dans les battues diverses et les chasses récentes, on n'avait levé et poursuivi que des loups. Denneval fils, dans une lettre à Mgr l'Évêque de Mende, assurait bien que dans les courses faites avec son père, ils avaient détruit dix-neuf loups ou louveteaux; mais les gros loups avaient échappé à leurs coups et le public attendait davantage de leur expérience et de leur réputation.

Aussi les récriminations et les plaintes contre eux reprirent de plus belle et arrivèrent jusqu'à Versailles.

On sut bientôt que le Roi, en apprenant de nouveaux carnages, n'avait pu résister au désir d'envoyer de plus habiles chasseurs pour renforcer les premiers dont l'insuccès attristait toute la Cour.

« Sur le compte que j'ay rendu au Roy des nouveaux dégâts causés par la Bête qui infeste votre département et le Gévaudan, Sa Majesté a pris le parti d'envoyer le sieur Antoine, son porte-arquebuse, avec six autres bons tireurs et de bons chiens. J'espère que vous ne tarderez pas à les voir arriver. Je vous prie donc de leur accorder tous les secours et toutes les facilités qui dépendront de vous, pour les mettre en état de venir à bout d'une entreprise importante pour les peuples de ces deux provinces[1].

« Après avoir reçu les ordres du Roi, M. Antoine choisit parmi les gardes des capitaineries de Sa Majesté de Versailles et de Saint-Germain-en-Laye, et les plus habiles chasseurs des ducs d'Orléans, de Penthièvre et du prince de Condé, quatorze des meilleurs chasseurs, et deux valets des limiers, avec quatre des chiens les plus distingués de l'équipage de la louveterie du Roi... accompagné de son fils et d'un valet, il prit la route de l'Auvergne. »

Les quatorze gardes-chasses étaient : Rinchard, son neveu, Lacour, Pélissier, Frigaud, Délion, Lachenay, Lecteur, Bonnet, Mareschaux, Lecomte, Lacoste, Dumoulin, Regnault et Lestang.

Les deux valets étaient Lafeuille et Berry.

M. Antoine de Beauterne, avec son fils, gendarme de la garde, avait quitté Paris, le 8 juin, et arrivait peu de jours après à Clermont, où il obtenait de l'Intendant d'Auvergne une ordonnance et une lettre de recommandation qui devaient lui faciliter l'accomplissement de sa mission :

« Ordonnance... De par le Roy, Simon Charles-Sébastien-Bernard de Ballainvilliers, etc. . . . .
. . . . Il est ordonné aux officiers municipaux et consuls des bourgs et paroisses des élections de Brioude et de Saint-Flour, de faire fournir à M. Antoine, lieutenant des chasses de Sa Majesté, envoyé par ses ordres pour travailler à la destruction de la Bête féroce, un cheval ou un mulet avec son bât, pour porter les paniers et les quatres limiers, lorsque ledit sieur Antoine le demandera.

« Il sera fourni pareillement le nombre de chevaux de selle que ledit sieur Antoine demandera pour les jours des chasses, le tout à peine d'amende, même de prison contre les refusants.

1 Lettre de M. de Saint-Florentin à M. de Ballainvilliers, 8 juin 1765. Archives du Puy-de-Dôme. C. 1734.

« Il sera par nous pourvu au payement des journées desdits mulets ou chevaux sur les états qui nous en seront remis par les consuls, avec le certificat au bas dudit Antoine...

« *Fait à Clermont, le 16 juin 1765*[1]. »

En outre des chevaux et autres moyens de transport, M. Antoine réclamait « douze douzaines de pétards pour être distribués aux gardes et tirés dans les bois, afin d'épouvanter la Bête et l'en faire sortir, et vingt lances emmanchées, suivant le modèle qu'il avait porté, pour être mises entre les mains des païsans les plus vigoureux et les plus sages des paroisses commandées pour les chasses[2]. »

M. Antoine vint mettre pied à terre au Malzieu, le samedi 22 juin. Le lendemain, il assistait à la chasse faite dans les bois de Venteuges où on lui montrait les restes d'une victime dévorée, puis de là venait s'installer à Saugues où M. Lafont allait le rejoindre pour passer sept jours avec lui.

Un homme bien dévoué à son pays que ce M. Lafont, le syndic du diocèse de Mende! Il était l'âme de cette longue campagne menée contre la Bête. On le trouve partout, il prévoit tout et dispose toutes choses pour assurer le succès. C'est lui qui est chargé de toutes les enquêtes, et c'est à lui que s'adressent les récriminations et les plaintes. C'est lui le pacificateur complaisant des querelles et des brouilles que suscite la jalousie, le conciliateur patient des adversaires irréductibles. Il est infatigable : il assiste aux chasses, vient vérifier les méfaits annoncés, écrit des relations très détaillées et entretient avec les Intendants une correspondance incessante qui jette aujourd'hui la plus vive lumière sur les faits accomplis. On ne comprend pas comment il pouvait suffire à tout. En un mot, c'est lui qui fit le plus, et c'est lui qui retira le moins de gloire.

Le 2 juillet il rend compte ainsi qu'il suit de l'arrivée et des dispositions prises par M. Antoine :

« Je me suis rendu auprès de M. Antoine ainsi que j'ai eu

1. *Ibdi.* C. 1734.
2. *Ibid.* C. 1734.

l'honneur de vous en informer, et je viens de passer sept jours avec lui à l'extrémité du Gévaudan, sur la frontière d'Auvergne. Mes premières dispositions ont été de loger M. Antoine et M. son fils, leur domestique et les quatorze gardes-chasses ou valets de limiers qu'il a avec lui, dont huit ont été pris dans les capitaineries du Roi et les six autres appartenant à Leurs Altesses sérénissimes Mgr le duc d'Orléans, Mgr le prince de Condé, Mgr le duc de Penthièvre.

« Comme les paroisses que la Bête féroce paraît fréquenter aujourd'hui le plus sont celles de Ventuejols, où elle a fait les derniers malheurs et de la Bessière de Saint-Mary, en Gévaudan, et celles de l'Auvergne qui les avoisinent, Antoine a cru devoir commencer par s'établir avec ses gardes sur ces deux premières paroisses. En conséquence, il s'est placé au lieu de Sauzet, paroisse de Ventuejols, et il a distribué ses gardes deux à deux dans les villages des deux paroisses, où la Bête se fait voir le plus fréquemment. Je leur ai procuré le logement chez les habitants, qui les ont reçus d'autant plus volontiers que ces gardes paraissent de fort honnêtes gens et qu'ils payent bien tout ce qui leur est fourni. Ils sont eux-mêmes bien payés aux frais du Roi, ayant chacun cent sols par jour.

« M. Antoine vit à son passage au Malzieu, MM. Denneval. Il chassa avec eux, le dimanche 23 juin, dans la battue qu'ils firent faire ce jour-là, et se rendit à Saugues, où MM. d'Enneval vinrent le rejoindre le lendemain de son arrivée, ils furent s'établir avec lui à Sauzet. M. Antoine n'approuve pas les battues. Il croit plus à propos de faire poster les gardes et les bons tireurs des paroisses dans des affûts de deux à deux au soleil couché et pendant toute la nuit, de s'y poster lui-même et d'y passer pareillement la nuit. Durant le jour, il veut placer ses gardes et des bons tireurs aux passages principaux de la Bête. M. Denneval, qui du temps de M. Duhamel n'était point d'avis des battues et qui ensuite en a ordonné et fait exécuter un grand nombre, veut les continuer. Il est cependant convenu avec M. Antoine de ne point en faire à deux lieues des endroits que M. Antoine occupe avec ses gardes ou qu'il occupera dans la suite. Celui-ci lui ayant représenté qu'elles dérangeraient toutes ses mesures. M. Antoine cherche beaucoup à se concerter avec MM. Denneval, qui lui ont promis de le faire aussi avec lui. Ils ont resté ensemble deux jours à Sauzet. MM. Denneval en sont partis, le vendredi, pour retourner au Malzieu et se disposer à la battue, qu'ils avaient ordonné pour avant-hier dimanche.

« M. Antoine paraît un très galant homme, plein de zèle et d'intelligence et disposé à mettre toute l'activité possible dans l'exécution de la commission dont il est chargé. Il la trouve difficile à remplir, soit par la nature du pays, soit par tout ce qu'on lui apprend de l'agilité de la Bête et de ses ruses ; il espère cependant que si lui ou ses gens parviennent à la détourner, ils réussiront à la détruire.

« Depuis le 21 juin, elle n'a fait aucun ravage quoiqu'elle se soit montrée en plusieurs endroits. »

MM. Denneval et Antoine paraissaient donc être dans les meilleures dispositions l'un pour l'autre, et devaient chasser de commun accord. C'est bien cette fois qu'allait sonner la dernière heure de la Bête !

« Nous nous sommes rejoints avec bien du plaisir avec M. Antoine pour concerter ensemble les moyens les plus sûrs et les plus prompts pour tâcher enfin de venir à bout de la malheureuse bette qui fait icy notre objet...

« ... On nous a appris que hier, deuxième de juillet, sur le chemin de Mande icy, entre Serverette et Saint-Amand (corr. : St-Alban), sur les midy à une heure, la bette avoit paru tout à coup dans le grand chemin, où le courrier qui sen revenoit de Mande icy, avec un autre homme d'environ soixante et plus, le courrier peut en avoir de quarante-cinq à cinquante, ils suivoient le cheval, le courier râpoit du tabac ayant sa baïonnette sous le bras, la bette tomba sur le cheval devant eux deux, luy fit deux blessures distantes de quatre pouces de l'une à l'autre, celle de dessus a six dois et demie environ dessendant de la croupe à la fesse et l'autre un pouce et demie de large, et autant de profondeur, dans ce moment le courier laissa tomber sa tabatière et s'étant saisy de sa baïonnette il en porta un coup dans la quisse de la bette dont il luy a tiré du sang, le fait est vray, j'ay vu aujourd'hui les blessures du cheval et questionné cet homme. Il dépeint la Bette comme à l'ordinaire[1]... »

Mais le monstre, avec ce flair particulier qui le caractérisait, semblait avoir l'intuition de ce qui se tramait contre lui. Il quittait les parages où s'étaient cantonnés les chasseurs, et se jetait de nouveau en Auvergne.

Le 4 juillet, à Broussolles, paroisse de Lorcières, entre onze heures et midi, ainsi qu'on le verra dans une relation postérieure, il jugulait une vieille femme de soixante-huit ans, Marguerite Oustallier, lui suçait le sang et la laissait morte, après l'avoir traînée pendant vingt pas.

De là, il passait sur la paroisse de Jullianges, où il attaquait, sur les deux heures de l'après-midi, la fille du maréchal à qui heureusement il ne put faire aucun mal.

Était-ce vraiment le même animal qui à deux heures d'intervalle venait de tenter ces deux méfaits en des paroisses différentes ? Qui donc pouvait en donner la certitude absolue ? On avait si facilement et si généralement pris l'habitude, aussitôt qu'une victime était signalée, de crier à la Bête, et de reporter sur une même tête, la culpabilité de ces carnages multipliés !

On vint avertir M. Antoine qui se transporta sur les lieux pour étudier les traces de la bête.

Dans une lettre à M. de Ballainvilliers (11 juillet), il rend compte des remarques qu'il a faites :

« Le six, au point du jour, nous nous sommes transportés avec nos limiers sur la place où cette femme avoit été égorgée, où nous avons vu beaucoup de sang, son chapeau et ses habits déchirés, et avons reconnu qu'elle avoit été traînée quatre toises et qu'à ces endroits ou le terrein étoit dur nous n'avons aperçu que les ongles d'un gros loup. Comme nous étions à nous retirer le Consul dud. Lorcière est arrivé tout essoufflé pour nous dire que tout ce village étoit en alarme par les hurlements d'une Bête, et qu'il nous feroit voir l'endroit par où elle avoit passé, nous nous y sommes tous transportés sur le champ

1. Lettre de M. Denneval, du 3 juillet. Archives du Puy-de-Dôme. C. 1734.

Bête furieuse que l'on supose être une Hiène qui
les Pays de Gevaudan, d'Auvergne et de Languedoc, sans que
toutes les mesures que l'on a prise jusqu'à présent pour
detruire ayent pu réussir. Elle devore principalement les Femmes et les Enfans,
elle leur a livré plusieurs Combats qui seront à jamais mémorable comme on le voit ici représenté

avec nos limiers, et nous avons revu par le pied en plusieurs endroits d'un grand-loup d'une louve qui l'avoit joint, et que sans doute les hurlements du grand loup avoient été faits pour la rappeler. Nous jugeons tous par un procès-verbal que nous avons fait que les deux derniers délits n'ont été faits que par des loups, ce que nous reconnaîtrons à la première occasion que nous puissions être avertis à temps. J'aurai l'honneur de vous observer qu'il y a une chose qui est la plus contraire à une connaissance si nécessaire à sçavoir s'il y a une Bête dévorante qui existe ou si c'est des loups qui causent tant de ravages. Il est nécessaire qu'il y aye une défense particulière dans toutes les paroisses où pareils malheurs arrivent de poursuivre lad. bête féroce avec des hommes et des chiens très loin, comme ils font, cela fait que cette bête refuit par là à plus de deux lieues et plus de l'endroit où elle a dévoré et qu'il nous sera impossible de la détruire sur le lieu même et de la faire tuer, car il est certain qu'un animal qui est saoul, ne se retire pas loin, et au premier endroit où il trouve une bonne demeure.

« Si le temps ne devient plus favorable, nous allons fouiller les forêts de Méronne (Meyronne, près Venteuges), de Monpeiroux et de Marsalette et autres buissons des environs qui servent de retraite à la prétendue Bête ou aux loups et à leurs louveteaux, car ce paìs-cy est le lieu ou nous avons le plus à travailler. L'on commence à faucher les foins, et les seigles seront coupés ensuite et il serait bien malheureux pour les habitans que nous les privassions de vaquer à faire leur récolte en les employant sans une extrême nécessité à tirer et à faire des battues avec nous, il n'y a que les dimanches et les fêtes que nous pourrons les employer à cet usage...

« *A Sauzet, en Gévaudan, 11 juillet 1765.*

« ANTOINE[1]. »

Au lendemain, « 7 juillet, on fit une chasse générale où M. Denneval fut trouvé pieds nus, s'étant embourbé, ne laissant pas, malgré cet accident, d'agir avec son zèle ordinaire.

1. Archives du Puy-de-Dôme, C. 1734.

« Le 11, l'Intendant d'Auvergne envoie à M. Antoine dix-sept harpons, armes très propres à retenir la Bête, si on pouvait l'approcher d'assez près pour lui en faire sentir la pointe : puisque c'est un fer très-large en langue de serpent avec deux crochets qui retiendraient la Bête, si elle voulait échapper après le coup porté. Cette arme est ajustée au bout d'un gros bâton de la longueur de cinq pieds, où on a ménagé à un pied et demi de l'harpon une espèce de boule, faisant un même corps avec le bâton, afin que celui qui s'en servira puisse s'en servir plus aisément pour tirer la Bête à lui, et une autre boule plus haut pour avoir un point d'appui ferme pour l'enfoncer avec plus de force. »

Ce sont ces harpons ou piques spécialement agencées et dont M. Antoine avait donné le modèle, que l'on ne confiait point à tout venant, mais à une seule ou tout au plus à deux personnes choisies dans chaque paroisse infestée[1]. A cause du danger que pouvait faire courir leur forme particulière, il n'était point permis de les mettre entre les mains des enfants.

Il fallait bien une certaine naïveté pour croire que ce monstre, dont les instincts de conservation étaient depuis longtemps connus, viendrait se mettre à portée de ces harpons, alors qu'on avait eu jusqu'ici tant de mal à l'approcher d'assez près pour lui tirer fructueusement un coup de fusil.

Sans doute, à diverses reprises, des enfants atteignirent et blessèrent avec leurs baïonnettes la bête dévorante; c'est que celle-ci ne redoutait point les coups que pouvaient lui porter de si faibles bras, tandis qu'elle se gardait soigneusement des hommes armés. Aussi les événements montrèrent bien le peu de

1. Les paroisses qui les recevaient en donnaient un reçu et nommaient ceux à qui on devait les confier :

« Comme consul de la paroisse de Pébrac, reconois avoir reçut deux lances de Mgr l'Intendant de Clermont et par la main de M. Antoine, feaite ce 14 juiliet 1765. Couret. »

« Je soubigné (soussigné) comme consul de Pébrac que toute la paroisse conseant que Vidal Vallet de Pébrac qu'ils ont la nomet pour obeyr les ordres du Roy pour aporter la lance tout le quant que M. Antoine le commandant pour feaire la chasse, feaite le 14 juiliet 1765. Couret. » (Archives du Puy-de-Dôme, C. 1737.)

succès qu'obtinrent ces piques, puisqu'il n'est fait mention d'aucun loup frappé par elles.

Les autres engins n'étaient pas plus heureux, et toutes les méthodes expérimentées semblaient frappées d'une inconcevable stérilité.

C'est alors que la Cour se décida à rappeler MM. Denneval.

« Nous venons de recevoir des ordres pour retourner dans nostre patrie, nous partons les larmes aux yeux de n'avoir pu parvenir à réussir dans les mouvements que nous sommes donnés pour vous délivrer du cruel fléau qui désole votre province, j'ay vous puis assurer que nous avons fait à cet égard tout ce qui est possible à l'homme.

« DENNEVAL[1]. »

M. Antoine, dans une lettre du 28 juillet, annonçait leur départ :

« MM. Denneval, suivant les ordres de la Cour, sont partis ce matin; en vérité, je vous jure, M., que je n'y ai eu aucune part.

« Le père est venu m'embrasser en fondant en larmes. Ce vieillard m'a extrêmement touché. Je luy ai demander de m'avouer la cause de sa disgrâce, il est convenu qu'il avoit manqué à plusieurs personnes de ce païs-cy. Je luy ai dit que j'étois venu dans l'intention de les réconcilier, mais que n'en ayant pas eu le tems, la bombe avoit crevé trop tôt...

« ... Donc, Monsieur, que je vous fasse part en secret de ce qui concerne M. Denneval que je regrette plaindre de tout mon cœur, de fuir à son âge, expatrié volontairement de son païs, aux yeux de toute la France, pour faire et entreprendre une action où personne n'avoit songé, je puis vous assurer que s'il n'a pu réussir avant mon arrivée, ce n'est pas sa faute... quoiqu'il aye eu des façons déplacées où il n'a pas connu mon amitié pour luy, ni les avances que je luy ai faittes, ny même son propre avantage. Soyez persuadé, Monsieur, que tout cela ne s'est fait que pour avoir suivi de mauvais conseils dont le malheureux vieillard est la dupe. Je n'aurai jamais de grâce à

1. *Ibid.* C. 1734.

vous prier, Monsieur, de m'accorder, plus chère que celle de vouloir bien lui estre favorable dans son malheur...

« *A Sauzet, le 18 juillet 1764.*

« ANTOINE[1]. »

Quel contraste entre les façons de MM. Denneval qui, aussitôt arrivés en Gévaudan, avaient mis tout en œuvre pour faire rappeler M. Duhamel, et la courtoise bonhomie de M. Antoine qui s'attriste du départ de celui qu'il va remplacer, excuse ses insuccès et cherche enfin à lui concilier, malgré sa disgrâce, les faveurs de la Cour!

Quelle amère déception pour M. Denneval, et quel départ humiliant!

Il était venu, la tête haute, tout fier de sa renommée, montrer à ces manants, à ces rustauds de gentilshommes d'Auvergne et de Gévaudan, comment on menait un loup, comment on forçait une bête, quelque féroce qu'elle pût être.

Il avait escompté la récompense promise, la gloire d'un si bel exploit, les regards et les applaudissements de toute la France, sans compter la reconnaissance de deux provinces. Et il n'avait pas fait mieux que les autres! Et il se retirait l'oreille basse, humilié, battu par cet animal maudit[2]!

Il était donc toujours bien difficile de venir à bout de cette méchante Bête!

M. Antoine, à son tour, restait seul en face du monstre. Serait-il plus heureux et plus habile que ses devanciers? Les événements n'allaient pas tarder à le décider.

1. *Ibid.*, C. 1734.

2. Avant de sortir du Malzieu, M. Denneval donne quittance des sommes qu'il a touchées pour subvenir à ses dépenses personnelles :

« J'ay reconnay avoir reçu de M. le Receveur des tailles de Saint-Flour, en Auvergne, la somme de douze cents livres pour dépenses faites en la province du Gévaudan, à la poursuite de la Bête féroce...

« DENNEVAL. » (Archives du Puy-de-Dôme, C. 1737.)

A raison des fatigues qu'il avait supportées, et de la peine qu'il s'était donnée, il se vit allouer par la Cour une gratification de trois cent cinquante livres.

CHAPITRE X

CHASSES DE M. ANTOINE EN AUVERGNE ET EN GÉVAUDAN

La Bête, on l'a vu, s'était jetée en Auvergne, où elle continuait de faire sentir sa dent meurtrière :

« Avant-hier au soir, 23 du présent mois (juillet), tout à la brune, un enfant de neuf ans a été dévoré ou emporté par la Bête, ou par un loup, dans le bois à Auvert, parroisse de Nozerolles, lorsqu'il alloit chercher des bœufs, l'on a cherché toute la nuit sans le trouver n'ayant été vu à différentes places que partie de ses habits, et partie de sa chemise toute ensanglantée; l'on n'est venu pour nous avertir ici qu'à une heure de l'après-midi, mais nous étions à chasser des loups par delà Pébrac, dont nous ne sommes revenus qu'entre neuf ou dix heures du soir ce qui fait que n'ayant pas de clair de lune nous n'avons pu nous y rendre sur le champ et y mener nos limiers pour aller au bois ce matin reconnaître les pieds de cet animal[1].

1 « Claude Biscarrat, âgé d'environ neuf ans, fils de Louis et de Françoise Borie, du village d'Auvers, de cette paroisse (Nozeirolles), fut inhumé au cimetière le 25 juillet, présente année (1765), ayant été dévoré par une Bête féroce le 22 du susdit mois à l'entrée du bois de Coloni, et à demi rongé par la Bête ou loup carnacier (*sic*), qui règne dans le pays... Daudé, prieur curé, Mijoule prêtre présent. » (Registre de la paroisse de Nozeirolles d'Auvert.)

« Comme nous n'avons aucun doute que les derniers habitants qui ont été dévorés ne l'ont été que par des loups, cette fâcheuse connaissance pour les provinces nous oblige à demander des augmentations plus étendues à la Cour que celles avec lesquelles nous sommes arrivés icy[1]. »

Le lendemain, M. Antoine se transporta sur les lieux après avoir reconnu que le pied de l'animal qui avait dévoré l'enfant était celui d'un *gros loup*, il ordonna une chasse de six paroisses qui fut exécutée le jeudi vingt-six juillet.

Dans cette chasse, le bois d'Auvert fut investi; l'on en fit sortir un loup qui ne put être tiré.

« Le soir, en se retirant, quelques batteurs trouvèrent le cadavre...

« . . . . M. Antoine ayant voulu prendre le chemin le plus court, son cheval plongea et s'abattit dans un bourbier... Nous nous transportâmes sur les lieux, où était le cadavre à l'entrée de la forêt... Ce cadavre était tout nu, il avait une cuisse d'emportée, l'autre à demie rongée, ainsi que le derrière et les reins, une joue dévorée, le col disloqué sans être coupé, y ayant huit blessures tout autour, l'empreinte de quatre grands crocs au ventre. . . . .

« ... Je ne saurais, Mgr, vous rendre des témoignages assez étendus sur le zèle dont M. Antoine est animé, sur l'activité avec laquelle il exécute de jour et de nuit ses opérations, et sur l'intelligence qu'il y met. L'on n'a à se plaindre de lui que pour lui-même. Il hasarde tout dans ses courses et va à travers les rochers, les précipices et les marais. Son aventure de jeudi dernier nous causa d'abord les plus vives alarmes. Il ne revint de la chasse du mardi qu'après neuf heures, par une nuit obscure et des sentiers affreux.

« Il serait bien fâcheux qu'il arrivât quelque accident à un aussi galant homme, je ne lui en ai point dissimulé mes craintes et mon frère qui l'accompagne partout ne cesse de lui faire entrevoir les dangers auxquels il s'expose. Monsieur son

1. *Ibid.* C. 1734.

fils partage toutes ses fatigues, et agit avec la même ardeur que lui[1]. »

Ce qui avait conquis à M. Antoine la sympathie de M. Lafont, et de ceux avec qui ces chasses le mettaient en fréquents rapports, c'était l'affabilité de ses manières et de ses procédés, bien différents de la morgue hautaine de son prédécesseur, c'était la commisération qu'il témoignait, on le verra plus loin, à ces malheureux habitants, journellement exposés à l'insatiable voracité des bêtes féroces, c'était enfin l'endurance qu'il montrait et le courage infatigable qu'il déployait dans ces poursuites périlleuses, où sans compter il payait bravement de sa personne, comme le dernier des gardes qu'il avait amenés avec lui.

« Ni la chute que j'ai faite avant-hier dans un bourbier, où mon cheval voulant se relever m'a blessé légèrement le pouce de la main gauche, tout cela n'est rien, ni la misère où nous nous trouvons souvent réduits dans les pauvres villages où il est nécessaire que nous habitions, où le foin et la paille manquent presque toujours, et réduit souvent nos chevaux à l'herbe alternativement avec le foin vieux ou nouveau, joint à ce qu'ils ont toujours les pieds dans l'eau et dans les pierres, sans l'avoine qui nous a été fournie ils seroient déjà hors de service, car ils marchent tous les jours. Nos gardes couchent presque toujours sur du foin, ne pouvant être permanents dans un même lieu.

« ... Tout cela ranime notre ardeur contre ces monstres dévorants, surtout en voyant les malheureux restes des cadavres qu'ils ont dévorés, et aussi par l'amitié et la confiance que les habitants nous témoignent en cette occasion.

« Nos gardes les mènent avec eux à l'affût, et il est promis un louis à celui d'entr'eux qui pourra tuer un loup, et nous vous représentons que c'est ces animaux qui ont dévoré la plupart des habitants qui l'ont été dernièrement et que si vous l'approuviez et voulussiez bien, il fut accordé trente livres à chacun de ces habitants qui pourroit tuer un loup à l'affût,

1. Relation de M. Lafont. Pourcher, p. 748-752.

dans les endroits seulement où il s'est fait des carnages humains, ce qui seroit prouvé être hors de supercherie.

« Les pluyes, les brouillards épais qui règnent tous les matins et qui durent souvent jusqu'au soir, les foins, les bleds qui ne peuvent être récoltés qu'à la fin d'août, les habitants qui y sont occupés, ce qui fournit toutes leurs ressources, tout cela retarde beaucoup toutes nos opérations.

« *Au Besset près Saugues, 27 juillet 1765.*

« ANTOINE[1]. »

M. Antoine était donc bien convaincu que ces bêtes dévorantes n'étaient autres que des loups, et, certes, il était bien placé pour le savoir en connaissance de cause. Toutefois, quelle que pût être sa conviction à ce sujet, le résultat de ses labeurs n'en était aucunement modifié.

Allait-il, comme ses devanciers, se retirer devant ces loups qui demeuraient insaisissables ? Une légitime appréhension commençait à le gagner à mesure qu'une exploration plus complète lui faisait mieux voir les difficultés insurmontables de ces pays sauvages que compliquaient encore les intempéries qui sont le lot ordinaire de ces altitudes.

A sa sollicitation, une nouvelle ordonnance de l'Intendant d'Auvergne, du 23 juillet, édictait de nouvelles prescriptions qui devaient lui faciliter les chasses entreprises.

Enfin, dans un mémoire, trop long pour être cité dans toute sa teneur, qu'il faisait porter par le sieur Regnault, l'un de ses gardes-chasses, à M. de Saint-Florentin, il exposait par le menu, ses observations sur la nature du pays et les secours dont il avait besoin pour chasser avec espérance de succès :

« Il n'y a point de différence entre les traces de la Bête anthropophage que l'on recherche et celles d'un grand loup. Depuis cinquante ans que le Sr Antoine chasse en France, en Allemagne, en Piémont, il n'a jamais vu de pays pareil à celui-ci et aussi difficile, pays de montagnes, coupé de ravins profonds et escarpés, de rochers souvent inaccessibles où les

1. Archives du Puy-de-Dôme. C. 1735.

loups font leurs tanières, de nombreux bourbiers ou *molières* font encore courir de grands dangers aux voyageurs; les ruisseaux, habituellement guéables, grossissent considérablement par les grandes pluies; le pays est pauvre, mais les habitants se prêtent de bonne volonté aux battues. Il faudrait un limier de plus et un grand nombre de chiens, il indique à qui il faut les demander; il supplie M. de Choiseul de lui envoyer douze bons et sages sergents avec un officier d'infanterie pour commander les grandes et les petites battues; il demande enfin l'assistance de tous les bons chasseurs du royaume, « et nous les prions en cette qualité de vouloir bien nous accorder leurs bons avis par écrit, sur la conduite des chasses que nous faisons[1]. »

Pour qui connaît ces contrées, les craintes que causaient à M. Antoine les difficultés des lieux et la frayeur que lui inspiraient les nombreux bourbiers ou, suivant son expression, « *les molières*[2] » particulières à ces montagnes, étaient vraiment justifiées. On ne se doute pas de ce que ces fondrières ont de perfidie et de dangers pour les personnes inexpérimentées. Dans les plis serrés qui se creusent au pied des sommets divers de la Margeride, entre les futaies ou les taillis, s'allongent d'étroites prairies, de sinueux pacages, revêtus d'un fin gazon court et serré. Çà et là de larges plaques, souvent circulaires, d'une végétation encore plus drue, ponctuent d'un vert plus intense la teinte monotone de ces pelouses rétrécies. C'est sous ce gazon plus verdoyant que se cachent les insidieux bourbiers. Le chasseur plein de confiance et le nez au vent, avance devant lui sans hésiter. Soudain il voit, sous son poids, le feutre épais sur lequel il marche se mouvoir en des ondulations significatives. Il s'arrête et veut revenir sur ses pas. C'est bien un peu tard. Sous le tapis de verdure qui s'est traîtreusement entr'ouvert, son pied plonge déjà dans une vase gluante et tenace qui

1. Archives du Puy-de-Dôme. Inventaire, p. 82.

2. « *Las mouleyras* » dans le langage local. C'est autour de ces molières que croît cette plante, si rare en France, le « Betulanana » (bouleau nain), que les botanistes viennent cueillir, au cours de la belle saison. Commun dans les steppes de Russie, cet arbuste minuscule ne se trouve que dans ce recoin des Margerides, entre Chanaleilles et Servières.

l'emprisonne sans merci. Il s'appuie sur l'autre pied, mais l'autre pied s'enfonce à son tour, et notre homme, pour gagner un sol plus ferme, n'a d'autre ressource que de s'étendre, s'aider de ses mains, et marcher à la façon des animaux. Une fois sa victime sortie, la pelouse perfide reprend son aspect habituel, et ne laisse rien deviner de ce qui vient de se passer.

Et quand le cavalier, lancé à fond de train, jetait son cheval dans ces fondrières invisibles, quelle épaisseur de boue devait couvrir, des pieds à la tête, l'homme et la bête, et quel danger pour eux de périr étouffés sans pitié, s'il n'y avait là des mains vigoureuses pour leur porter secours !

La Bête avait une préférence marquée pour ces passages, lorsqu'elle était poursuivie. Par un adroit détour elle évitait facilement ces pièges où les chevaux venaient s'embourber inévitablement.

A la chasse du 22 décembre 1764, les deux dragons qui la serraient de près et allaient la sabrer n'avaient-ils pas été arrêtés par un bourbier ? Naguère encore, M. Denneval n'avait-il pas donné dans un de ces pièges invisibles ? M. Antoine, à son tour, ne venait-il pas, grâce à son inexpérience, de recevoir une dure leçon ? Enfin le garde Pélissier ne s'embourbait-il pas de telle sorte qu'il croyait périr, et cet événement ne fut-il pas cause que les Chastel furent mis en prison, le garde les ayant accusés de lui avoir joué un mauvais tour ?

Cette sagacité du monstre faisant ainsi tourner à son avantage les difficultés du sol, excitait au plus haut point l'étonnement terrifié des indigènes. Il n'y avait plus à en douter, cet animal était sorcier et c'est surtout la nuit qu'il devait être difficile d'échapper à sa dent meurtrière.

« Je suis désespéré que malgré que j'offre douze livres au premier habitant qui viendroit m'avertir à l'instant de l'endroit où il y auroit eu quelqu'un de dévoré, et même douze livres de plus, si par cet avertissement le loup étoit tué, tout cela n'a pas pu jusqu'à présent engager aucun de ces habitants, poltrons comme des poules, à marcher la nuit même à si peu de distance des endroits où nous sommes par la frayeur mortelle dont ils sont remplis de ladite Bête qu'ils croient la plupart être sorcière.

« Par les procès-verbaux signés de tous nos gardes et de moy sur les trois carnages humains qui se sont faits icy, nous reconnaissons être faits par des loups, sçavoir, celui de Broussolles, celui d'Auvert, et celui d'avant hier à la paroisse de Cervières (Servières), où un petit garçon âgé de huit à neuf ans a été enlevé à la vue de son père, de sa mère et de sa sœur, et porté à plus de cinq cens pas, et un faucheur qui étoit près de là a obligé cette Bête de s'enfuir, ayant laissé le petit garçon sans connaissance, ayant eu deux crocs au-dessous du menton, la joue gauche ouverte, trois ou quatre dentées au-dessus de la tête, à l'épaule et à la main aussi. Cet enfant ayant été pansé par un chirurgien de Saugues, l'on espère qu'il n'en mourra pas...

« Nous sommes dérangés à tout moment, ayant commandé demain une grande battue pour fouiller la forest noire et bois d'Auvert, où par le rapport des valets de limiers les loups y ont leurs louveteaux.

« *Au Besset, ce 29 juillet.*

« ANTOINE[1]. »

En cette période de la chaude saison, où les récoltes couvraient le sol, où les foins qui séchaient et les moissons qui se doraient ne laissaient point chômer les bras valides, les opérations de M. Antoine étaient comme paralysées, et ne pouvaient guère se faire que le dimanche.

Aux premières journées d'août, M. le comte de Tournon était venu le rejoindre avec une meute de vingt-cinq chiens, deux piqueurs et deux valets, et de concert ils tentaient de trouver la piste de la Bête, pour lui donner la chasse, dans le rayon circonscrit dont elle semblait ne plus s'écarter :

« J'ai reçu les affiches pour avertir les paroisses d'Auvergne, les batteurs, tireurs et bergers avec leurs chiens pour se joindre aux différents rendez-vous qu'exige la queste continuelle que nous sommes tous les jours obligés de faire pour le détourner, ce qui nous paroit presque impossible, parce qu'il est presque

1. Archives du Puy-de-Dôme. C. 1733.

toujours sur pied, il ne fait que roder à environ une lieue et demye autour de nous, mais vu la récolte, nous laissons les habitants en repos, à finir leurs foins et à commencer les blés, où il n'y a pas encore icy deux arpents de sciés. Mais les dimanches nous assemblons cinq ou six paroisses à tour de rôle pour faire une battue, qui fautte que les batteurs n'ont point d'ordre dans les marches elles ne peuvent réussir...

« Je quitte la plume par la rumeur que j'entends, et je la reprends pour vous informer, monsieur, que cette rumeur étoit causée par tous les habitants de la paroisse de la Besseyre, dans le Besset, à une distance d'un demy-quart de lieue, qui couroient après ce loup qui venoit d'étrangler une grosse fille âgée d'environ vingt ans qui étoit assise à filer avec une autre grande et deux autres petites filles. Cela est arrivé à près de huit heures du soir, et il l'a traînée environ vingt pas dans un petit bois. Tous nos gardes, mesme M. le comte de Tournon, M. de Lafont et mon fils et moy serions arrivés à tems pour le tirer, si une grande quantité de monde n'y fut arrivé avant nous, ce qui l'a fait s'enfuir, un instant avant notre arrivée. Nous avons reconnu par le pied que c'étoit toujours le même loup.

« *Au Besset, le 9 août 1765.*

« ANTOINE[1]. »

1. *Ibid.* C. 1736. La fille à laquelle il est fait allusion était Jeanne Anglade de Pompeyren, paroisse de la Besseyre Saint Mary, « âgée d'entour seize ans, égorgée par la Bête qui mange le monde, dans un des tènements du Besset, où elle gardait les bestiaux de Guill. Comte..... inhumée le dixième août 1765, dans le cimetière de la paroisse..... signé : FOURNIER, curé (Greffe de Riom).

CHAPITRE XI

INSOLENTS MÉFAITS DE LA BÊTE

La Bête ne semblait aucunement s'inquiéter de la présence de M. Antoine, du comte de Tournon et de leurs chiens, non plus que des battues faites pour la déloger.

Le 11 août, M. Antoine avec ses gardes s'était transporté d'abord à Servières, puis de là à la Font-du-Fau, en Auvergne, pour y faire deux battues qui devaient se joindre au grand Bois Noir que l'on voulait investir et fouiller.

Au cours des opérations, on vint lui annoncer qu'une jeune fille, Marie-Jeanne Vallet, domestique de M. Bertrand Dumont, curé de Paulhac, avait été attaquée par la Bête en se rendant à Broussous, petite ferme voisine du chef-lieu de la paroisse.

Aussitôt, M. Antoine se transporta sur les lieux, étudia les traces et reconnut que c'était le même loup qui continuait ses ravages. Mais comme les chiens des bergers l'avaient poursuivi très loin, il lui fut impossible de prendre la suite et tout ce qu'il put faire, ce fut de dresser procès-verbal de la lutte entre la Bête et la dite jeune fille, âgée de dix-neuf à vingt ans :

« Ladite Vallet, attaquée par la Bête, lui a porté dans le poitrail, de toute sa force, un coup de la bayonnette qu'elle portoit. M. Antoine a vu la bayonnette teinte de sang sur une longueur de trois pouces; la Bête une fois touchée a poussé un cri en portant une patte de devant à sa blessure, puis s'est roulée dans la rivière et a disparu. Au dire de Jeanne Vallet et de Thérèse, sa sœur, elle est à peu près de la taille d'un gros chien de troupeau, ayant une teste très grosse et platte, la gueule noire et de belles dents, le collier blanc, le col gris, beaucoup plus grosse par devant que par derrière, et le dos noir[1]. »

C'est alors que M. Antoine reçoit, envoyée de Saint-Germain-en-Laye, par le sieur Regnault, garde-chasse, une caisse remplie de pièges à loups, qu'il dispose aux passages les plus fréquentés de ces terribles animaux.

Pendant quelques jours, on vit les gardes et les chasseurs, la pioche sur l'épaule, au coin des bois, creuser des fossés, rétrécir les passages et dissimuler adroitement les traquenards sous une mince couche de terre. Qui sait si une fois ou l'autre la Bête ne finirait point par marcher sur l'un des emplacements préparés? Et soir et matin, avec une anxiété bien explicable, on venait visiter le piège et voir enfin si aucune capture n'était faite.

Mais la Bête, ou plutôt les loups avaient du flair, et ces recoins si savamment préparés ne leur disaient rien qui vaille. Aussi les pièges comme jadis le poison, n'eurent guère de succès.

Il n'y avait donc rien à faire contre ces maudites Bêtes!

M. Antoine ne craignait pas d'afficher ses sentiments religieux. Le lundi, 19 août, il faisait célébrer une messe solennelle du Saint-Esprit par M. Fournier, curé de la Besseyre.

Le prieur de Pébrac, les curés de Ventuéjols, de Saugues, de Paulhac et le prieur de Nozeirolles y furent invités. Le curé de Ventuéjols s'y rendit en procession à une lieue de distance et le concours fut si grand que l'église de la Besseyre ne put contenir tous les arrivants. Le clergé fit une procession où assistèrent MM. Antoine père et fils, le comte de Tournon, M. Lafont, les gardes-chasses et les piqueurs en uniforme et sous les armes. Au retour de la procession, on chanta la messe, on fit l'offrande et la cérémonie finit par l'*Exaudiat* et l'oraison pour le Roi. M. Antoine donna ensuite à dîner à tous les ecclésias-

1. Archives du Puy-de-Dôme. Inventaire, C. 1736.

tiques et leur remit de l'argent pour distribuer aux pauvres de leurs paroisses; il en distribua lui-même à ceux qui se trouvaient dans l'endroit.

Il n'était pas hors de propos d'invoquer l'assistance du ciel : la condition des habitants devenait si pénible, et les calamités semblaient si tristement se conjurer pour leur rendre l'existence pesante et douloureuse!

« Il fait ici un temps déplorable depuis trois jours pour les biens de la terre, les blés qui sont presque tous sur pied ou à terre pourrissent sans pouvoir les serrer[1]. »

Les semailles, à cause des chasses continues, avaient été faites d'une manière insuffisante, le peu que l'on avait semé ne pouvant être levé d'une façon satisfaisante, on comprend facilement quelle misère devait peser sur ces populations appauvries qui n'avaient pas d'autres moyens de subsistance.

« La misère est si grande, ici, que presque tous les habitants manquent de pain, de sorte qu'ils sont forcés de se rendre aux battues en tombant d'inanission, faute d'avoir mangé, ce qui oblige même ceux qui ont quelque peu de bled de les faire moudre tous verts, ce qui m'engage à vous représenter combien nous souffrons de voir sous nos yeux, comme partout où nous allons, une si affreuse misère; elle a tellement touché hier M. de Lafont, qu'il a donné au rendez-vous, dix-huit livres aux trois paroisses du Gévaudan.

« ... Mon fils me mande de la Cour, que par la protection que vous avez bien voulu accorder à notre mémoire, qui a été porté au conseil, il avoit été résolu qu'il seroit écrit à S. Altesse Mgr le duc de Penthièvre pour avoir le sieur Chabeau, un limier et trois chiens courants pour loup, ainsi qu'à M. le Marquis de Montmorin pour avoir Dorade et deux chiens aboyeurs. Qu'il ne seroit pas écrit à M. de Champigny, mais que pour remplacer les chiens qui lui auroient été demandés, il nous sera envoyé les limiers, chiens courants, lévriers et mâtins d'équipage

1. Lettre de M. Antoine à l'Intendant.

de la louveterie du Roy qui alloient nous arriver icy, conduits par un valet de chiens.

« Au Besset, ce 21 août 1765.

« ANTOINE[1]. »

Dans cette lettre M. Antoine demande en outre l'autorisation de distribuer quelques secours aux habitants.

Cependant, l'on n'avait aucune nouvelle de la Bête depuis l'attaque de Jeanne-Marie Vallet à Paulhac, et l'on espérait que la blessure qui lui avait été faite par cette jeune fille aurait eu peut-être des conséquences funestes pour cet animal maudit. Plus de vingt jours s'étaient écoulés et l'on n'entendait parler d'aucun méfait. Bientôt les hypothèses devinrent des espérances et ces espérances prirent, dans les esprits, la consistance de réalités. Hélas! on n'allait pas tarder à être déçu de toutes ces illusions!

Le 28 août, le garde Rainchard avait tiré de loin un fort grand loup que l'on croyait être la Bête poursuivie; l'animal frappé à mort, put cependant fuir encore assez longtemps pour échapper aux chiens, et aller mourir près de Védrines-Saint-Loup.

Le fils d'Antoine fut alors envoyé pour rechercher l'animal disparu :

« *A Saint-Flour, 3 septembre, 1765.*

« Monsieur, j'ay été détaché icy par mon père avec le sieur le Conte, garde-chasse du parc de Versailles pour venir réclamer un très-gros loup que le nommé Rainchard, garde-chasse de son Altesse Sér. Mgr le duc d'Orléans tira le 28 du dernier mois, lorsqu'il étoit occupé à regarder de petits enfants qui gardoient des vaches dans le bois de la Ténagère; comme il porta son coup à deux lieues de là, les paysans de Verderine Saint-Loup l'apportèrent ici pour en recevoir la gratification du sieur de la Vallette qui m'en a remis les oreilles et la peau, et à force de perquisitions nous avons trouvé la carcasse de ce loup dont nous avons coupé les quatre pieds, et nous avons reconnu, suivant les connaissances que nous en avions, que c'étoit le même

1. Archives du Puy-de-Dôme. C. 1736.

Un jeune enfant de 9 à 10 ans sauva sa sœur que la bête attaqua.
Deux dragons la poursuivirent le sabre à la main mais elle sauta un mure qui les arreta.
Le même jour elle devora un jeune garçon de 16 ans.
Le 21 elle se jetta sur une jeune fille qui heureusement fut secourue à tems.
Le 24 elle coupa la tête à une femme.
Elle fut investi dans un petit borquet et trouva le moyen de s'enfuir.
Representation de la bête féroce nommée hiene qui fait un affreux ravage sur les limites du gevaudan et de l'auvergne elle s'attaque surtout aux femmes et aux enfants leurs arrache les mamelles leurs mange le cœur et le foye et leurs coupe la taite. elle à dévoré le 18 avril dernier dans la paroissé de paulhac un enfant de 12 à 13 ans le 22 elle attaqua un jeune garçon et une feille qui fut secourue à tems.
Se vend à Paris chez Corbié rue St Severin aux Associés

loup qui a déjà fait plusieurs carnages humains. Je m'en vais retourner à Verderine Saint-Loup en rechercher la tête que les paysans ont emportée. Mon père m'a chargé de vous demander deux cavaliers de maréchaussée pour faire marcher dans les battues les paysans qui refusent la plupart du temps le service...

« De Beauterne[1]. »

Le 8 septembre, une jeune fille du village de la Vachellerie, paroisse de Paulhac, disparaissait soudain vers les sept ou huit heures du soir, et l'on ne retrouvait d'elle que sa coiffure qui avait été rapportée par un berger.

M. Antoine, prévenu à une heure du matin de cet enlèvement, se rendit, trois heures après, avec quatre gardes-chasses et nombre d'habitants, au bois d'Armond, situé à courte distance du village de la Vachellerie pour y faire les recherches nécessaires :

« Nous avons reconnu que cette fille y avoit épluché un petit bâton. Il a été trouvé encore dans la même place un petit morceau d'étoffe de la grandeur de trois à quatre pouces, percé de deux dentées. Ensuite de quoi, les valets des limiers et les dits gardes se sont tous mis à courir le bois. D'abord, ils ont trouvé une partie de vêtement tout déchiré et tout auprès une grande effusion de sang. Plus haut encore, il a été trouvé une partie de juppon toute délabrée par les plis qui étaient séparés, tous percé et remplis de sang. Beaucoup plus haut, dans une place de bruyère, a été trouvé, tout nu, le cadavre de cette fille, la gorge toute percée des crocs de cette cruelle bête, ayant la cuisse gauche toute mangée jusqu'à l'os. Cet animal l'a coupée et rongée tout près de l'emboiture de la hanche, et au ventre il n'a été aperçu que des meurtrissures et des égratignures des ongles que lui a fait cet animal en la dévorant[2] ».

C'était vraiment inconcevable! M. Antoine avait établi sa résidence au Besset, ses gardes étaient disséminés dans les

1. *Ibid.* C. 1736.

2. Archives du Puy-de-Dôme, C. 1736.

villages avoisinants qui s'étagent sur les larges flancs du Montmouchet, l'un des plus hauts sommets des Margerides, et c'est juste aux alentours du Montmouchet que la Bête multipliait alors ses exploits audacieux.

C'est là que venait d'être attaquée Marie Vallet, là qu'avait été dévorée la fille de la Vachellerie. C'est là aussi qu'allaient être bientôt assaillis le muletier de Paulhac, et sur l'autre versant, les enfants de Teyssèdre.

On croirait aisément qu'il y avait quelque chose d'extraordinaire dans cette Bête, qui, alors qu'ailleurs l'impunité lui était facilement assurée, venait choisir ses victimes au milieu des chasseurs acharnés à sa poursuite et semblait ainsi les braver outrageusement.

Maintenant elle ne doutait plus de rien et s'en prenait aux hommes dans la force de l'âge.

« La Bête féroce attaqua, le 11, un muletier qu'on m'a assuré être âgé de trente à trente-cinq ans et être un homme vigoureux. Ce muletier conduisait six mulets, sur un desquels il y avait un fusil qui n'était chargé qu'avec de petits plombs. Il aperçut la Bête couchée sur la bruyère, prit son fusil et fut à elle et lui tira à environ vingt pas. La Bête se relève en fureur et vient sur le feu, ce qu'elle n'avait fait encore. Elle renversa ce muletier et un de ses frères étant en avant avec un autre homme et marchant à quelques pas de distance de lui, lorsqu'ils entendirent le coup de fusil, ils se retournèrent et aperçurent le muletier couché par terre, se débattant avec la Bête. Ils coururent à son secours et elle s'enfuit vers le bois de la Pauze[1]. »

Le muletier se nommait Gouny, et l'incident se passait non loin de Paulhac, sur la route de Saint-Flour.

Cet insuccès ne décourageait point la Bête qui recommençait ses tentatives sur l'autre versant du mont, en Auvergne, cette fois :

« *Le Besset.*

« L'an 1765 et le 13 du présent mois de septembre, nous, François Antoine, etc. ayant été averti aujourd'hui au Besset,

1. *Ibid.* C. 1736.

lieu de notre présente résidence par le nommé Jacques Teissèdre, demeurant au Bessat[1], paroisse de Pignols (Pinols), en Auvergne, lequel nous a déclaré que hier au soir, au soleil couchant, l'aîné de ses enfants qui s'appelle Jean Teissèdre, de l'âge de seize à dix-sept ans, étant dans un pré à garder des bœufs, il a vu venir à lui cet animal qui lui a parû fait comme un chien et de la grosseur d'un loup. Cet animal auroit passé devant le dit petit garçon, et en même tems il s'est trouvé saisi au col par derrière en le renversant par terre, lui a fait une dentée considérable au col et deux derrière la tête; à ce moment elle auroit quitté le petit garçon pour aller reprendre un autre petit garçon domestique dudit Jacques Teissèdre, âgé d'environ onze à treize ans, lequel enfant ne pouvoit parler à cause que ledit animal l'avoit saisi d'abord au col où nous avons aperçu deux dentées considérables pour y faire entrer le doigt, et la troisième dentée que cet animal lui a faite lui a fendu la joue environ un pouce et demi de long, et ensuite il a été déclaré par l'autre petit garçon qui étoit avec lui l'avoir vu traîner environ cinquante pas sans le quitter et il l'a secouru avec une bayonnette qu'il portoit.

« A déclaré ledit Jean Teissèdre attandu qu'il étoit nuit ne pouvoir rien dire d'assuré touchant ce qui concerne la grosseur, grandeur, couleur de poil de cet animal que ce qu'il a déclaré cy-dessus, déclarant aussi ne savoir signer de ce interpellés, icy présens au Bessat les sieurs Lacôte, Pellissier, Dumoulin, Lacour, Lecteur, le sieur de Lafont et le sieur Antoine de Beauterne[2]. »

Enfin, le lendemain, 13 septembre, était encore dévorée une jeune fille de douze ans, au hameau de Pépinet, paroisse de Venteuges, dans les bois contigus à la Besseyre-Saint-Mary.

Comme cette enfant n'était pas rentrée vers les huit ou

1. Ce nom est divertissement orthographié, on lit parfois Bussat ou Buffat.

2. Archives du Puy-de-Dôme, C. 1736.

« J'ai donné des ordres pour faire payer au nommé Jean Teyssèdre une somme de quatre vingt seize livres pour la gratification que vous avez bien voulu lui accorder, et comme son camarade a été dangereusement blessé par la Bête féroce, le 21 du mois de septembre dernier, je lui ai fait donner quarante huit livres. »

neuf heures du soir, ses parents allèrent à sa recherche à l'endroit où elle gardait ses bestiaux. On ne trouva que ses coiffes et une bayonnette fichée en terre à côté de ses sabots. Le lendemain, sur le bord du bois, on découvrit le corps de la victime en partie dévoré, et rendu méconnaissable. C'était la troisième de ce village.

Ces restes défigurés furent apportés à la maison où, suivant un récit transmis par la tradition, eut lieu une scène poignante de désolation et de désespoir. La mère, dans l'égarement de sa douleur, s'était jetée sur ces débris ensanglantés qu'elle serrait convulsivement en poussant des cris déchirants. On ne pouvait l'arracher à cette étreinte. Le père gémissait de n'avoir pas su garder auprès de lui sa fille, au lieu de l'exposer à la dent meurtrière du monstre.

Et avant que la tombe la reçût, la victime resta quelques heures dans cette demeure, recouverte d'un voile. Les parents, les amis, hommes, femmes et enfants, le plus grand nombre arrivés des villages voisins, venaient soulever un coin du voile et la regarder une dernière fois. Cette masse informe et sanguinolente, ces lambeaux de vêtements déchiquetés que raidissaient des taches noirâtres de sang coagulé, ces débris sans nom — tout ce qui restait de cette jeune fille pleine de vie la veille — pénétraient d'horreur tous les assistants. Et là, chacun s'apitoyait sans mesure en cris aigus, en sanglots déchirants, renouvelés chaque fois qu'entrait un nouvel arrivant. On ne pouvait résister à cette émotion contagieuse, et sur ces faces d'hommes endurcies par les intempéries et les rudes labeurs de la glèbe, on surprenait des larmes furtives qu'ils étaient impuissants à retenir.

On peut juger combien le monstre était maudit et combien la terreur était à son comble! Pauvres gens que la misère accablait lourdement, que la douleur étreignait si durement et que la Bête infernale menaçait toujours. Personne ne pourrait donc les délivrer de ce fléau!

CHAPITRE XII

LA CHASSE DANS LES BOIS DE L'ABBAYE DES CHAZES (AUVERGNE), LE 21 SEPTEMBRE 1765

Monsieur Antoine, à son tour, se sentait tristement découragé en face de cette pénible situation.

Jusqu'ici il n'avait rien pu, et encore à l'heure présente, ses efforts étaient impuissants pour détourner les malheurs qui accablaient ces populations.

Depuis cinq jours, ces loups féroces — puisque pour lui il n'y avait que des loups — venaient impunément étaler leur audace sous ses yeux, et aucun d'eux n'était tombé sous ses coups. Ils se montraient si près de lui et il ne pouvait jamais les atteindre !

Et puis les gelées commençaient à se faire sentir à cette altitude. Bientôt allaient arriver le froid et la neige, et alors plus de chasse ! Les chiens — on lui annonçait une nouvelle meute de douze, menée par deux valets — ne pourraient être utilisés et il faudrait s'en retourner.

Oh ! quelles pénibles angoisses étreignirent son âme ! Il faudrait repartir comme ses prédécesseurs, les mains vides, portant au front l'humiliation de son insuccès ! Il n'avait donc tant vécu que pour cette honteuse défaite ! Il avait eu de si beaux succès en Allemagne, en Piémont et ailleurs, et il venait échouer piteusement en pays de France, où il n'avait pu tuer un seul loup!

Il entendait déjà les railleries des courtisans, jaloux du choix qui avait été fait de lui. Il se voyait la risée de tout le royaume. Et puis, son humiliation ne rejaillirait-elle pas sur le Roi qui l'avait personnellement désigné pour cette mission dans laquelle il semblait près d'échouer?

Dans un de ses rapports, on voit se refléter les inquiétudes qui tourmentaient son esprit :

« Le secours de la louveterie n'est pas encore arrivé, et je crains avec juste raison que la saison ne nous permette pas longtemps de pouvoir nous en servir, car il commence à geler et à y faire des brouillards assez tôt pour avancer notre retour, sitôt que nous ne pourrons plus opérer.

« Le seul honneur m'a conduit dans ce pays-ci par la confiance particulière dont Sa Majesté et M. le Comte de Saint-Florentin m'ont bien voulu honorer. Un motif si respectable m'a porté à faire les plus grands efforts pour m'en rendre digne, et j'en ai rien fait à ce sujet puisque j'ai eu le malheur de ne pouvoir pas réussir jusqu'à présent. »

Ses angoisses, d'ailleurs, étaient partagées par sa famille. On lit dans une lettre, plus loin citée, de son épouse :

« Après une inquiétude mortelle, mon très cher bon amy, et la plus grande tristesse dont j'ai été pénétrée par votre dernière lettre où il paraissoit qu'il n'y avoit plus rien à espérer de ce triste état... etc[1]. »

Il est bon de ne jamais perdre entièrement confiance, car c'est parfois au milieu des tristesses de la noire désespérance que l'on entend sonner l'heure joyeuse du triomphe.

Cinq jours après, le 21 septembre, M. Antoine tentait une expédition en Auvergne, dans les bois des Chazes. Cette heureuse journée allait changer les anxiétés de la veille en une victoire inespérée.

1. Archives du Puy-de-Dôme, C. 1736. Lettre du 30 septembre 1765.

Représentation de la Bête feroce qui a été tué le 20 7.bre dans les bois de la reserves de l'abbaye Royale de chasse en Auvergne par M. [illegible] 1700.

Cette Bête a été reconnue par les personnes qu'elle avoit attaquées et principalement par cette fille qui lui a donné un coup de bayonnette à l'épaule gauche cette Bête porte la Marque de cette blessure cet Animal a 32 pouces de hauteur 5 p.ds 7 p.ces de long. et 3 pieds de grosseur. Cet Animal a 40 dents et les Loups n'en ont que 36. on en a même senti une de plus dans l'alvéole de la machoire supérieure du Côté gauche Les muscles du col de cette Bête sont très forts, et indiquent une force extraordinaire. Ses côtes sont disposées de façon qu'elle avoit la faculté de se plier de la tête à la queue: ses yeux étoient si étincelants de feu, qu'il n'étoit guere possible d'en soutenir le regard: sa queue est très grosse, large, épaisse et hérissée de poils noirs: ses pieds sont armés de griffes extrêmement fortes et singulières. A Paris chez Corblé Rue S.t Severin aux Degrés.

Permis de Graver et Distribuer ce 16 8bre 1765. De Sartine.

« L'an 1765, le 21me jour du mois de septembre, nous François Antoine, chevalier de l'ordre royal et militaire de Saint-Louis, porte-arquebuse du roi, lieutenant des chasses de Sa Majesté, s'étant par ses ordres rendu dans les deux provinces d'Auvergne et du Gévaudan, à l'effet d'y détruire la Bête qui dévore les habitants; étant accompagné des sieurs Lacoste, garde général, Pélissier, Regnault, Dumoulin, gardes chasses de la capitainerie royale de Saint-Germain, des sieurs Lacour et Rinchard, gardes chasses à cheval de Son Altesse sérénissime Mgr le duc d'Orléans, premier prince du sang, des sieurs Lecteur, Lachenay et Bonnet, gardes chasses de Son Altesse sérénissime Mgr le duc de Penthièvre, prince du sang.

« Ayant été informé que les loups faisoient beaucoup de ravages dans les bois des Dames de l'Abbaye royale des Chazes, j'ai envoyé, le 18 dudit mois, les sieurs Pélissier et Lacour, gardes chasses, et Lafeuille, valet des limiers de la louveterie du roi, avec chacun leurs limiers pour reconnaître les bois de ladite réserve. Et le lendemain, 19 dudit mois, ils nous auroient envoyé avertir par le sieur Bonnet qu'ils auroient vu un gros loup assez près et qu'ils avoient pleine connaissance aussi dans lesdits bois d'une louve avec des louveteaux assez forts. Ce qui nous a fait partir tout de suite pour aller coucher audit lieu des Chazes, distance du Besset de trois petites lieues. Et le lendemain, 21me jour, les dits trois valets des limiers et le nommé Berry, valet des chiens, nous ayant fait rapport qu'ils avoient détourné ledit grand loup, la louve et ses louveteaux dans les bois de Pommier, dépendant de ladite réserve, nous nous y sommes transporté avec tous les gardes chasses et 40 tireurs de la ville de Langeac et des paroisses voisines où après être tous placés pour entourer ledit bois; ensuite de quoi lesdits valets des limiers et les chiens de la louveterie s'étant mis à fouiller ledit bois, nous François Antoine, ez dits noms, étant placé à un détroit, il me seroit venu par un sentier, à la distance de 50 pas, ce grand loup me présentant le côté droit et tournant la tête pour me regarder; sur le champ, je lui ai tiré un coup de ma canardière chargée de cinq coups de poudre et de 35 postes à loup et d'une balle de calibre, dont l'effort du coup m'a fait reculer deux pas; mais ledit loup est tombé aussitôt, ayant reçut la balle dans l'œil droit et toutes lesdites postes dans le côté droit, tout près de l'épaule; et comme je criois *Halaly*, il s'est relevé et est revenu sur moi en tournant et sans me donner le temps de recharger madite arme. J'ai appelé à mon secours le sieur Rinchard, placé près de moi, qui le trouva arrêté à dix pas de moi et lui a tiré dans le derrière un coup de sa carabine, qui l'a fait refuir environ vingt-cinq pas dans la plaine, où il est tombé roide mort.

« Nous, François Antoine, ez dits noms, nous Jacques Lafont, avec tous les gardes chasses ci-dessus déclarés, ayant examiné la hauteur de 32 pouces, la longueur de cinq pieds sept pouces et demi; la grosseur de trois pieds ainsi que celle des crocs et dents machelières, de même que la grandeur des pieds de cet animal, la pesanteur de cent trente livres[1] qui nous a paru des plus extraordinaires; nous déclarons par le présent procès-verbal signé de notre main, n'avoir jamais vu un loup qui pût se comparer à cet animal. C'est pourquoi nous avons jugé que ce pourroit bien être la Bête féroce ou le Loup dévorant, qui a tant fait des ravages. Et pour en prendre une plus grande connaissance, nous l'avons fait ouvrir par le sieur Boulanger, chirurgien expert de la ville de Saugues, en présence de MM. Antoine, père et fils, de M. Lafont, de tous les gardes soussignés, des deux valets des limiers de la louveterie du roi; de M. Torrent, curé de Ventuéjols; de M. Jean-Joseph Vernet et son frère, de la ville de Saugues; de M. Torrent, de Lavès de Ventuéjols; de M. Manson, de la paroisse de Grèzes, qui ont assisté au rapport qu'en a fait ledit sieur Boulanger, maître chirurgien. Et sur ce, s'est présenté M. Torrent, curé de Ventuéjols et Guillaume Galvier, consul de ladite paroisse, qui nous ont amené le nommé Jean-Pierre Lourd, âgé de quinze ans, et Marie Trincard, âgée de douze ans, qui nous ont déclaré tous deux avoir bien examiné ledit loup, que c'étoit la même Bête qui les avoit attaqués et blessé ladite Marie Trincard, le 21 juin dernier, ainsi qu'il est déclaré par le procès-verbal fait par nous en conséquence. Et ne sachant écrire ni l'un ni l'autre, M. le

1. La lettre de M. de Ballainvilliers à Sa Majesté dit qu'il pesait cent cinquante livres. (*Bullet. de la Soc. d'Agr. de la Loz.*, p. 200, Aug. André.)

curé et le sieur Galvier, consul, ont signé pour eux au bas du présent procès-verbal.

« En second lieu, M. Bertrand-Louis Dumont, curé de la paroisse de Paulhac, et le sieur Ducros, consul de ladite paroisse, nous ont amené la nommée Marie-Jeanne Valet et Thérèse Valet, sa sœur, qui ont déclaré avoir été attaquées, le 11 du mois d'août dernier, par ladite Bête, suivant et ainsi qu'il est déclaré par le procès-verbal fait en conséquence. Lesquelles deux sœurs, après avoir bien examiné ledit loup, ont déclaré toutes deux être la Bête qui les avoit attaquées. Jeanne Valet a reconnu le coup de baïonnette, qui lui a été représenté que la Bête avoit reçue à l'épaule droite. Sur laquelle interrogation, elle a répondu qu'elle ne pouvoit déclarer où elle l'avoit blessée.

« A été représentée à Guillaume Bergougnoux, âgé de 17 ans, et à Jean-Baptiste Bergougnoux, son frère, âgé de 15 ans, qui ont tous déclaré avoir été attaqués par ladite Bête, le 9 août, et secourus par Pierre Mercier, garde juré de M. le baron du Besset. Lesquels, après avoir aussi bien examiné ledit loup, ont déclaré l'avoir reconnu totalement pour la même Bête qui les avoit attaqués. Ainsi que la nommée Jeanne Mercier, âgée de 11 ans, attaquée aussi à la même heure, a été défendue par Pierre Vidal, qui déclare que ledit loup est la même Bête qui avoit attaqué ladite Mercier, lesquels ne sachant signer ni les uns ni les autres, M. Dumont, curé, et ledit Ducros ont signé pour eux au bas dudit procès-verbal, ainsi que nous, M. de Lafont et tous les gardes, etc...

BOULANGER, TORRENT, ANTOINE, LACOSTE, PÉLISSIER, REGNAULT, DUMOULIN, LACOUR, RINCHARD, LECTEUR, LACHENAY, BONNET, TORRENT *curé*, LAFONT, VERNET, Antoine DE BEAUTERNE, MANSON, GALVIER, DUMONT *curé*, DUCROS. »

« Nous François Boulanger, maître chirurgien juré de la ville de Saugues, déclarons avoir fait l'ouverture d'un loup, par ordre de M. Antoine ; lequel, après l'avoir vuidé et sorti les entrailles, avons trouvé plusieurs lambeaux de chair et ossements, lesquels ossements nous n'avons pas bien pu discerner, si ce n'est quelques côtes de mouton, laquelle ouverture a été faite en présence de M. Antoine, M. son fils, M. de la Font, MM. les gardes-chasses et les habitants de Besset, et autres. Je certifie le présent rapport sincère et véritable. Fait au Besset, le 21 septembre 1765.

« *Signé :* BOULANGER *chirurgien*[1]. »

Comme ce loup avait été tué en Auvergne, il devait, ainsi que l'écrivait M. Antoine à l'Intendant de Languedoc, être envoyé à M. de Ballainvilliers, intendant d'Auvergne, pour être ensuite porté à Paris et montré au Roi.

Mais avant que l'animal parvînt dans la capitale, l'heureuse nouvelle de sa mort l'y avait depuis longtemps précédé.

M. de Ballainvilliers écrivait à Sa Majesté :

« Sire,

« Nous sommes d'une joie inexprimable. M. Antoine de Beauterne, porte-arquebuse de Votre-Majesté, a tué la Bête du Gévaudan. »

Le procès-verbal ci-dessus relaté fut aussi envoyé au Roi.

On ne saurait peindre mieux la joie et l'enthousiasme du Souverain et de la Cour, que ne le fait la lettre qu'adressait à son mari la femme de M. Antoine :

« *Versailles, 20 sept.*

« Après une inquiétude mortelle, mon très-cher bon amy, et la plus grande tristesse dont j'ai été pénétrée par votre dernière lettre où il paraissoit qu'il n'y avoit plus rien à espérer de ce triste état, je reviens tout d'un coup à la joie la plus inexprimable, la tête nous en tourne à tous de plaisir. Que n'êtes vous donc avec nous pour la partager et pour être témoin de la satisfaction que cela fait à la Cour et à la ville. Ma maison ne désemplit pas toute la journée pour recevoir des compliments. Quel coup heureux, et quel bonheur pour vous et pour nous

1. *Procès-verbal fait aux Chazes.* Imprimé sans nom d'imprimeur. Archives du Puy-de-Dôme, C. 1736. M. Boulanger reçoit douze livres pour l'ouverture et l'examen qu'il a fait de ce loup. (*Ibid.*, C. 1737.)

que ce soit vous-même qui ayez tué ce furieux animal! Votre fils Beauterne me mande être désespéré d'avoir quitté sa place pour courir à votre halaly. Quelle augmentation de gloire qu'il auroit aussi reçue, s'il eut pu tuer la louve dans le même instant!

« Il ne peut y avoir de satisfaction pareille à la vôtre et à la nôtre, car le Roy ne fait que parler de cela toute la journée; depuis que Sa Majesté en a reçu le procès-verbal, elle a voulu faire elle-même la lecture en présence de toute la Cour, et sur le champ, le Roy a fait demander votre cher fils aîné, le capitaine, auquel Sa Majesté a fait l'honneur de lui parler une heure entière, en lui disant les choses les plus honorables sur votre compte, et tous les seigneurs de la Cour l'ont embrassé. Sa Majesté a eu la bonté de se rappeler toutes vos belles actions sur la chasse et sur les dangers dont vous l'aviez tiré, dans les chasses du sanglier et du cerf, et de tout votre zèle à le servir.

« . . . J'ay fait dire des messes en actions de grâces, et prie Dieu de tout mon cœur, pour qu'il vous rende et vous ramène dans le sein de votre chère famille, je n'aurois jamais de bras assez grands pour recevoir et embrasser de toute mon âme le meilleur de tous les maris et le plus tendre des Pères[1]. »

La fille de M. Antoine écrivait à son père une lettre à peu près semblable que nous ne citons pas pour éviter des longueurs.

1. Archives du Puy-de-Dôme. C. 1736.

CHAPITRE XIII

LA DÉPOUILLE DU GRAND LOUP A CLERMONT-FERRAND

Le grand loup, accompagné du fils de M. Antoine, fut d'abord porté à Saint-Flour pour être montré à M. de Montluc, le subdélégué de l'Intendance.

C'est le sieur Roux, du Besset qui se chargea du transport et reçut à cet effet trois livres quinze sols.

J. Médard, du Besset, pour avoir fourni deux paniers pour porter la Bête reçoit aussi trois livres[1].

De là, l'animal, après un jour et demi de voyage, arrive à Clermont, où l'on décide qu'on l'accommodera afin que le fils de M. Antoine puisse aller le présenter ensuite lui-même à la Cour.

La préparation en fut confiée à M. Jaladon, qui dressa un rapport officiel de ses opérations :

« *27 septembre 1765.*

« Je soussigné Charle Jaladon Me et démonstrateur de chirurgie, lieutenant de M. le premier chirurgien du Roy, chirurgien major du régiment de Riom, membre de l'accadémie des sciences et arts de cette ville de Clermont-Ferrand, certif-

1. *Ibid.* C. 1734.

fions qu'en vertu de l'ordonnance de Mgr de Ballanvilliers, intendant de la province d'Auvergne me suis transporté en son hôtel à l'effet d'y voir et visiter la bette féroce qui a fait tant de ravages dans le Gévaudan et les montagnes de l'Auvergne. A laquelle j'ay remarqué les cicatrices et playes dont il sera fait mention cy-après, et l'ayant faite transporter chès moy j'ay fait les plus exactes perquisitions sur toutes les parties de son corps en présence de Me Benoit du Vernin docteur en médecine et doyen de son collège et de Me François Fargeon Me en chirurgie prévôt de sa compagnie, J.-B. Raymond aussi Me et démonstrateur en chirurgie qui ont la bonté de m'ayder à l'examen et dissection dud. animal après lesquelles perquisitions il résulte les remarques suivantes :

1o « Que l'animal commençoit à tomber en putréfaction, ce qui se manifestoit par l'odeur, la chute du poil et de l'épiderme.

2o « Une cicatrice à la face interne de l'épaule droite qui pénétroit jusqu'au muscle.

3o « Plusieurs cicatrices aux deux poignets ou à la partie antérieure inférieure des jambes de devant.

4o « Deux trous citué à la partie postérieure des deux cuisses qui paroissent avoir été faits par une bale.

5o « Un coup qui a percé le globe de l'œil droit, pénétré dans la tête, et a fracturé les os de la base du crâne et a procuré la mort de l'animal, lequel coup paroit avoir été fait par une bale.

6o « Une cicatrice derrière l'oreille gauche.

7o « Une autre cicatrice pénétrante obliquement dans les chairs à la partie moyenne antérieure de l'épaule droite.

8º « La peau percée en différents endroits par de gros plombs ou chevrotines surtout dans le flanc gauche.

9º « Plusieurs plombs de différentes grosseurs se sont trouvés dans les différentes parties inférieures de cet animal.

10º « Les muscles du col de lombe du dos et de la machoire inférieure sont des muscles de chair d'une force bien au-dessus

LA BÊTE DU GÉVAUDAN

Gravure sur bois. — Bibl. Nat. — Recueil Magné de Marolles.

des loups ordinaires, toutes les autres proportions sont aussi plus considérables que dans cette espèce d'animaux.

11º « Après avoir enlevé les téguments, les graisses et les parties musculeuses déjà séphaceliées (?) j'ay déséché les parties charnues avec la liqueur indiquée par M. de Buffon, ensuite, avec l'esprit de térébenthine j'ay placé dans l'intertice des muscles les poudres et les beaumes dont on se sert dans les embeaumements, les capacités sont remplies de poudres odorantes et gaumes balsamiques sel pénétrant de toutes les parties extérieures matelacées avec la même poudre par-dessus le lignement ordinaire, le tout couvert de sa pau...

àmède chez abraham fontanel

12° « La pau de cet animal a été si fatiguée que tout son long poil est tombé, la partie qui recouvre l'abdomen surtout s'est dépouillée de l'épiderme ainsy que quelques parties de la pau, suite de la mortification.

13° « Toutes les autres proportions ont diminué de volume par le déséchement c'est ce qu'on peut remarquer par la table suivante :

« Proportion du tems que j'ai pris.

				désèchement		
	pied	*pouce*	*ligne*	*pied*	*pouce*	*ligne*
« Longueur depuis le bout du né jusqu'à l'extrémité de la queue. . .	5	10	6	5	9	4[1]
« Longueur depuis le bout du né jusqu'à la naissance de la queue . .	4	5	1	4	4	0[2]
« Longueur depuis le bout du né jusqu'à l'occiput.	1	1	0	1	1	0[3]
« Longueur du pied de derrière. .		2	9		2	6[4]
« Longueur du pied de devant. .		2	11		2	9[5]
« Longueur du plus grand onglon .		1	1		1	1[6]
« Longueur des dents canines ou défences.		1	3		1	3[7]

« *Nombre de dents :*

1° A la machoire supérieure dix huit, sçavoir six incisives, deux deffensives et six molaires, six du côté droit et quatre du côté gauche, et une prête à percer du même côté.

1. Le pied étant de 0 m. 324, le pouce de 0 m. 027, et la ligne de 0 m. 002, nous avons en centimètres les longueurs suivantes : 1 m. 90 et 1 m. 87 ; 2. 1 m. 433 et 1 m. 404 ; 3. 0 m. 35 ; 4. 0 m. 072 et 0 m. 066 ; 5. 0 m. 076 et 0 m. 072 ; 6. 0 m. 029 ; 7. 0 m. 033 ;

2° « A la mâchoire inférieure vingt-deux, sçavoir six incisives, deux canines ou deffensives, et quatre molaires. Il y en a sept à chaque côté (*sic*).

« Le présent procès-verbal est sincère et véritable, en foy de quoy j'ay signé avec les cy-dessus nommés, à Clermont-Ferrand le 27 septembre 1765. J. D. F. R.[1] »

« *Etat des drogues fournies pour l'embaumement de la Bette féroce.*

— Du 25 septembre 1765, 23 livres poudre aromatique composée avec feuilles de rhue, de mélisse, de romarin, de sauge, baume, thim, d'absinthe, marjolaine, de laurier, hissope, de mirthe, serpolet, de basilic, racine d'iris, d'angélique, de flambe, de calamus aromaticus, de fleurs de roses, de camomille, mélilot, de lavande, des écorces de citron et d'orange, de semences de fenouil, d'anis, de coriandre, de cumin. Ce qui fait à 40 sols . . . . 46 liv.

12 livres poudre balsamique composée avec myrrhe, aloe, oliban, benjoin, storax, calamite, gérofle, noix muscade, canèle, poivre blanc, souffre, de chacun une livre et un quart	118 liv.
10 livres salpêtre	6 liv. 12 s.
4 livres liniment balsamique fait avec terebenthine de Venise, storax liquide, baume de copaü et autres.	32 liv.
10 livres esprit de terebentine.	12 liv.
2 livres alun.	1 liv. 10 s.
12 pintes liqueur dessécative faite avec du sublimé corrosif, orpiment et autres . . .	38 liv.
« Le présent état montant à la somme de.	254 liv. 2 s.

certifié véritable par nous marchand apothicaire soussigné à Clermont-Ferrand, ce 27 septembre 1765.

« *Signé* : Ozy[2]. »

1. Archives du Puy-de-Dôme C. 1736. Il est inutile d'ajouter que ce document et ceux cités en cet ouvrage, de la même provenance (Archives du Puy-de-Dôme, C. 1731-1732-1733-1734-1735-1736-1737-1738-1739-1740), sont tous inédits.

2. Archives du Puy-de-Dôme C. 1737.

FIGURE DU MONSTRE QUI, EN 1764, DÉSOLA LE GÉVAUDAN

« *Cette bête est de la taille d'un jeune taureau; elle attaque de préférence les femmes et les enfants, elle boit leur sang, leur coupe la tête et l'emporte. Il est promis 9.400 livres à qui tuerait cet animal.* »

Bibl. Nat. — Cabinet des Estampes. — Coll. Hennin.

« *Mémoire des avances que j'ay faites pour l'embaumement de la Bête féroce :*

« Pour le peletier qui la cousut	9 liv.
« Pour du crin.	4 liv.
« Pour de la fiselle de lion	2 liv.
« Pour la quaise (caisse), la planche de chaine et quatre fléchisses (?)	12 liv.
« Pour le ferement quié dans le corps de l'animal ou qui lié ses de piés »	9 liv.
	36 liv.
« Pour du linge	24 liv.
« Mémoire de M. Jaladon	60 liv.
« Mémoire de M. Ozy	254 liv.
	374 liv.

« J'ay reçut la somme de 374 livres pour l'embaumement et les drogues nésés éres à cette opération.

« A Clermont, ce 4 Novembre 1765.

« JALADON[1]. »

« Pour honoraires d'un médecin, 3 chirurgiens et deux garçons occupés pendant 4 jours pour disséquer, embaumer et dessécher la Bête, et la mettre en état d'être présentée à Versailles	200 livres.
« Gratification que j'ay donnée pour partager entre tous les gardes lorsque deux m'aportèrent à Clermont la Bête féroce. . .	300 livres[2].
Enfin on fit encore la dépense suivante :	
« De la part de M. Gavoule pour deux coquarde de rubant grogren bleu et blanc. .	4 livres[3].

1. et 2. Archives du Puy-de-Dôme, C. 1737.

3. Ce qu'est devenue cette Bête empaillée, nous le savons par une note de la causerie de M. Chacornac (Almanach de Brioude, 1929; p. 53.) : « Notre compatriote Paul Le Blanc, dont ceux de mon âge n'ont pas perdu le sympathique souvenir, racontait comment il avait failli voir la Bête du Gévaudan. Profitant d'un de ses voyages à Paris, il alla trouver le directeur du Muséum et lui dit son ambition. Le

M. Antoine voulut faire reproduire par la peinture et la sculpture la Bête qu'il avait tuée :

« Je me suis trouvé si pressé de vous envoyer notre loup, que je n'ay pas eu l'honneur de vous prier très instamment de vouloir bien le faire peindre tel qu'il est, surtout sa tête grosse et platte venant en se rétrécissant jusqu'au bout du nedz, sa gueule ouverte pour montrer ses gros crocs, sa langue, des deux côtés de ses doubles dents, la partie blanche qu'il a sous la gorge, les côtés rouges, et la partie noire qu'il a jusqu'au bout de la queue.

« ... N'ayant pas eu le tems d'en faire mention dans le procès-verbal, je vous supplie de vouloir bien m'envoyer un certificat particulier sur cette observation, joint aussi avec l'œil droit et le côté représentant la même blessure qu'il a reçue de moy tant de la balle qu'il a à l'œil que des postes. Je vous prie de trouver bon que je paye au peintre, au sculpteur ce tableau et toutes les dépenses concernant ce loup...

« ... Ledit loup bien représenté tant par le sculpteur en bois, doit y prendre le contour de ce loup, au-dessus de la peau, et plus fort qu'il n'est, parce que quand la peau de ce loup sera passée en la posant sur le modèle en bois dudit loup, ce que ladite peau ne pourra pas recouvrir, il sera à temps d'ôter le superflu du bois que ladite peau ne pourra pas contenir, ainsi il sera bien recouvert de sa peau après qu'elle aura été passée, le représenter debout sur ses quatre pieds, après quoy nous l'emporterons à Versailles pour être vû du Roy, des princes et des ministres.

« Il sera ensuite abandonné au profit des 9 gardes qui sont restés ici jusqu'à présent et des deux valets de limiers de la louveterie du Roy, et une part que je réserve pour mes domestiques, ce qui fera douze parts à partager entr'eux, car pour

livre des entrées mentionnait, en effet, le passage du Cabinet du Roi au Muséum du loup naturalisé d'Antoine de Beauterne connu sous le nom de Bête du Gévaudan. Malheureusement la peau de l'animal historique avait perdu tous ses poils, et peu de temps avant la visite de Paul Le Blanc, elle avait été mise au rebut selon toutes les règles en usage pour les pièces de collection de l'État, et brûlée avec tout ce qu'elle contenait encore d'étoupe. Je dois cette anecdote à l'aimable obligeance de M. A. Casati avocat à la Cour d'Appel de Paris, et de M. le docteur Olivier, médecin consultant à la Bourboule. »

moy et pour mon fils, il y a longtemps que je me suis publiquement déclaré que si je tuois avec mon fils la Bête dévorante, telle somme qu'elle pût valoir à la faire voir, je n'en voulois pas toucher une obole, non plus que des autres dépenses personnelles que j'ay faites ici ainsi que j'ai eu l'honneur de vous en prévenir.

« Au Besset, le 23 sept. 1765.

« ANTOINE[1]. »

L'Intendant lui répondit qu'il allait le faire « peindre, embaumer et injecter, et l'on le mettra en état d'être envoyé dans sa nature. On sera à temps à le préparer à Paris, comme on jugera à propos, et l'on aura des gens plus habiles pour lui conserver sa figure. »

M. de Ballainvilliers remarque que plusieurs des caractères que présente l'animal sont propres à l'hyène, d'après M. de Buffon.

L'Intendant ne tarda pas à envoyer à M. de Saint-Florentin le portrait de « l'animal qui a exercé tant de cruautés dans la province, aussi fidèle que l'a pu faire le peintre qui réside à Clermont. »

M. de Saint-Florentin, en accusant réception, annonce qu'il l'a fait voir au Roi, et remercie[2].

A propos de peinture, nous reproduisons page 106 une gravure retraçant approximativement « un dessin à la plume rehaussé de couleurs, représentant la Bête déchirant un enfant. » Au bas : « A Mende, chez Abraham Fontanel[3]. »

Ce portrait avait été adressé le 22 juin à l'Intendant d'Auvergne par M. de Montluc.

1. Archives du Puy-de-Dôme, C. 1736. Lettre à l'Intendant d'Auvergne.

2. *Ibid.* Inventaire. C. 1736, p. 83.

3. Archives du Puy-de-Dôme. Inventaire, p. 82. C. 1734.

CHAPITRE XIV

DESTRUCTION DE LA LOUVE ET DE SON LOUVETEAU

L'ANIMAL, ainsi préparé, fut ensuite apporté à Paris.

« *Paris, le 2 oct. 1765.*

« M. Antoine le fils, arriva hier à Versailles avec la Bête féroce qui fut portée sur-le-champ chez M. le comte de Saint-Florentin, et ensuite chez la Reine où elle fut exposée aux yeux de toute la Cour, qui n'y vit qu'un loup carnassier, armé de défenses un peu plus extraordinaires que ceux connus. On ne manqua pas d'en détailler la figure. Il a été tiré successivement par Antoine le père et par le garde-chasse dont on a parlé. Ainsi ils partagent l'honneur de sa défaite, et sans doute ils auront la même récompense. On a injecté cet animal pour le conserver : on croit qu'il laisse postérité[1]. »

Je laisse à penser si l'on fit fête au jeune chasseur, s'il fut entouré et félicité par le Roi et toute sa Cour.

On ne doutait pas que ce fût la Bête qui avait fait tant de ravages. Aussi, dans toute la France, au bruit répandu de cette victoire tant désirée, s'éleva un long cri de triomphe.

Mais nulle part la joie et la satisfaction ne furent aussi

1. Bibliothèque de l'Institut. 2803 A. L. POURCHER, p. 964.

profondes que dans cette malheureuse contrée. Un soupir de soulagement s'échappa de toutes ces poitrines oppressées.

L'animal qui venait d'être tué était-il vraiment la Bête féroce tant redoutée?

Les opinions étaient variées sur ce sujet.

M. Bès de la Bessière, de Saint-Chély, écrivait :

« L'animal tué par Antoine n'était pas la Bête qui avait fait tant de dégâts. Cet Antoine tua trois loups dans la même chasse et les conduisit à Paris en poste, mais sans doute il n'en montra qu'un pour mieux jouer son rôle et faire croire que c'était la fameuse Bête. Peut-être céda-t-il ou vendit-il les autres à des gens qui les portèrent çà et là, pour gagner de l'argent, ce qui est vraisemblable[1]. »

M. Ollier, curé de Lorcières, en Auvergne, dans une lettre du 28 décembre, que l'on lira plus loin, soutenait aussi que la Bête n'était point morte et que cette Bête n'était point un loup.

Ces assertions sont contestables. La première est injuste; elle est en contradiction avec le procès-verbal fait, avec les témoignages des personnes appelées, et démentie par les événements qui vont être racontés. L'une et l'autre d'ailleurs se basaient sur cette conviction qu'il n'y avait qu'*une seule Bête* et que *cette Bête n'était point un loup*.

Or, le loup tué par M. Antoine était bien l'une des bêtes qui dévoraient les gens. Ses proportions exceptionnelles, les affirmations des personnes attaquées par lui, et surtout ce qui se passa dans la suite, en paraissent être une preuve catégorique.

L'opinion personnelle de M. Antoine semble très acceptable :

« Je ne prétends pas prouver qu'il n'y ait eu d'autres loups qui ne se soient joints à lui pour dévorer les humains, comme il est arrivé en 1630, où l'on a été huit ans à les détruire, et je suis trop modeste pour avancer qu'il est seul. Si j'avais reçu plus tôt les chiens que j'avais demandés, il y a longtemps que j'aurais été plus expert à rendre cette connaissance plus parfaite[2]. »

1. Aug. André. *Bulletin de la Société d'Agriculture de la Lozère*. Année 1884, p. 201.

2. Lettre à l'Intendant de Languedoc du 22 septembre.

A Paris, la Cour avait accueilli sans restriction cette créance que la Bête était bien morte. Seulement il restait encore une louve, sa femelle, avec deux louveteaux. M. Antoine reçut ordre de faire tous ses efforts et de continuer ses chasses pour exterminer cette engeance. Il vient donc engager de nouvelles poursuites dans les bois qui lui ont été déjà si propices.

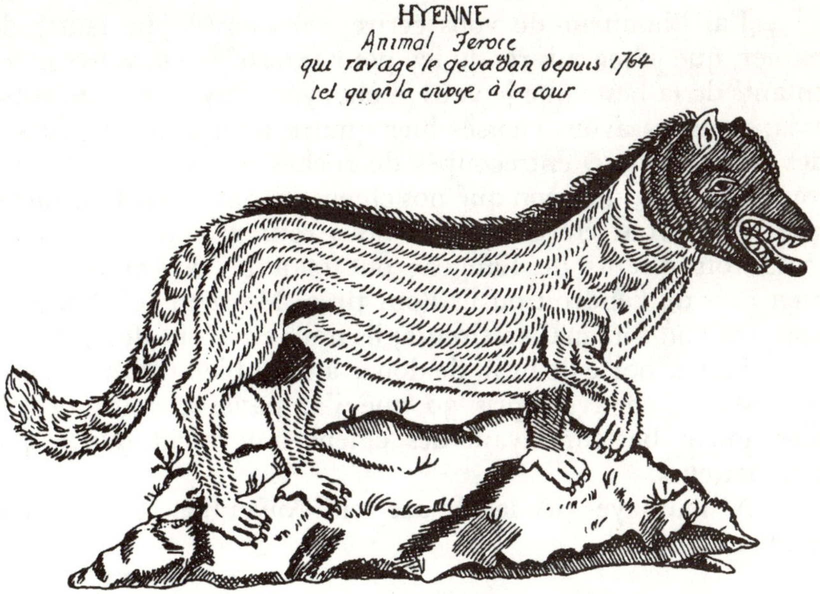

« *Cet animal est très rare hors de l'Égypte, il est aussi grand et ressemble à un loup excepté qu'il n'a pas les jambes si longues, il a le poil rude et la peau couverte de taches, quelques uns le dépeignent avec la tête d'un mâtin, les oreilles courtes et triangulaires, la queue et les pieds d'un Lyon, Pline dit que l'hyène change de sexe tous les ans, c'est-à-dire qu'il est mâle une année, et femelle l'autre. Aristote et Élien disent qu'il rend les chiens muets par son ombre, qu'il imite la parole des hommes et que par ce moyen il les fait sortir de leurs maisons et les dévore. Ils disent aussi qu'il a les pieds d'un homme et point de vertèbres au cou. Il parut un de ces animaux aux jeux séculaires à Rome sous l'Empereur Philippe.* »

Bibl. Nat. — Coll. Hennin. Cliché de la Revue *Æsculape.*

« *24 septembre. Au Besset.*

« J'ai été avant-hier coucher à l'abbaye de Pébrac, en Auvergne, et nos six valets de limiers ayant été au bois dans ses environs, ils n'ont rien trouvé, et je suis revenu hier coucher icy, et lesdits valets de limiers ont fait tous les bois qui nous entourent et n'ont rien trouvé. Nous irons demain, suivant vos bons avis, coucher à l'abbaye des Chazes pour tâcher de détruire la louve et les louveteaux, suivant ce que vous me marquez d'assez intéressant à ce sujet.

« ANTOINE[1]. »

« J'ai l'honneur de vous écrire, sans enveloppe fautte de papier, que je me suis rendu icy pour exterminer la veuve et les enfants de la beste que je vous ai envoyée. J'ay profité de votre avis; nous les avons chassés hier quatre heures de suite, dans des bois si fourés, entrecoupés de roches de façon qu'ils sont impénétrables, de façon que nos chiens se sont randus, de façon que nous avons été obligés de nous retirer; cependant deux maladroits tireurs de Langeac ont manqué la grande louve bien près de l'endroit où ils l'ont tirée. Messieurs de Langeac nous traitent fort mal en tireurs; ils nous envoient des gens qui n'ont jamais porté de fusil, de douze ans ou bien treize au plus; cependant j'en avoir pris 30 que j'ai payés chacun 12 sols sans aucun batteur, ayant des chiens qui valent mieux que 400 batteurs.

« A l'abbaye de la Chaze en Auvergne, ce 28 septembre 1765.

« ANTOINE[2]. »

La Cour suivait avec beaucoup d'intérêt les nouvelles chasses, — on peut en juger par les lettres que M. de Saint-Florentin écrivait à l'Intendant d'Auvergne — et M. Antoine avait été prié de donner sur ses opérations les détails les plus circonstanciés, ce dont il s'acquittait très ponctuellement.

« 5 octobre. Je n'ay pas manqué de faire tout mon possible pour détruire la grande louve et deux louveteaux qui restoient de celui que j'ai tué dans le bois de l'abbaye royale des Chazes. Nous les avons chassés hier pour la troisième fois; dans la seconde chasse, elle avait été tirée deux coups par des maladroits qui ont été sans effet; hier, elle a été tirée par deux de nos

1 et 2. Archives du Puy-de-Dôme. C. 1736.

gardes et elle faisait beaucoup de sang, de sorte qu'elle a refui très loin, ne la pouvant suivre par l'impossibilité du païs. Aujourd'huy j'ay envoyé les valets de limiers pour reconnaître si elle étoit revenue, ils n'ont revu que les louveteaux qu'ils n'ont pu détourner et que sûrement nous irons chercher demain...

« ANTOINE[1]. »

Le 8 octobre, M. Antoine annonce que M. le Comte de Tournon est revenu avec sa meute pour achever l'extermination des loups qui restent.

Il demande, en outre, combien il peut donner « au chirurgien qui a pansé pendant quinze jours l'enfant du Bessat, paroisse de Pignols (Pinols), en Auvergne, auquel la Bête avoit tordu le col, et qui est tout à fait dans le besoin[2] ».

« Nous ne savons pas encore si la louve blessée à sang est morte, nous la recherchons dans les environs où elle a été blessée ainsi que ses deux louveteaux ce qui est de la plus grande conséquence à détruire quoi qu'on nous mande ailleurs que deux loups ont dévoré onze moutons en une semaine, de deux hameaux seulement, mais nous nous flattons que si nous avons détruit cette louve et sa maudite race, notre besogne sera bien avancée, ainsi que la saison ici qui nous forcera de discontinuer et de nous en aller.

« Comme je finissois ma lettre, Madame la prieure de l'abbaye des Chazes me vient de mander que les deux louveteaux de cette maudite race ont reparu dans les bois, sans qu'il soit fait mention de la louve blessée en dernier lieu, nous y envoyons ce soir trois valets de limiers, et demain nous irons tous ensemble pour détourner ces deux louveteaux que nous n'avons pas voulu détruire, sans auparavant avoir détruit cette louve.

« ANTOINE[3]. »

1. *Ibid.*, C. 1736.

2. On lit dans les comptes de dépenses cette note : « État des services randu au « nomé Peirechon domestique du métayer du Bessat qu'il fut blessé par la Bête « féroce le trese sétanbre, auquel jay reste quense jours pour le gérir radicalment et « jay fournis trois livres dix sols des ongans ou vin. » Il n'y a aucun chiffre au total de ce compte.

3. *Ibid.* C. 1736.

Le lendemain 14 octobre, M. Antoine avec ses gardes se transportait dans la forêt des Chazes, et réussissait cette fois encore à détruire la grande louve qu'il poursuivait :

« L'an 1765, le 14me jour du mois d'octobre, nous, François Antoine. . . . . . envoyé par ordre de Sa Majesté dans les provinces de Gévaudan et d'Auvergne. . . à l'effet d'y détruire la Bête féroce et les loups qui ont désolé ces deux provinces, jusqu'à présent ayant le bonheur de tuer le grand et prodigieux loup qui avoit selon toute apparence, la meilleure part de ces désastres. Ayant les ordres de Mgr le Comte de Saint-Florentin de faire notre possible pour détruire la louve et les deux louveteaux du dit loup : A cet effet nous déclarons par le présent procès-verbal nous être trompé dans la dernière chasse ayant déclaré que nous avions blessé à sang ladite louve. Car c'étoit un grand loup qui étoit venu aux hurlements qu'elle faisoit toutes les nuits, et nous ne doutons pas que ledit loup ne soit mort ayant été mourir bien loin des deux coups de fusil bien appliqués qu'il avoit reçus.

« A l'égard du louveteau tiré à ladite chasse, il a été mourir sous une carrière de roches impraticables à fouiller. Depuis ce temps, nous n'avions pas voulu tuer les louveteaux que nous n'eussions tué la mère. Or ayant été averti au Bessat le jour d'hier que ladite louve et ses louveteaux avoient dévoré six moutons, de quoi les cinq valets des limiers avoient connaissance...

« ... Nous sommes arrivés ce jourd'huy de bon matin à ladite abbaye des Chazes et les valets des limiers nous ayant fait rapport qu'ils y avoient détourné dans une même enceinte la louve avec son louveteau, nous nous sommes déterminés à les chasser tout de suite. Ayant bien ordonné que l'on ne s'attacha qu'à ladite louve qu'au premier coup de trompe a débuché, ce qui a fait que les chiens ont été une bonne demie heure à la rapprocher bien loin où elle avoit refuit, dans des gorges et des caves terribles où le sieur Regnault s'est transporté avec quelques chiens qui l'ont relancée, et ils l'ont chassée encore environ une heure et demie après quoi ledit sieur Regnault l'a tirée et blessée. Et ensuite elle est venue se faire tuer par deux paysans de la ville de Langeac en Auvergne, dans la même enceinte, et

Représentation de la Bête du Gévaudan qui a fait tant de ravage dans ce Pays et dans l'Auvergne la qu'elle a été tuée le 20e Septembre dernier par Mr Antoine chevalier de St Louis, seul Porte Arquebuse de sa Majesté et présentée le 1er Octobre au Roy et a la Famille Royale par Mr Antoine de Beauterne Fils.

Pour que cet Animal se conservât dans son naturel, on la dissequé, embaumé et attaché sur une planche tel qu'il est ici représenté. A Paris chez Mondhare rue S. Jacques a l'Hotel de ...

environ vingt pas d'où j'ai tué le grand loup. L'ayant faite ouvrir, nous n'avons rien trouvé dans sa capacité que très-peu de chose. Suivant la mesure prise par nous, elle avoit 26 pouces de hauteur, l'on a reconnu à ses brêmes avoir nourri plusieurs louveteaux, dont il n'y en reste plus qu'un que nous espérons aussi détruire.

« Après quoi les neiges commençant à tomber ici abondamment même sur la Margeride, s'il n'arrive pas de nouveaux malheurs nous serons forcés d'interrompre nos chasses, car il y a 24 jours cejourd'hy que personne n'a été attaqué ou dévoré, mais bien de moutons, chèvres et cochons mangés par les loups qui courent toujours le pays.

« En foi de quoi nous avons affirmé véritable le présent procès-verbal les jour et an que dessus.

« ANTOINE; LUGEAC, abbesse des Chazes; BEAUVERGIER, prieure; PÉLISSIER; REGNAULT; DUMOULIN; LACHENAY; LESTANG; LAFEUILLE; BERRY[1]. »

M. Antoine écrivait le surlendemain, 16 octobre :

« Il n'y a plus qu'un louveteau à tuer, ce que vous verrez par le procès-verbal cy-joint, ce que nous allons tâcher de faire, après quoy nous prendrons quelques jours de repos dont nous avons très grand besoin[2]. »

Et enfin, le 19 octobre :

« Monsieur, j'ai fini ma carrière par la mort du dernier louveteau qui a été tué avant-hier à notre dernière chasse; nous sommes excédés de fatigue et nos chiens aussy, ce qui nous force à prendre quelques jours de repos avant de partir suivant la permission que j'en ai reçu. Depuis 29 jours aujourd'hui, il n'y a eu aucune nouvelle et personne n'a été dévoré ny même

1. Archives du Puy-de-Dôme, C. 1736. Il existe deux exemplaires de ce procès-verbal, l'un imprimé sans nom d'imprimeur, l'autre manuscrit.

2. Ceux qui tuèrent la louve reçurent une gratification :

« Nous soussignés, habitants de Langeac et Chantuéjols, tant pour nous que pour tous ceux icy présents, commendés pour la chasse, reconnaissons avoir reçu de M. Antoine la somme de quarante-cinq livres, sçavoir pour ceux qui ont tué la louve vingt-quatre livres, et le reste pour les autres chasseurs au nombre de vingt-trois.

« Aux Chazes le 14 octobre 1765. *Signé :* PÉGHAIRE, DUCHAMP, MARIE. »

« Les deux paysans qui ont tué la louve sont Jean Brun et Pierre Brun. »

(*Ibid.* C. 1737.)

attaqué. Dieu veuille que cela subsiste toujours, j'emporte la mère louve avec un louveteau qui est plus fort qu'elle et qui auroit peut-être égalé son père. C'est pourquoi la défaite en est bonne. Si j'avois eu plus tôt des chiens pour loups, j'en aurois au moins ôté une quarantaine de ces provinces qui reviennent à force...

ANTOINE. »

« A l'abbaye royale des Chazes[1]. »

L'accommodage préliminaire de la louve et du louveteau avait été plus modeste et moins dispendieux que celui du grand loup :

« Déboursé pour l'accommodage de la louve et du louveteau :

10 livres de foin pour la louve	5 sols
7 livres de sel	2 liv. 9 sols
10 livres de foin pour le louveteau	5 sols
6 livres de sel	2 liv. 2 sols
	5 liv. 1 sol

« Pour acquit, REGNAULT[2]. »

Ce second louveteau, d'après le rapport de M. Lafont, était déjà plus gros que sa mère, et beaucoup plus fort que ne le sont ordinairement les louveteaux de cinq ou six mois que celui-ci pouvait tout au plus avoir; il avait déjà, comme le gros loup, quatre crochets en avant et quatre en arrière.

Le 30 octobre, M. de Saint-Florentin remerciait M. de Ballainvilliers des nouvelles qu'il lui avait fait tenir concernant les derniers loups tués. « Il y a à présumer que ce sont ces animaux qui ont si longtemps désolé l'Auvergne et le Gévaudan, et je vois avec bien du plaisir que ces pays sont enfin délivrés de ce fléau[3]. »

1. *Ibid.*, C. 1736.
Dans le procès-verbal imprimé, plus haut cité, on avait écrit cette note à la main :
« M. Antoine a depuis mandé à M. de Ballainvilliers que le dernier louveteau
« a été tué, qu'il est plus fort que la louve et qu'il auroit suivant toute apparence
« égalé son père en taille et en grosseur. »

2. *Ibid.*, C. 1737.

3. *Ibid.*, C. 1736.

Véritable Figure de la Bête féroce qui à tant ravagé le Gévaudan et l'auvergne, et donc M. ANTOINE Chevalier de S. Louis, et seul Porte arquebuse de Sa Majesté, qui après de fréquentes Chasses là enfin rejoin dans le bois de la réserve de l'Abbaye Royale des Chazes, ou il lui à tirer un coup de Carabine dans l'oeil droit. A 50 pas de distances, cette Bête c'est relevée et à couru avec une telle promptitude sur lui, qu'il l'oblicea d'appeller du secour, ce fut M. RAINHARD, Garde de Mgr LE DUC D'ORLEANS qui est arriver à temps, qui du coup là fait reculée 25 pas, et tomber morte. Il y a encore la Mère et 4 petits.

Avec permission, ce 11. octobre 1765.
De Sartine.

Paris chez Maillet, rue S. Jacques, au dessus de celle des Mathurins, à côté du Gd S. Remy.

Véritable Figure de la Bête féroce nommée Hiene, tuée à trois lieues de Langéac en Auvergne par Mr. Antoine de Beauterne le 20 Septembre 1765

Peint d'après nature par B. Chinon. — *A Paris chez Basset rue St. Jacques au coin de la rue des Mathurins.*

DESCRIPTION DE L'HIENE [illegible]

Cet Animal a, depuis le bout du nez jusqu'au sommet de la tête, un pied; du sommet de la tête jusqu'à la naissance de la queue 4 pieds, et la queue a 16 pouces de longueur. Sa machoire superieure est armée de 18 dents, et sa machoire inférieure de 22; [illegible] 1 pouce et 1 quart; les oreilles ont 5 pouces de hauteur, et 3 de largeur, les yeux ont 2 pouces d'un angle à l'autre. La Bête a reçu le coup dans l'œil droit, la canardiere étoit chargée de [illegible] coups de poudre, de [illegible] postes à loup et d'une balle de calibre, la balle [illegible] à la moëlle, les postes sont frappées sur tout le côté droit et l'épaule. On lui a reconnu dans le poitrail un coup [illegible] instrument tranchant, [illegible] qui en [illegible] blessés a constaté que c'étoit l'Animal qui avoit fait tant de dégât.

M. Antoine, jugeant son rôle fini, partait du Gévaudan, le 3 novembre, pour se rendre à Saint-Flour, et de là, à Fontainebleau. Pas n'est besoin de raconter le succès qu'il eut à la Cour et les félicitations qui l'y attendaient.

« M. Antoine de Beauterne reçut la croix de Saint-Louis et mille livres de pension pour récompense de sa bravoure. Son fils obtint une compagnie de cavalerie[1]. » M. Antoine obtint la permission de mettre dans ses armes la Bête du Gévaudan, pour perpétuer la mémoire de son exploit. Le mode d'addition à ces armoiries fut définitivement réglé par M. d'Hozier, le 28 novembre 1766[2].

M. Bès de la Bessière affirme qu'il leva en outre deux cent mille livres dans Paris en faisant voir cet animal. La lettre du 23 septembre, plus haut citée, indique à qui devait effectivement revenir la somme recueillie par cette exhibition.

Enfin, le 28 décembre, M. Antoine adressait, de Versailles, à l'Intendant d'Auvergne, une requête bien légitime :

« Je vous prie de vouloir bien avoir pour agréables les

1. Aug. ANDRÉ. *Bulletin de la Société d'Agriculture de la Lozère*, 1884, p. 201.

2. « L.-Pierre d'Hozier, chevalier du Roy en son conseil, et juge d'armes de la noblesse de France, etc., etc.

Le Roy nous ayant fait savoir par une lettre de M. le Cte de St Florentin en datte du 11 sep. mil sept cent soixante-six que Sa Maj. avait permis à Fois Antoine écuyer, son porte-arquebuse, l'un des lieuten. de ses chasses et chevalier de l'ordre royal et milit. de St Louis, d'ajouter un loup mourant dans l'écusson de ses armes.

... Nous, en conséquence de lad. lettre par laq. Sa Maj. nous ordonne de délivrer au d. r. Fois Antoine notre brevet de réglement sur le nécessaire, et après avoir vu les titres qui justifiant qu'il avoit pour armes un écu d'azur à un chevron abaissé d'or, surmonté de deux étoiles d'argent et trois fleurs d'Enula campana de même, renversées et disposées en chevron et attachées à une tige de sinople naissante d'un tertre d'or, à la pointe de l'écu, et le tout brochant sur le chevron; avons réglé pour celles qu'il portera dorénavant, un écu d'azur, à un chevron d'or, surmonté de deux étoiles d'argent et de trois fleurs d'Enula campana de même, renversées et disposées en chevron et attachées à une tige de sinople naissante d'une terrasse d'or sur laquelle est un loup au naturel, couché, ayant la tête contournée et mordant de sa gueule ensanglantée la tige de ces fleurs, blessé d'un coup de feu au-dessus de l'épaule gauche et au-dessous de l'œil droit, ces deux parties aussi ensanglantées. Cet écu timbré d'un casque de deux tiers, armé de lambrequins d'azur, d'or, de gueules, d'argent et de sinople... etc., etc. Le Vendredi 28e jr. du mois de Novembre de l'an mil sept cent soixante six. Signé : d'Hozier. (Académie de Clermont-Ferrand. — Comm. faite en 1907 par le baron du Roure de Paulin, mort à la guerre.)

compliments que j'ai l'honneur de vous faire au sujet de la nouvelle année et sans le séparer de la reconnaissance la plus vive sur toutes les bontés que vous avès bien voulu avoir pour moi, lesquelles m'ont prouvé la réussite de ce que le Roi et vos Provinces attendent de tous les efforts que j'ai faits pour y parvenir, et j'ay attendu plus de 100 jours pour pouvoir me flatter moi-même qu'il n'y avoit que ces deux loups qui avoient affecté les deux provinces d'Auvergne et de Gévaudan dont les habitants étoient dans la juste crainte d'être dévorés à tout instant; mais je suis comblé d'apprendre de toutes parts, entr'autres à M. le marquis d'Espinchal qui arrive, qu'il n'y a plus aucune Bête dévorante dans ces deux provinces et que pour ma propre satisfaction je vous supplie de me faire l'honneur de m'en accorder un certificat signé de votre main tel que j'en ai reçu un de la province de Gévaudan...

« ANTOINE[1]. »

On ne sait point quelle fut la réponse de l'Intendant.

Il est malaisé, en ce monde, de faire de grandes choses sans être entamé par la critique et l'envie : tandis que M. Bès de la Bessière contestait sa victoire à M. Antoine, un professeur de mathématiques essayait aussi de s'attribuer l'honneur du procédé qui avait vaincu la Bête[2].

1. Archives du Puy-de-Dôme, C. 1736.

2. Dans une lettre du 6 avril 1768, le sieur Gravois de Saint-Lubin, maître de mathématiques à Versailles, se plaint de ce que le sieur Antoine s'est servi pour détruire la Bête d'un secret inventé par lui-même et communiqué à la Cour dès le mois de mai 1765; il s'agissait « d'une salle cage ou bosquet soit en bois, en fer ou « corde, qui sera à jour de toute part; cette salle sera ainsi construite : elle sera par- « tagée en deux parties, la séparation sera à jour; une partie sera pour recevoir la « Bête dont les portes et planches supérieures seront à coulisses et en état d'arrêter « à l'instant la Bête entrante en les laissant tomber; l'autre partie sera pour mettre « les hommes qui seront dans une tranchée pour lâcher le tourniquet sur lequel le « cap de corde sera détenu ». Le petit détroit au bout d'un sentier où les gazettes disent que le sieur Antoine a arrêté et tué la Bête, ne peut être autre chose que le secret en question. « Le fils du sieur Antoine, le jour qu'il a présenté la Bête au Roi, « m'a injurié et menacé, dont j'ai informé M. le comte de Noailles, qu'il étoit bien « fâché de ce qui m'étoit arrivé, et que je n'avois rien à craindre de cabale. » M. Gravois demande à M. l'Intendant d'Auvergne de faire faire une enquête sur les lieux.
(Inventaire des Archives du Puy-de-Dôme, C. 1740, p. 86.)

CHAPITRE XV

COMPTES ET DÉPENSES FAITES PAR M. ANTOINE

Les chasses multiples, on le prévoit bien, n'allaient pas sans dépenses, et, l'heure venue, il fallait solder les hommes, comme aussi payer la nourriture, le louage et le logement des chevaux.

En certains cas, une répartition égale de ces frais divers était faite entre le Languedoc et l'Auvergne, et c'est la part de cette dernière province qui peut seule nous intéresser.

Ces comptes sont si variés et si nombreux qu'il suffira, pour éviter un fastidieux encombrement, de citer, parmi les dépenses faites par M. Antoine, quelques exemples seulement.

« *Déboursé de M. Antoine*

Pour des sergents . . . . 3 liv.

A un homme qui a servi de tambour à une battue à la Font du Fau. . . . . 1 liv.

Pour faire du bouillon aux deux enfants du Bessat blessés par la Bête . . . . 7 liv.

A un homme qui a porté des ordres . . . . 14 s.

11 liv. 14 s.

A plusieurs habitans qui sont venus reconnoître si le loup tué par moy étoit la Bête qui les avoit blessés ou attaqués. . . . . 6 liv.

Pour guides à Pébrac et dans d'autres endroits. 4 liv.

« *Autre déboursé de M. Antoine. 25 sept. 1765.*

A dix-neuf tireurs de Langeac et Chantuejols, employés à 20 sols par jour . . . . 19 liv. 4 s.

A différentes personnes qui ont conduit les chiens à la chasse . . . . 4 liv. 4 s.

A deux hommes qui ont élagué des sentiers dans les bois des Chazes pour y tuer la louve. . . 2 liv. 5 s.

Pour l'accommodage de la louve et du louveteau . . . . 5 liv. 1 s.

Pour dix passages du Bac sur l'Allier, aux Chazes, à raison de vingt-quatre sols par passage, pour passer et repasser M. Antoine, les gardes-chasses, les tireurs, les chevaux et les chiens. . . 12 liv.

Aux cavaliers de maréchaussée de Langeac qui ont servi le Roy et cette province à la suite de M. Antoine à raison de 30 sols par jour de gratification . . . . 75 liv.

Aux tireurs de Langeac et Chantuéjols qui sont venus aux différentes chasses de M. Antoine faites pour les loups aux bois des Chazes . . . 154 8 s.

A différentes personnes que l'on a prises pour conduire les chiens aux dites chasses . . . . . 7 17 s.

« *Dépenses d'entretien des chevaux d'Auvergne.*

Au nommé Enjelvin, sellier de Saugues, suivant son reçu	15 liv.	15 s.
Audit Enjelvin, suivant son autre reçu. . . .	19	19
— — —	7	14
— — —	1	2
	44 liv.	10 s.

Cette Bête féroce qui a tant fait de ravages dans l'Auvergne et dans le Gévaudan, a été tuée le 20 Septembre 1765 dans les Bois de la Reserve de l'Abbaye Royale des Chasses en Auvergne, par Mr. Antoine Chevalier Militaire de l'Ordre de St. Louis, seul Porte Arquebus de sa Majesté. Elle a été présentée au Roy et a la Famille Royale, par Mr. Antoine de Beauterne son fils
Mr. Antoine
Mr. Rinhard Gardé de Monseigneur le Duc d'Orleans
A Paris chez Basset rue St. Jacques a Ste Genevieve

« Subdélégation de Saint-Flour.

« État des particuliers de la ville de Saint-Flour qui ont fourni des chevaux pour le service de M. Antoine, chevalier de Saint-Louis, lieutenant des chasses du Roi, envoyé de sa part pour détruire la Bête féroce le 8 juillet 1765, ensemble du prix des chevaux, et la dépense que les particuliers ont faite pour les écuries au Malzieu :

« Étienne REGIMBAL, marchand boucher, a fourni un cheval pie dont le prix a été fixé à la somme de	170 liv.	
Pour les journées	30	
Pour dépense pour l'écurie du dit cheval au Malzieu.	2	202 liv.
« Pierre, REYNAL marchand boucher, a fourni une jument poil noir, dont le prix a été fixé à la somme de	130	
Pour journées.	30	
Pour dépense	2	162
« Le sieur BATTIFOULIER, marchand, a fourni une jument poil bay clair, courte queue, dont le prix a été fixé à	100	
Pour journées.	30	
Pour dépense	2	132
« Jean BOUBOULAINE a fourni une jument poil bay clair dont le prix a été fixé à . .	120 liv.	
Pour journées	30	
Pour dépense	2	152 liv.
« Jean MISSONNIER, md., a fourni une jument poil bay clair dont le prix a été fixé à.	100	
Pour journées.	30	
Pour dépense.	2	132
« Jean VALAS, md., avait donné pour fournir à la dépense d'une jument qu'il avait donnée jusqu'au Malzieu, d'où elle fut renvoyée par M. Antoine.		2
Total.		782 liv.

« Nous Subdélégué de l'Intendance d'Auvergne, au département de Saint-Flour, reconnaissons avoir reçu de M. Lavergne, commis à la recette des tailles de cette Élection, la somme de sept cent quatre-vingt-deux livres, que nous avons donnée de suite aux particuliers dénommés dans le présent état. »

« *A Saint-Flour, le 16 août 1765.*

« *Signé*, MONTLUC[1]. »

Un second état des « fourrages, ferrages et pansements des chevaux fournis par l'Auvergne et le Gévaudan à Messieurs Antoine, père et fils, aux gardes-chasses et leur suite, depuis le 23 juin dernier, jour de l'arrivée de M. Antoine et de sa troupe à Saugues, jusqu'à cejourd'hui 13 octobre », s'élève à la somme de huit cent cinquante-cinq livres dix-sept sols trois deniers[2].

Les fourrages avaient été fournis par Charrade de Sauzet, Domaison, Prolhac de Ventuéjols, Meyronnenc et Merle de Combret, Montet de la Barthe, Biscarrat d'Auvert, Bouquet et autres du Besset.

Enfin une dernière note était payée un mois plus tard au sujet de ces mêmes chevaux :

« *A Mende,* 6 *novembre* 1765.

« J'ai l'honneur de vous envoyer la copie du compte des fourrages que j'ai continué à faire fournir aux chevaux d'Auvergne, ainsi que des frais de ferrage et pansement de ces chevaux, jusqu'au trois de ce mois, jour auquel M. Antoine a quitté le Gévaudan. J'ay remis à mon passage à Saint-Flour l'original de ce compte à M. de Montluc qui m'en a fait payer le montant se portant à 175 livres 8 sols 3 deniers...[3] »

L'abbé Pourcher estime à seize mille livres environ les dépenses faites par M. Antoine et ses gardes, dans le cours des cinq mois qu'il passa en Gévaudan et en Auvergne pour y suivre la Bête féroce.

1. Archives du Puy-de-Dôme. C. 1737. 2. Archives du Puy-de-Dôme. C. 1737.
3. Lettre de M. Lafont à l'Intendant d'Auvergne. *Ibid.* C. 1737.

CHAPITRE XVI

DÉCEMBRE 1765

Les populations depuis si longtemps éprouvées allaient donc enfin retrouver la quiétude et la sécurité tant désirées !

Car la Bête était bien morte !

N'était-ce point ce loup prodigieux, n'était-ce point cette louve avec son louveteau, déjà plus gros qu'elle, que l'on venait de détruire, qui étaient les auteurs de tous ces méfaits ? Sans doute M. Antoine n'avait pu montrer la dépouille du second louveteau, sans doute il n'avait pu pénétrer dans les profondeurs de la carrière où il s'était réfugié ; mais, en chasseur expérimenté, il savait qu'il n'y était entré que pour y périr.

Toutes ces Bêtes étaient donc bien mortes !

A Clermont et dans toute l'Auvergne, dans tout le Gévaudan, à Paris et dans toute la France, dans toutes les bouches et toutes les gazettes, on ne voyait et on n'entendait raconter que la mort de la Bête.

Les gardes-chasses, les chasseurs, MM. Antoine étaient partis à tout jamais : c'est bien parce qu'ils avaient détruit le monstre redouté, c'est bien parce qu'il ne restait plus rien de cette engeance meurtrière.

A la cour, les ministres et le roi, réjouis de cette victoire, faisaient à l'heureux chasseur un accueil triomphal.

Qui donc oserait affirmer que la Bête n'était point morte?

D'ailleurs les faits étaient là pour en faire la preuve. Les jours et les nuits se succédaient, des semaines entières s'écoulaient, et nul enfant n'était dévoré. Et tandis qu'aux seuls mois de juillet et d'août derniers quinze personnes environ avaient été assaillies, depuis plus de deux mois aucun méfait sérieusement contrôlé n'était annoncé, depuis plus de deux mois l'on n'entendait pas dire que la Bête eût été revue.

La Bête était donc bien morte!

Toutefois ces populations terrifiées n'avaient point, au début, accepté sans méfiance cet avis de leur délivrance : tant de fois on avait proclamé la mort du monstre, et tant de fois le monstre avait reparu!

Pourtant le temps s'écoulait. Cette longue période, passée sans désastre, finit par affermir la conviction dans l'esprit des plus incrédules, qui crurent fermement à la mort de la Bête.

Bientôt les terreurs se dissipèrent, les craintes disparurent et les esprits se rassérénèrent.

Dès lors, les portes cessèrent d'être barricadées, les piques furent le plus souvent oubliées à la maison; les fusils, de nouveau accrochés au clou, reprirent leur rouille de plus belle, sous l'action pénétrante de l'humidité de l'arrière-saison, et l'on sortit, la nuit venue, comme avant ces temps malheureux.

Les campagnes avaient retrouvé leur physionomie accoutumée : le bétail allait aux champs, les labours se faisaient même à proximité des bois, les hommes et les femmes se rendaient au marché sans inquiétude et l'on ne voyait plus dans leurs mains ces gros bâtons noueux dont auparavant l'on n'osait point se séparer. Bref, la quiétude se reflétait sur tous les visages; la joie de vivre faisait place à la terreur des jours passés et, suivant l'expression du curé de Lorcières, « chacun croyoit de jouir de la paix et de la tranquillité ».

La Bête était donc bien morte!

Soudain, une rumeur sinistre, rapide comme l'éclair, sillonna l'Auvergne et le Gévaudan : on avait revu la Bête!

Cette triste nouvelle ne trouva d'abord que des sceptiques. Sans doute, il était difficile de croire qu'un lugubre plaisant fût assez osé pour se jouer ainsi du deuil et de l'effroi de ses

Cette Bête féroce qui à tant fait de ravages dans l'Auvergne et dans le Gévaudan, à été tuée le 20 Septembre 1765. dans les Bois de la Reserve de l'Abbaye Royale des Chasses en Auvergne, par Mr Antoine Chevalier Militaire de l'Ordre de St Louis, seul porte Arquebuse de sa Majesté ?,... Elle a été presentée au Roy et a la Famille Royale, par Mr Antoine de Beauterne son Fils. A Paris chez Basset rue S. Jacques à Ste Genevieve

compatriotes; mais ne pouvait-on pas avoir été l'objet d'une hallucination, ou la victime d'apparences trompeuses? On avait eu jusque-là tant d'exemples d'erreurs de ce genre!

Eh bien! non, ce n'était pas un faux bruit : on avait revu la Bête, la Bête n'était pas morte!

Le 2 décembre, deux enfants avaient été attaqués à la Besseyre-Saint-Mary, et il fallut se rendre à l'évidence sur le récit détaillé qu'en fit le curé de la paroisse :

« Deux drôles de ma paroisse, l'un de Hontès-haut, l'autre de Hontès-bas, celui-là de six à sept ans, et celui-cy de treize à quatorze gardoient ensemble lundy dernier, second du courant, les bestiaux de leur maison dans les bruyères de la Margeride non éloignées de leurs deux villages. Et la Bête, qui n'avoit pas reparu par ici depuis un certain tems, sortit tout à coup des bois voisins, s'adressa d'abord aux bestiaux et s'en vint ensuite aux vachers, les attaqua jusqu'à trois reprises différentes, et à la seconde saisit aux reins le plus jeune et l'emporta à quelques pas de là, lui déchira ses habits d'une dent, de l'autre le blessa sans danger et l'auroit infailliblement dévoré sans le prompt secours du plus âgé, qui, avec sa bayonnette au bout d'un bâton se défendit luy-même et défendit son camarade avec une prèsence d'esprit et une fermeté de courage qui tiennent du prodige. Après ce triple combat, soutenu avec tant d'avantage, notre héros invincible prit par la main l'enfant blessé, alla ramasser les bestiaux que la Bête avoit attaqués à l'alternative et dispersés au loin sur la montagne, les ramena dans les écuries et raconte son aventure avec une précision et une naïveté qui enchantent.

« La peinture qu'il fait de l'animal s'accorde assez bien avec ce qu'on en a dit jusque-là.

« Il dit d'abord qu'il a bien quelques rapports avec le loup, mais il ajoute qu'il en est différent dans plusieurs chefs : cet anthropophage ne va que par sauts et par bonds, faisant trembler la terre dans sa course, reculant avec tant de légèreté que lorsqu'il avance; il est beaucoup plus grand qu'un loup, surtout lorsqu'il s'hérisse; il a des taches comme rouges et noires sur les flancs, le col gros et extrêmement court, le museau camus, la tête plate et une barre noire depuis les épaules jusqu'aux extrémités de la queue dont le bout est d'une grosseur prodigieuse[1]. »

Les enfants étaient Vidal Tourneix, le plus jeune, et J. Couret, le plus âgé. Ce rapport est signé par M. Fournier, curé de la Besseyre.

Dans la semaine suivante, deux femmes étaient encore attaquées du côté de Lachamp, et enfin le 21 décembre, Agnès Mourgues, âgée de douze ans, était dévorée à Lorcières, ainsi qu'on le lira dans la relation, plus loin citée, de M. Ollier.

Ce curé soutenait toujours que la véritable Bête n'avait point été exterminée.

« *Lorcières, ce 28 décembre 1765.*

« Je ne sais si l'on vous a donné des nouvelles de l'animal féroce depuis que je n'ai pas eu l'honneur de vous voir, dans ce tems-là je vous assuray qu'il n'étoit pas mort et que ce n'étoit pas un loup. A la vérité, l'on a fait quelques chasses au loup et non à l'animal vorace et féroce qui est véritablement un monstre en sa nature; l'on a trompé la cour et le peuple en disant que c'est un loup. Samedy prochain, je vous en enverray la description, n'ayant pas le tems de la faire dans la présente. Comme je vous ai promis de vous instruire des événements fâcheux qui pourroient arriver, il est tems de vous en donner. Ainsy je vous dis que pendant le cours du mois de décembre l'animal a fait souvent des incursions dans ma paroisse, soit dans le voisinage et frontière, de sorte que l'on a publié au peuple, dans plusieurs paroisses de ce canton, de se tenir sur ses gardes par rapport à la Bête féroce, attendu que plusieurs personnes l'ont vue et rencontrée... »

Après le récit de l'attaque des enfants de Hontès, et la mort d'Agnès Mourgues, la lettre finit ainsi :

« ... Ledit jour (22), il retourna dans le même lieu, mais les deux bergers du village de Marcillac et celui de la Fage, voyant le monstre sur une hauteur qui guêtoit une proye dans

1. Archives du Puy-de-Dôme, C. 1738.

le vallon, mirent tous leurs chiens contre le monstre, au nombre de 5, le poursuivirent jusque dans les villages de la paroisse de Clavières, dont plusieurs peuples qui sortoient de la messe furent saisis de peur en entendant crier de toutes parts : « *A la Bête! prenez garde à la Bête!* » et disparu en peu de tems...

« OLLIER, *curé*[1]. »

Est-il besoin d'ajouter qu'en un clin d'œil la consternation, à ces nouvelles navrantes, avait une fois encore rempli cette contrée? L'épouvante était d'autant plus grande que l'on ne voyait plus aucune espérance possible de soulagement après toutes ces fluctuations malheureuses.

L'on se croyait si bien délivré de ce monstre!

D'autre part, la misère pesait toujours sur cette contrée :

« J'espère, Monseigneur, que vous voudrez bien continuer votre charité à l'égard d'une paroisse qui est toute dans la consternation, n'osant pas sortir de chez eux, ce qui les met dans la dernière misère, ne trouvant personne pour garder leurs bestiaux, les collecteurs eux-mêmes ont beaucoup de peine à lever les deniers royaux... Ainsy je vous prye d'exercer votre charité envers eux, car il y en a qui mourront de faim, bien loin de payer leurs tailles. Vous pourriez écrire ou faire écrire un mot à M. Lavergne de leur épargner cet hiver les garnisons, attendu qu'ils sont hors d'état de les supporter...[2] »

« Au reste il ne seroit pas nécessaire que Sa Majesté envoya ici des personnes étrangères pour recommencer les chasses, l'on chasse au loup et non à la Bête féroce, vû les dépenses exorbitantes que cela occasionne, les dégâts qui se font dans les prés, il seroit à souhaiter que l'on donnât commission à plusieurs seigneurs des environs qui commanderoient les chasses, comme connaisant mieux le terrein et les lieux où peuvent se réfugier de pareils monstres[3]. »

1. *Ibid.*, C. 1738.

2. *Ibid.*, C. 1738. Lettre du même à M. d'Ormesson, 3 janvier 1766.

3. Archives du Puy-de-Dôme, C. 1738. Lettre du curé de Lorcières à l'Intendant d'Auvergne, 30 décembre 1765.

M. de Montluc, le 1er janvier 1766, annonce à l'Intendant d'Auvergne les événements arrivés, et lui assure que « pour tout à l'heure, il n'y a plus à douter de l'existence de la Bête féroce ».

Le rapport en est transmis à la Cour, et M. de Saint-Florentin, en conséquence, donne à l'Intendant de nouvelles instructions :

« Il est bien fâcheux, Monsieur, que l'élection de Saint-Flour se trouve encore exposée à l'incursion des animaux carnassiers. Je suis très porté à croire, de même que vous, *que ce sont des loups* que la nège et les gelées ont affamés, mais il n'en est pas moins pressant de chercher à arrêter leurs ravages et de calmer les allarmes qu'ils doivent répandre dans tout le canton. Je suis persuadé de toute votre attention à prendre les mesures nécessaires. Je pense qu'il conviendroit surtout d'engager les meilleurs tireurs de Lorcières et des paroisses voisines à se mettre à la poursuite de ces animaux. Je suis persuadé que c'est la voye la plus sûre pour les détruire. Je vous serai obligé de m'instruire exactement de ce que vous aprendrès à ce sujet[1]. »

1. *Ibid.*, C. 1738. Lettre du 18 janvier 1766.

CHAPITRE XVII

RELATION DU CURÉ DE LORCIÈRES

Le curé de Lorcières avait rédigé pour le ministre le récit des accidents survenus dans sa paroisse, et le lui avait fait tenir dans le courant de janvier 1766.

Bien que ce document, un peu trop étudié, rapporte des faits rétrospectifs, il n'est pas sans intérêt de le citer dans sa teneur, pour être resté inédit jusqu'à ce jour.

« Relation sincère et exacte des événements facheux qui sont arrivés pendant le cours de l'année 1765, par la Bête féroce dans la paroisse de Lorcières (Haute-Auvergne), diocèse et élection de Saint-Flour. »

« *Du mois de janvier*

« La Bête féroce n'a commencé à faire des incursions et des apparitions dans ladite paroisse de Lorcières que dans le commencement du mois de janvier de l'année 1765, et le 22 dudit mois, elle donna des preuves et des marques monstrueuses de sa férocité en dévorant et égorgeant une femme du lieu de Chabanolles, paroisse de Lorcières, village frontière de la paroisse de Julianges, en Gévaudan, diocèse de Mende. Ladite femme, appelée Jeanne Tanavelle, âgée d'environ vingt-cinq ans. Elle fut dévorée sur les limites du Gévaudan et de l'Auvergne et cela de la manière la plus cruelle, car selon les traces et le terrain qu'ils tinrent l'un et l'autre, il paroît que cette femme avoit un méchant couteau qu'elle tenoit à la main, se défendit contre le monstre près d'une heure. Enfin, ayant succombé, ladite bête féroce, après lui avoir coupé la tête qu'elle transporta à deux cents pas de son corps que l'on trouva le lendemain enfoui dans un champ, elle lui mangea entièrement les mamelles jusqu'à la ceinture et mit tellement en pièces et ses habillements et son linge que l'on fut obligé de l'ensevelir dans son suaire telle qu'elle étoit sans la dépouiller; la consternation fut grande à son enterrement.

« Ensuite ladite bête féroce revint sur le soir pour retrouver sa proie, mais ne la retrouvant plus elle poussa des cris et des hurlements pendant le reste de la nuit, que cela consterna tous les habitans du village de Chabanolles qui n'étoient sortis de chez eux qu'avec crainte et tremblement et encore accompagnés de quelqu'un autant qu'ils le pouvoient, et armés de leurs hallebardes, attandu qu'elle ne s'écarte pas beaucoup de quelques soirs dudit village, puisqu'elle parut couchée tout le long d'un terme d'un champ le dimanche deuxième dudit mois entre les villages de Chabanolles et de Fayrolettes, où elle donna de la frayeur à plusieurs femmes qui venoient à la messe paroissialle sur les dix heures du matin et à un berger qui s'enfuit bien vite au village de Fayrolette comme étant le lieu le plus proche pour se réfugier et pour se garantir de la férociété du monstre et en même temps pour avertir les habitans afin de la poursuivre; mais lorsque l'on y fut, son agilité et ses ruses la firent bientôt disparaître.

« *Du mois de février*

« Dans ce mois-ci la Bête féroce a fait quantité d'incursions et d'apparitions dans ladite paroisse, c'est quasi sans nombre. Cependant les 16, 17 et 18 il fut chassé aux environs des villages de Marcillac et de la Fage, attendu que chacun se tenoit sur ses gardes, et cela tout le long des bois, sans y entrer du reste; il ne donna aucune marque dans ladite paroisse de sa malice carnassière pendant ce mois.

« Du mois de mars

« Dans ledit mois, la Bête féroce fut vivement poursuivie le 29 et le 30, aux environs des bois du village de Fayrollette par quelques habitans et des bouviers, avec fusils et hallebardes mais sans succès, parce que son agilité et sa finesse furent cause qu'ils ne purent l'atteindre et l'abandonnèrent après avoir fait leurs efforts pendant quelque temps.

« Du mois d'avril

« Ledit monstre parut à plusieurs reprises dans le mois à beaucoup de personnes et cela visiblement, le 13 et le 14 aux environs de la Fage et de Marcillac, mais il ne donna point des marques monstrueuses de sa férocité.

« Du mois de may

« Depuis tous les événements la Bête féroce a continué de temps en temps de rendre visite à ladite paroisse de Lorcières, et c'est dans ce mois que les chasses ont été fréquentes et conduites toujours avec douceur, sagesse et prudence sous les ordres de M. d'Enneval, écuyer et gentilhomme normand, commis par Sa Majesté pour ces opérations dans ce pays-ci; de sorte que le 19 may qui étoit un dimanche, une chasse nombreuse et extraordinaire fut commandée dans les environs de plusieurs paroisses du Gévaudan et de l'Auvergne : Paulhac, Saint-Privat-du-Fau, Julianges, la ville de Malzieu, Lorcières, etc.

« Cependant la Bête féroce étant poursuivie vivement ce jour-là ne sortit pas de la semaine de ces cantons et des lieux circonvoisins, car le 24 elle donna des preuves de sa malice et de sa férocité; non seulement elle occasionna la mort d'une fille du lieu et paroisse de Saint-Privat-du-Fau, qu'elle n'eut pas le temps de dévorer parce qu'elle fut secourue, mais elle fut tellement blessée par ledit monstre à la jugulaire, qu'elle mourut deux jours après, la Bête féroce ne fut pas contente ce jour-là de cette opération, continuant sa route et son chemin elle se trouva dans un commun champêtre où d'ordinaire l'on garde des bestiaux, aux appartenances du village du Mazet, paroisse de

Julianges en Gévaudan et frontière du village de la Fage, paroisse de Saint-Juéry en Auvergne, elle y dévora une fille de l'âge de quinze ans, le même jour, sur les deux heures de l'après-midi, elle se trouva en Auvergne dans un commun de la dépendance du village de Marcillac, paroisse de Lorcières, où s'étant cachée et couchée dans un genévrier épais pour examiner sa proie, elle sauta en bondissant tout d'un coup sur une jeune fille nommée Marguerite Bony, âgée d'environ dix-huit ans, qui gardoit des bestiaux, la jeta par terre par deux reprises, lui ôta sa coiffe et son mouchoir du col, mais heureusement pour elle, elle étoit accompagnée d'un jeune garçon nommé Pierre Tanavelle, âgé d'environ seize ans qui vouloit venger la mort de sa tante que ladite Bête féroce avoit dévorée impitoyablement au lieu de Chabanolles, fut sur elle avec un courage intrépide pour défendre la jeune fille attaquée, lui enfonça trois coups de sa petite hallebarde qui fut pleine du sang qui en découloit, et montra audit sieur d'Enneval le père qui admira et son courage et son raisonnement. Enfin, la Bête féroce voyant qu'elle ne pouvoit avoir sa proie se vengea sur la coiffe et le mouchoir qu'elle mit en pièces avant que d'abandonner le combat, mais ce qui est à remarquer dans une action si héroïque, de la part de ce jeune homme, c'est que ledit Pierre Tanavelle qui avoit défendu cette jeune fille vigoureusement, et avec un grand courage, a été sans récompenses.

« *Du mois de juin*

« Dans ce mois les chasses ont été presque continuelles, nombreuses et toujours commandées par ordre de M. d'Enneval, commis par Sa Majesté, ainsi, le 16 dudit mois qui étoit un dimanche fut donc commandée une chasse extraordinaire, tous les habitants s'y rendirent avec zèle, et dans le temps du fort de la chasse deux pêcheurs firent sortir la Bête féroce d'un blé, elle fut tellement épouvantée par le nombre infini des peuples qui sur le midi sortoient de la messe paroissialle qu'elle passa sur un commun qui est entre les deux villages de Fayrolettes et de Pléaux, ma paroisse. Elle rencontra une chèvre sur ses pas à qui elle donna un coup de griffe, la blessa et la jeta par terre sans lui faire autre mal, ensuite elle vint à une croix qui n'est pas éloignée du chef-lieu de ces villages, passa rapidement au milieu de plusieurs femmes et filles sans les attaquer, et cela avec une si grande légèreté qu'elles n'eurent pas le temps de l'examiner si fort elles furent toutes saisies de peur, de là elles se retira dans les bois du lieu de Lorcières et à son passage une fille qui gardoit là des bestiaux lui jeta des pierres, plusieurs habitants la poursuivirent avec moi, mais sans progrès, elle nous disparu bientôt.

« *Du mois de juillet*

« Dans le présent mois il paroît que la Bête vorace et féroce est acharnée contre ladite paroisse de Lorcières et ne l'abandonne guère, continuant toujours ses incursions et ses opérations cruelles, puisque le 4 dudit mois elle a voulu encore donner des marques monstrueuses de sa malice carnassière en dévorant une femme nommée Marguerite Oustallier âgée d'environ soixante-huit ans qui gardoit ses bestiaux proches des bois de Broussolles son village, ma paroisse, la prit par derrière étant assise sur une petite muraille filant sa quenouille, la traîna par terre, lui déchira la peau d'une joue et lui fit deux grands trous au col proche la jugulaire, comme voulant la lui couper, mais les bruits que faisoient ceux qui gardoient des bestiaux l'épouvantèrent si fort qu'elle abandonna sa proye sans en manger. Le lendemain elle reparut encore dans lesdits bois en tirant du côté des villages de Chalelles et Pléaux, toûjours de ma paroisse, ensuite elle passa tout le long de l'Achamp qui est une chaîne de collines qui sépare le Gévaudan d'avec l'Auvergne. De là elle passa aux environs du village de Chabanolles, frontière du Gévaudan, et se rendit au village de la Fage, dernier village de la paroisse de Lorcières, sur la montagne de Margeride, où des laboureurs la virent passer assez lentement, et gagna du côté de la paroisse de Paulhac en Gévaudan, et se rendit à un lieu champêtre nommé la Chapelle de Notre-Dame de Beaulieu.

« Enfin, le 24 dudit mois, elle se montra encore dans un pastural aux environs de Chabanolles où Marguerite Soulier âgée d'environ vingt-sept ans, y gardant des bestiaux, la vit venir de loin et sa curiosité la porta à aller au-devant d'elle pour la voir de plus près, mais la Bête féroce fondoit sur elle si Étienne Migné qui fauchoit un pré n'eut empêché le combat et le carnage. Ainsi la Bête féroce qui est extrêmement rusée et fine, abandonna la partie, et fila sa route et son chemin.

« *Du mois d'aoust*

« Dans ce mois, cet animal monstrueux ayant tant d'attraits pour ladite paroisse de Lorcières qu'elle se trouva le 6 dudit mois à un lieu sur la montagne de Margeride nommé le ruisseau de Gorguière, où sont les communs du village de Marcillac paroisse de Lorcières, deux enfants y gardoient les bestiaux, l'un nommé Guillaume Lèbre, et l'autre Étienne Crozatier, le premier âgé d'environ dix-huit ans, l'autre d'environ seize ans, tous les deux avec leurs hallebardes, et l'un d'eux avoit planté la sienne en terre et avoit quitté ses habits à cause de la chaleur de ce jour, voyant venir le monstre de loin, faisant des sauts, ils s'alarmèrent, les bestiaux se mirent en déroute et se serrèrent comme pour les défendre et les chiens du troupeau qui n'étoient pas absolument éloignés d'eux aboyèrent à leurs cris si fort que la Bête féroce ne put les rejoindre, mais la remarque qu'ils firent tous les deux, c'est que ladite Bête féroce alla flairer leurs habillements qui étoient sur l'hallebarde qu'un d'eux avoit plantée en terre et vit aussitôt qu'elle alloit manger leur pain dans la poche, elle fila ensuite son chemin. Le lendemain, septième dudit mois, elle passe à Longchamp proche du village de Chabanolles, toujours paroisse de Lorcières où Pierre Cellier et sa femme s'en alloient pour moissonner leurs pauvres petites récoltes, après avoir travaillé quelques tems, la femme voulut se détacher pour aller chercher le repas de son mary, à peine eut-elle fait quelques pas qu'elle vit venir la Bête féroce venant à elle, mais jetant les hauts cris son mary vint à son secours aussy bien que plusieurs autres personnes, qui par ce moyen ôtèrent la proye à la Bête féroce qui continua sa route. Le 20 dudit mois elle a fait plusieurs apparitions audit village sur les frontières du Gévaudan où elle fut quelque tems

ladite Bête vorace continua ses incursions, et le 9 dudit mois elle dévora une jeune fille âgée de douze ans dans la paroisse de Paulhac, en Gévaudan, et le 26, 27 et 28, elle se trouva dans ma paroisse et fut vivement poursuivie par les habitants du village de Marcillac où elle attaqua un homme qui gardoit des bestiaux, mais sans progrès parce qu'il fut secouru.

« *Du mois d'octobre*

« Dans ledit mois cet animal passe sur la frontière proche du village de Chabanolles où une fille dudit lieu, accompagnée de plusieurs autres gardant toutes des bestiaux, eut tellement peur de la bête qu'elle vit de loin qu'elle tomba évanouie, et le 21 dudit mois elle se trouva aux appartenances du village de Marcillac où un homme dudit lieu étoit allé voir ses prés pour y faucher du regain deux heures avant le jour, au clair de la lune, à cause des pluyes continuelles qu'il faisoit pendant le jour, il n'eut pas plutost fait un rang de regain que la Bête féroce se trouva là, luy sauta dessus par derrière lorsqu'il se baissoit pour le travail et faire son ouvrage, il se défendit constamment avec sa faulx, et cria au secours étant proche de son village et il ne fut pas plutost chez luy que la frayeur et la peur du monstre se saisyrent tellement de luy qu'il demeura évanoui pendant deux heures sans connaissance et sans parole.

« Ensuite, le même jour, sur les deux heures après midy, elle passa dans un pré auxdites appartenances où deux enfants qui gardoient les bestiaux la virent passer rapidement sans s'arrêter et se réfugia dans un précipice où il y a un bois de fau (*hêtre*) appartenant aux villages de Chabanolles et de Fayrollettes. Ensuite elle a disparu sans aucun progrès.

« *Du mois de novembre*

« Dans ce mois-cy, voyant que la Bête féroce s'étoit retirée de lad. paroisse n'y faisant plus d'incursions ny ne donnant plus de marques de sa férocité, chacun croyoit de jouir de la paix et de la tranquillité, mais le calme dont nous prétendions jouir n'a pas duré longtemps comme vous l'allez voir dans le dernier mois de cette année.

« *Du mois de décembre*

« Le 3 de ce mois, la Bête féroce se retrouva et se fit sentir malheureusement pour ce païs-cy qui est plein de misère, vu qu'elle attaqua impitoyablement deux enfans gardans des bestiaux dans les communs de la paroisse de la Besseyre-Saint-Mary, qui se défendirent l'un et l'autre pendant quelque tems contre le monstre, et heureusement pour eux ils eurent du secours sans quoi un d'eux auroit péri, mais cela n'empescha pas qu'il y en eut un qui fut tellement blessé que l'on a été obligé de l'envoyer à un hôpital de la ville la plus prochaine pour le faire panser des blessures que le monstre lui a faites en plusieurs parties de son corps, ensuite la semaine suivante ledit monstre attaqua deux femmes d'une paroisse voisine au-dessus de Lachamp, proche des bois de ma paroisse, mais heureusement pour elle, il se trouva par hazard un homme d'une paroisse voisine qui allant couper du bois avec une hache les défendit, sans quoy une des deux auroit peut estre péri, attandu que le monstre s'étoit déjà dressé pour sauter sur une des deux, mais voyant de la résistance il fila son chemin sans progrès et sans satisfaire sa voracité. Cependant il demeura pas longtemps à la satisfaire, car le 21 dudit mois, jour de saint Thomas apostre, il donna des preuves et des marques monstrueuses de sa voracité et de sa férocité en dévorant et égorgeant d'une manière cruelle et impitoyable, entre onze heures et midy, une jeune fille nommée Agnès Mourgue, âgée d'environ douze ans, qui gardoit les bestiaux dans les communs d'un village de ma paroisse; ainsi la Bête féroce, après avoir combattu avec elle et s'étant défendue avec des pierres et ayant succombé, luy coupa la teste qu'elle transporta à six pas de son corps, le traîna pour en manger tout le col, les épaules, le devant des mammelles, le mollet d'une jambe, après luy avoir tiré ses bas avec ses griffes des pattes de devant, et quelques ouvertures au bas ventre, de sorte que quelques personnes qui gardoient des bestiaux un peu éloignés de là, voyant des bestiaux en déroute, y accoururent sur les lieux, et ils virent l'enfant dévorée, et lorsque l'on fut pour faire l'enterrement, l'on trouva que le monstre avoit tellement mis en pièces et son corps et ses habillemens qu'elle étoit comme si elle venoit de naître. Elle fut portée dimanche 22 dudit mois dans l'église à la messe paroissiale pour estre ensevelie ; la consternation fut si grande que la plupart des assistants fondoient en larmes à la vue de ce spectacle. Ce maudit animal n'a pas cessé de faire des incursions dans ma paroisse, et quantité de mes paroissiens l'ont vue presque tous les jours depuis quinze jours. Voilà les événements fâcheux qui sont arrivés pendant le cours de l'année mil sept cens soixante-cinq dans ma paroisse.

« Je soussigné, prestre, chanoine régulier de la congrégation de France dite de Sainte-Geneviève, et curé de Saint-Sébastien de Lorcières, Haute-Auvergne, diocèse de Saint-Flour, certifie à qui il appartiendra que la présente relation des faits arrivés soit par le rapport fidèle de mes paroissiens, soit ceux que j'ai vus de mes propres yeux, soit par les personnes dévorées que j'ay enterrées, contiennent toute vérité, à laquelle on peut ajouter foy. En foy de ce ay signé à Lorcières ce trois janvier mil sept cens soixante-six.

« OLLIER,

« *Chanoine régulier, curé de Lorcières*[1]. »

1. Archives du Puy-de-Dôme, C. 1738.

CHAPITRE XVIII

LE PORTRAIT ET LE PIED DE LA BÊTE D'APRÈS LE CURÉ DE LORCIÈRES

Ce prêtre avait la plume facile : ne s'était-il pas avisé d'envoyer également au ministre la description de la Bête féroce qui causait tant de ravages :

« DESCRIPTION DE L'ANTHROPOPHAGE OU DE L'ANIMAL FÉROCE QUI DÉSOLE ET RAVAGE LE PAYS DES FRONTIÈRES DU GÉVAUDAN ET D'AUVERGNE QUE L'ON CARACTÉRISE DE MONSTRE EN SA NATURE. »

« L'animal féroce et vorace a un corps allongé, et par conséquent deux fois plus long qu'un loup ordinaire et beaucoup plus haut. Il est bas des pieds de devant qui sont forts et ses pattes sont extrêmement larges et armées de griffes redoutables dont l'empreinte sur la terre molle ou sur la neige s'enfonce de la longueur d'un doigt. La teste est fort grosse et le front large; elle va en dimi-

NOTES ET REMARQUES

Selon cette description l'on a tort de caractériser la Bête féroce d'un loup vû qu'il ne s'est jamais approché des parcs aux brebis pendant l'été.

Les paysans de ce païs sont accoutumés à voir des loups et les connoissent parfaitement bien.

nuant, finissant en museau, la gueule énorme quasi toujours ouverte avec des dents si meurtrières et si tranchantes qu'elles séparent en peu de tems la teste d'une personne, en un mot coupantes comme des rasoirs. Les oreilles sont extrêmement courtes, mais droites et relevées, les yeux sont étincellants qui inspirent de la frayeur, le poitrail beaucoup large, quasy comme celui d'un cheval, de différentes couleurs, les pieds de derrière plus hauts que ceux de devant, sans griffes ne donnant presque d'empreinte, si ce n'est comme une espèce de talon, les côtés du corps sont rougeâtres, le dessous du ventre blanc, le dos de couleur noirâtre avec une raye noire tout le long du dos, la queue longue, fournie et retroussée; il est d'une agilité et d'une vitesse extrême, il est fin et rusé, faisant la distinction du sexe dont il est amoureux pour le détruire; il ne séjourne jamais dans les bois, mais y passe lorsqu'il est poursuivi, il se cache ordinairement dans les communs et les pâturaux sous des genêts ou genêvriers et lève sa teste pour examiner sa proye et y saute dessus en bondissant; il est encore si fin et si rusé comme l'on l'a remarqué il n'y a pas longtemps, qu'il s'assit sur son cû sur le haut de quelque roche ou quelque élévation pour examiner ce qui se passe dans les vallons, communs et pasturaux, et lorsqu'il veut s'approcher de sa proye, il va ventre à terre en rampant comme un serpent, il a la peau fort dure, le poil long et luisant. Voilà à peu près la description de cet

Ainsi, un loup n'a pas cet instinct de couper si bien les testes des personnes, surtout celles du sexe de préférence.

Les loups ont les oreilles plus longues et pendantes.

Tout cela ne désigne pas un loup.

Un loup, même affamé, n'auroit pas cette ruse, il attaqueroit toute sorte de personnes, sans distinction.

Hors est-il qu'un loup n'a pas cet instinct ny cette ruse.

Plusieurs l'ont blessée et l'on a remarqué que les balles couloient sur son corps.

Il a été souvent blessé avec des hallebardes et l'on a vu même les traces de sang.

L'instinct de ce monstre, qui prouve que ce n'est pas

animal féroce ou plutôt de ce monstre cruel selon l'aveu de plusieurs personnes différentes qui l'ont vu, examiné et qui en ont été attaqués; quantité d'habitants de ma paroisse en ont été victime par des maladies mortelles qu'il leur a occasionnées. Enfin si le portrait qu'en a fait faire M. d'Enneval à Mende a été envoyé en Cour, la figure en avoit beaucoup de ressemblance.

« Selon cette description, l'on ne peut pas prouver que cet animal vorace et féroce, ou plutôt ce monstre cruel soit un loup[1]. »

un loup, c'est, lorsqu'il a éte blessé jus qu'au sang, l'on l'a vu se rouler sur le sable ou sur la terre et se jeter ensuite dans l'eau, pour se guérir de ses blessures.

Toutes ces lettres, ces relations multiples et ces descriptions qui passaient d'abord par-dessus sa tête et lui étaient ensuite retournées par le ministre, pesaient comme un lourd cauchemar sur M. de Montluc.

Aussi celui-ci se plaint-il, en termes amers, du curé de Lorcières :

« C'est un écrivin perpétuel...; la relation que ce prieur fait des apparitions et dégâts de la Beste féroce dans sa paroisse est aussi exacte que la description qu'il donne du monstre est ridicule... Ce n'est certainement pas un loup, tous les habitants qui l'ont vu l'affirment et ils sont à portée de les connoître, ils en voient souvent sortir des bois de la Margeride dont ils sont riverains, et ils ajoutent qu'ils l'ont entendue souvant la nuit faire des cris effroyables surtout dans le tems où il avoit fait quelque meurtre, tout différants de l'hurlement du loup et qui imitoient plus tôt le hanissement du cheval[2]. »

Le curé de Lorcières se plaint à son tour des reproches que lui a faits M. de Montluc d'avoir envoyé au ministre une relation des accidents survenus dans sa paroisse : les termes de la

1. Archives du Puy-de-Dôme, C. 1738.

2. *Ibid.* C. 1738.

Longueur de l'empreinte du pied du monstre ———
——— *quod vidi testor* ———

lettre de M. de Montluc ne conviennent, dit-il, ni à son âge, ni à son état, ni à son caractère. M. Ollier a pensé bien faire de demander directement des secours pour sa malheureuse paroisse, « comme nous sommes très mécontents des dernières chasses, il étoit essentiel de détromper la Cour par différents endroits, et dans une occasion où tout le peuple de ces environs en est réduit à la dernière misère, ayant perdu une partie de leurs récoltes et de leurs foins pour aller à des chasses fatigantes et mal entendues. La paroisse contient quatre cent soixante communiants et paie six mille livres à Sa Majesté, sans comprendre le vingtième. Jugez de la misère dans le temps et le siècle où nous sommes[1]. »

Enfin, le 18 février, le même curé en adressant à l'Intendant le récit de l'attaque de Jeanne Delmas, du moulin de Badouille, joint à sa lettre la longueur de l'empreinte des pieds du monstre. Sur une bande de papier de la largeur de la figure ci-contre et d'une longueur de seize centimètres, se lit l'inscription que nous reproduisons exactement[2].

Une telle longueur de pied nous laisse rêveur et même un peu... sceptique. Le pied du grand loup tué précédemment ne mesurait que soixante-seize millimètres.

Le curé de Lorcières n'aurait-il pas pris ses mesures sur une passée où l'animal avait glissé ?

Il est difficile de concevoir un pied semblable, et les fauves qui furent tués plus tard n'en possédaient point d'aussi long. Si l'on rapproche de cette assertion celle de M. Denneval qui assurait que l'une des passées de la Bête en plat pays mesura vingt-huit pieds — un peu plus de neuf mètres — on ne peut s'empêcher de reconnaître que l'on a raconté sur ces animaux féroces des choses vraiment bien extraordinaires.

1 et 2. Archives du Puy-de-Dôme, C. 1738.

M. Antoine
porte arquebuse
de sa Majesté.
M. Rainhard
le Duc d'Orléans

CHAPITRE XIX

1766

L'ÉVIDENCE en était manifeste, ces populations ne voulaient pas chez elles de chasseurs étrangers, dont la présence pesait lourdement sur ces campagnes appauvries et ajoutait encore aux misères du jour. Les consuls de Saint-Flour, et après eux M. de Morangiés, l'avaient fait entendre, et le prieur de Lorcières s'en était clairement expliqué au ministre lui-même.

En face de cette répugnance, M. de Saint-Florentin avait été d'avis, on l'a déjà vu, que l'on s'en tînt au moyen plus simple et moins dispendieux qu'il indiquait. Des chasses particulières s'étaient organisées, dont M. d'Apchier prenait le plus souvent la direction; les meilleurs tireurs et les plus ardents chasseurs s'étaient enrôlés sous ses ordres. Tous ceux qui portaient un fusil se levèrent, les uns pour venger leurs parents dévorés, les autres pour délivrer leur pays, et vinrent tenter de déloger et mettre à mort les fauves redoutés.

Et aux jours où le temps s'y prêtait, aux heures où les récoltes leur en laissaient la liberté, ces bandes de chasseurs fouillaient les bois et les taillis, exploraient les cavernes et les carrières de difficile accès, et se transportaient en un clin d'œil partout où le monstre était signalé. Durant une année tout entière, — de longs mois d'angoisse et de tristesse, au milieu de péripéties émouvantes, de terribles anxiétés et d'espérances déçues, — se déroula sur ces cimes désolées une lutte épique entre ces tenaces montagnards et cette bête infernale.

Oh! combien elle parut longue à tous, cette année douloureuse! Combien longue aux chasseurs, si fréquemment sur pied, si fréquemment aux aguets! Combien longue aux pauvres parents dont les nuits étaient hantées de pénibles cauchemars, et qui craignaient à chaque heure de voir à un deuil récent se joindre un deuil nouveau!

L'histoire de la Bête, en cette période, est difficile à établir. Officiellement, le monstre était mort, puisque sa dépouille, envoyée à Versailles, avait satisfait la curiosité de la Cour.

Les pouvoirs publics ne peuvent, ni ne doivent se tromper : par suite, avaient cessé les relations entre la Cour et les Intendants des pays dévastés. Plus de rapports officiels, plus de primes promises, de sorte que l'on n'a, pour se renseigner, que les inscriptions sur les registres de paroisse et quelques lettres conservées par les archives locales.

Comme personne n'avait été mis officiellement à la tête des chasses, le comte d'Apchier, seigneur de la Clause et de Besque, à proximité de la paroisse de Saugues, prit la direction des chasseurs, et, avec les meilleurs tireurs, essaya de délivrer le pays de ce fléau redoutable. Il connaissait le vieil adage : « Ne t'attends qu'à toi seul. » Et sa ténacité ne devait pas rester vaine et stérile.

Le 14 février, le monstre s'attaque à Jeanne Delmas, du moulin de Badouille, paroisse de Lorcières.

Cette femme cassait la glace avec un hoyau, lorsqu'elle vit le monstre se dresser pour se jeter sur elle. Le hoyau para les premiers coups et arrêta les premiers assauts, mais après quelques instants de lutte acharnée, la Bête, sautant sur sa victime, lui fit trois ouvertures à la jugulaire et une à la joue droite où le pouce entrait aisément, blessures très dangereuses que le prieur de Lorcières avait pansées lui-même en attendant le secours d'un homme de l'art. Cela fait, elle avait pris la fuite.

JEAN JOSEPH, MARQUIS D'APCHIER, CONTE DE BESQUE, BARON DE THORAS, LA GARDE, PRADES, LE THIOLAND etc
COLONEL DES GENDARMES DE LUNEVILLE, MARECHAL DE CAMP, DEPUTE DE LA NOBLESSE AUX ETATS GENERAUX 1789

Le 4 mars, elle dévore un enfant à Servières, près Saugues[1], et le 14, une jeune fille au Liconès[2].

Elle espaçait ses méfaits, mais procédait avec sûreté.

Un mois après, on la retrouve à Clavières, en Auvergne :

« *17 avril 1766.*

« Nous soussignés, de la paroisse de Clavières, diocèse de Saint-Flour, certifions à tous ceux qu'il appartiendra que le dix-sept avril de la présente année 1766, la Bête prit, à quelques cents pas du domaine de la Pauze, susdite paroisse, Marguerite Lèbre, âgée de six ans et huit mois, et l'emporta jusqu'à l'entrée du bois de Montmoussier, distant de l'endroit où elle l'avoit prise de plus de cinq cents toises.

Que là Jean et autre Jean Lèbre, grand-père et grand-oncle, Estienne et Jacques Lèbre, père et oncle de ladite Marguerite, Jean Rolland et Pierre Bony, son bouvier, de Machox, qui la suivoient tous à vuë, ayant couru aux premiers crits que fit Ysabeau Lèbre, sa sœur, qui n'a encore que dix ans et qui étoit avec elle lorsque la bette luy sauta dessus, la trouvèrent n'étant pas encore morte, ayant la lèvre de desous avec la joüe gauche emportée, les peaux du crâne enlevées et le crâne lui-même fort endomagé, tous ses habits quoyque neufs presque en lambeaux, sans sabeaux et sans bas, avec une légère blessure sur les reins, telle que plusieurs des soussignés l'ont trouvée eux-mêmes l'ayant examinée quelque temps après mais déjà morte.

Et nous ont déclaré les susnommés... qu'elle est d'une grandeur plus qu'ordinaire à celle des loups, fort épaisse pardevant, mais assez étroite sur le derrière, une tête fort grosse et plate, rougeâtre sur les côtés, principallement aux cuisses,

1. « Le 4me mars 1766 est déceddé ayant été égorgé par la Bête féroce, Jean Bergougnoux, âgé de neuf ans, fils légitime à Jean et à Anne Monteil, de la Vaissaire, restant pour fermiers au domaine de Montchauvet, de M. de Chastel de Servières. COMBEUIL, *curé.* » (Registre de Servières. Archives municipales de Saugues.)

2. « Le 14 mars 1766, Marie Bompard, du lieu de Liconès, paroisse de Saint-Privat du Fau, âgée d'environ huit ans, a été dévorée par la Bête féroce, et inhumée le 15 du même mois. CHALEIL, *prieur.* » (Greffe de Riom.)

raye noire sur le dos, et la queue fort longue qui leur parut encore être noire.

« Fait à Clavières le 23 avril 1766.

« GIBERGUE, *curé*, LÈBRE, ROLLAND, HUGON, JOANNY, CHASTANIER, VINIAL, MARTIN, LÈBRE[1]. »

Le monstre n'était point seul.

... « La Bête a reparu du depuis, entr'autres lundy dernier sur ma paroisse, et au vu de bien du monde qui la poursuivirent plus de deux heures, mais s'il en faut croire ceux qui l'approchèrent de bien près, ce n'est pas celle qui parut à la Pauze, elle est beaucoup plus petite, museau fort court, oreilles d'un chien-loup mais pendantes, poil fort long, surtout sous le ventre, rougeâtre aux cuisses, la queue fort garnie et longue, mais repliée en plusieurs tours en façon de retorte, et la démarche d'un sanglier. Les mâtins la culbutèrent d'abord et lui firent du sang à la jambe droite, mais elle les reçut si bien qu'il ne leur fut plus possible de la leur faire attraper une deuxième fois. La Bête auroit-elle produit ou en seroit-ce une autre d'une espèce différente? c'est ce qui me reste à sçavoir. On vient de me dire qu'avant-hier elle attaqua au Mignal l'aide du berger, et le mardi parut à Cheyliaguet.

« A Clavières, 26 avril. « GIBERGUE, *curé*[2]. »

« *31 mai 1766.*

« M. Jean Teissèdre, métayer au domaine de Bussat, paroisse de Pinols, à deux lieues de cette ville, vient de me dire que la Bête avoit dévoré aujourd'huy à midy un de ses fils âgé de dix à onze ans, gardant les bestiaux dans les bois de la Sagnette, situés au même lieu de Bussat, au pied de la Margeride, et qu'on n'avoit trouvé de restes de cet enfant seulement que les vêtements en lembot (lambeaux) et qu'on avoit remarqué au col de la chemise l'empreinte des dents de la Bête, ce qui fait présumer, comme on l'a toujours dit, qu'elle commence à saisir par

1. *Ibid.*, C. 1738. On lit, à la suite, l'acte de décès de la susdite Marguerite Lèbre, morte des blessures que lui avait faites la Bête.

2. *Ibid.*, C. 1738.

le col. J'ay ouï dire dans différents tems que depuis le départ de M. Antoine cette Bête avoit attaqué et dévoré plusieurs enfants, mais comme les malheurs sont arrivés dans les paroisses de Clavières et de Lorcières, département de M. de Montluc, j'imagine qu'il a eu l'honneur de vous en instruire.

« Langeac, 31 mai. « BOISSIEU[1]. »

Ce Teissèdre jouait vraiment de malheur. On a vu comment, une première fois, son fils, attaqué par le monstre, put être défendu à temps et sauvé de la mort. A sa seconde tentative, la Bête avait réussi à dévorer enfin celui qu'elle attaquait.

Son apparition est encore signalée au mois de juin.

« J'ai eu l'honneur de vous instruire par le dernier courrier que la Bête féroce avoit dévoré un enfant du métayer de Bussat[2], elle a de nouveau attaqué hier une fille de dix ans derrière sa maison, au village de Lescoussouze, paroisse de Dège, à une lieue et demy d'icy; elle entraina cet enfant dans un pré voisin et où il eût été dévoré sans le chien du vilage qui courut sur la Bête et lui fit quitter prise, elle avoit déjà déshabillé l'enfant et blessé grièvement derrière la tête au col et luy a arraché l'oreille droite, un chirurgien d'icy qui a été pour le penser raportera plus positivement l'état de l'enfant ainsi que la nature des blessures...

« Langeac, le 4 juin. « BOISSIEU[3]. »

La Bête ne fait plus parler d'elle jusqu'à la fin du mois d'août.

Était-ce bien là le même monstre qui avait fait précédemment tant de ravages?

Quelle que fût sur ce point l'opinion du curé de Lorcières, il était incontestable que ses attaques étaient plus rares, sa manière de procéder différente, son audace moins grande.

1. Lettre à l'Intendant d'Auvergne. *Ibid.*, C. 1738.
2. On lit *Buffat* dans ce document.
3. *Ibid.*, C. 1738. Lettre à l'Intendant d'Auvergne.

Il ne s'en prenait point aux hommes faits, mais bien aux enfants, aux femmes tout au plus, et seulement quand il trouvait une occasion propice lui offrant une sûre impunité.

Et tandis qu'au cours de 1765, avant le 21 septembre, on comptait une moyenne de quatre ou cinq victimes attaquées ou dévorées à chaque mois, depuis le mois de décembre de cette même année et dans l'année suivante, des semaines s'écoulent d'abord sans méfaits, et dans la suite les attaques deviennent plus rares et plus largement espacées.

Bien plus, du 4 juin à la fin du mois d'août de longs jours se passent sans apporter leur triste contingent à cette liste néfaste d'humains jugulés par un fauve infernal.

Cette rémittence et cette diminution constatées dans les exploits sanguinaires des loups, cette manière différente de procéder, ne démontreraient-elles pas que l'animal tué par M. Antoine était l'une « des bêtes qui dévoraient le monde » ?

Et ne se trouvait-on pas maintenant en présence de quelque congénère du grand loup, de quelque louveteau, son rejeton, à qui les dents avaient poussé, à qui la férocité était venue, et qui allait, devenu plus grand, donner l'année suivante des marques indiscutables d'une incroyable voracité ?

M. Antoine croyait bien et affirmait en conséquence que l'un des louveteaux poursuivis — de ceux qui étaient déjà plus grands que leur mère — était allé mourir dans une carrière inaccessible. Mais on ne sait jamais d'un loup qui pénètre dans une carrière, quelques blessures qu'il ait reçues, s'il y va pour abriter sa tête ou pour cacher sa mort, et toute assertion sur ce point n'est pas exempte de témérité.

Et là-bas, à Paris, que devait-il penser, M. Antoine, de ce certificat qu'il s'était fait donner pour constater qu'en Gévaudan, depuis le grand loup tué par lui, aucun désastre n'avait affligé cette contrée ?

Du mois d'août jusqu'à la fin de l'année la Bête dévore encore, le 28, une fille de treize ans, au village d'Auvert ; le 13 septembre, Pierre Cellier, à la ferme des Broussous, près Paulhac, et enfin, le 1er novembre, Jean-Pierre Ollier, âgé de douze ans, à la Soucheyre, paroisse de la Besseyre-Saint-Mary.

CHAPITRE XX

LE 19 JUIN 1767

Puis vint l'année 1767.

Qu'allait-elle apporter dans son mystérieux avenir ? Verrait-elle enfin la destruction de la Bête ?

L'on ne pouvait tirer aucun présage de ses débuts : chacun vivait dans les transes, chacun se tenait sur ses gardes, bien que le monstre ne fît point parler de lui en ce moment. Une assez longue période d'accalmie s'écoula, du mois de janvier aux premiers jours du printemps.

Mais alors, et comme pour tirer compensation, ce fut dans le cours de deux mois environ, une recrudescence inouïe de désastres nouveaux.

« Dans le printemps de 1767, dit l'abbé Trocellier, cette cruelle Bête fit de nouveaux désordres du côté de Saint-Privat, de Julianges et de Chaliers. On comptait par douzaines le monde qu'elle dévorait. MM. les commissaires du diocèse envoyèrent de nouveaux chasseurs de la ville de Mende. »

Par les registres paroissiaux, l'on sait ce que, dans ces parages redoutés, se déroulèrent de lugubres drames, et ce que furent dévorées de nombreuses victimes.

La Bête avait choisi, pour son cantonnement préféré, les alentours du Montmouchet, qui allonge sa croupe, d'un côté face à l'Auvergne, de l'autre face au Gévaudan et termine la chaîne des Margerides, dont il est l'un des plus hauts sommets (1550 mètres). Là, la Bête était chez elle; là, elle narguait les meutes, défiait les chasseurs et les chevaux, et ne s'inquiétait guère des battues, rendues inutiles par les difficultés du terrain. D'épais taillis de hêtres, la déclivité des pentes, la facilité de se dérober et de s'enfuir au loin sans être aperçue, la défendaient de ses ennemis. De son repaire, elle rayonnait sur plusieurs paroisses, échelonnées autour du Montmouchet : Nozeirolles d'Auvert, qui sera la plus maltraitée; la Besseyre-Saint-Mary, où ne se trouve aucun village qui n'ait été ensanglanté par un meurtre, et tout ensemble, terrifié par les attaques insolentes du monstre; Venteuges, dont les hameaux et les villages cachés dans les bois, Pépinet et Sauzet, lui fournissent plusieurs victimes; Grèzes, Paulhac, au sommet du col, Saint-Privat-du-Fau, et au-dessous le Malzieu qui ne sont point épargnés.

La Bête avait des recoins favoris où elle se tenait à l'affût : le passage qui donne accès à la ferme des Broussous, de Paulhac, où quatre personnes furent, deux dévorées, deux attaquées; le carrefour où aboutit le vallon de Meyronne où furent mangés deux enfants de Sauzet, et plusieurs assaillis, mais réchappés; un repli de terrain, près du Liconès... etc.

Traquée sur le Montmouchet, elle avait tôt fait de se couler dans le vallon aux pentes rapides qui s'allonge sans mesure le long du mince ruisseau qu'est la Dège, et, sans arrêt, par un brusque crochet, se jetait dans le val étroit de Meyronne, pour dépister les poursuites, et gagner, au loin, la direction du bois des Chazes. Là, elle était encore chez elle.

Si les chasseurs avaient pris une autre direction, la Bête, au repos, tapie derrière quelque roche, au sommet du Montmouchet, d'où la vue plonge si profondément dans la vallée, voyait, des villages épars, les troupeaux sortir au pacage, gardés par deux ou trois enfants, la pique en main, en un lieu découvert, puisqu'il était interdit de s'arrêter à proximité des bois. Alors, à pas de loup, — jamais l'expression ne fut plus exacte, — le monstre s'avançait derrière un mur, un buisson ou une roche, et parvenu à courte distance, se jetait sur l'enfant le plus proche, et l'emportait. Mais il arrivait, parfois, que le premier moment d'épouvante passé, les enfants faisaient front avec leurs piques, en poussant des cris aigus, les chiens hurlaient, et les laboureurs, dans les champs, du plus loin qu'ils entendaient ces appels, descendaient prestement, avec leurs gourdins qui ne les quittaient jamais, fermaient le passage au loup, et l'obligeaient à lâcher sa proie, trop souvent, hélas! dangereusement malmenée.

Mais plus souvent, l'audace et la ténacité, surtout lorsqu'il n'y avait personne pour la défendre, assurait l'impunité au loup qui dévorait sa victime.

Aussi, ce n'est, pour ainsi dire, qu'une page douloureuse d'un triste nécrologe qui va passer sous les yeux du lecteur.

La Bête dévore deux enfants à Servières-de-Saugues : Marie Plantin, le 2 mars, et Joseph Meyronnenc, le 27 mai 1767[1].

A Grèzes : Anne Blanc, le 13 avril, Louise Paulet, le 17, et Marie Bastide, le 5 mai[2].

A La Besseyre : Marie-Anne Pascal, le 29 mars, Jeanne Paulet, le 5 avril, et Marie Denty, le 16 mai[3].

1. « 1767. Second jour de mars. Est décédée ayant été égorgée par la Bête féroce dans le bois de Segeas, âgée de onze ans, Marie Plantin, du lieu et paroisse de Servières et le troisième a été inhumée dans le cimetière de ladite église. COMBEUIL, *curé.* »

« L'an 1767, a été dévoré par la Bête cuelle à Sauzon, près du bois de Montchauvet, et le lendemain, 27 may, a été inhumé au cimetière de Servières, Joseph Meyronnenc, du lieu et paroisse de Servières, tombeau de ses prédécesseurs, âgé d'environ quinze ans... COMBEUIL, *curé.* » (Registre de Servières.)

2. « Le 13 avril 1767 a esté dévorée par la Bette féroce et fut inhumée le lendemain au cimetière de cette paroisse, Anne Blanc de Bugeac, présens Barthélemy Barthélemy et Benoît Bret, du lieu de Grèzes, illitérés de ce enquis.

Signé : Laurens RÉGIS, vicaire. »

« Le 17 avril 1767 a esté inhumée dans le cimetière de cette paroisse Loüise Paulet, fille légitime à feu Jean, laboureur, et à Marie Bouchet, du lieu du Meynial, en cette paroisse, y ayant esté égorgée et en partie dévorée par la Bête féroce, présens au convoi, P. Domezon, son beau-frère et Ant. Montel, soussigné, tous deux laboureurs du Meynial. CHAUCHAT, *curé.* MONTEL. »

« Le 5 mai a été enterrée Marie Bastide, agrégée au Tiers-Ordre, du lieu du Mont, en cette paroisse, ayant été égorgée par la Bête féroce, âgée d'environ 48 ans... CHAUCHAT, *curé.* » (Reg. de Grèzes. Greffe de Riom.)

3. « Marie-Anne Pascal, de Darnes, fille légitime d'Étienne et d'Antoinette Vaisseyre, âgée d'environ 9 ans, fut dévorée hier par la Bête féroce, et aujourd'hui 29e mars a été inhumée dans le cimetière de cette paroisse... FOURNIER, *curé.* »

« Jeanne Paulet, du lieu de la Besseyre, fille de Jean et de Marie Guy, âgée d'environ 15 ans, fut dévorée hier par la Bête féroce et a été ensevelie aujourd'hui 5 avril 1767... AUZOLLES, *desservant.* »

« Marie Denty, de Sept-Sols, âgée d'environ 12 ans, fut dévorée par la Bête féroce, le 16 mai 1767 et a été inhumée le 17 du susdit mois en présence de Jean et Pierre Chastel qui ont signé. AUZOLLES, *desservant.* CHASTEL, P. CHASTEL. »

A Saint-Privat-du-Fau : Étienne Loubat, le 11 avril[1].

A Nozeirolles, Louise Soulier, le 7 avril, Roze de la Taillère le 29, Catherine Coutarel le 5 mai, et André Hugon le 27. C'est la septième victime prélevée sur cette paroisse qui comptait à peine deux cents habitants.

La férocité bestiale de cet animal maudit s'était singulièrement accrue : treize personnes venaient d'être dévorées en deux mois environ!

Est-ce que cette série de malheurs allait continuer?

Et comme les chasses, abandonnées à l'initiative privée ne donnaient ni ne promettaient le résultat désiré, il fallut recourir à d'autres moyens.

Le ministre avait envoyé aux Intendants d'Auvergne et de Languedoc plusieurs méthodes d'empoisonnement pour être mises à l'essai, ce fut ce procédé que l'on adopta pour tenter de se défaire de la Bête.

Parmi ces méthodes, les unes étaient simples, les autres compliquées. Un imprimé (sans nom d'imprimeur), des Archives du Puy-de-Dôme (C. 1739) est ainsi libellé :

« *Secret pour empoisonner les loups sans aucun risque pour tout autre animal.*

« Tués un chien, les plus gros sont les meilleurs, pendant qu'il sera chaud faites lui plusieurs ouvertures dans les chairs comme au rable, cuisses et épaules, mettez dans chaque ouverture de la noix vomique râpée tout récemment de la grosseur d'environ une petite noix, bouchés le trou avec quelque mauvaise graisse ou viandes afin que la noix vomique ne sorte pas.

« Attachez le chien par les quatre jambes avec un lien d'ozier et non avec de la corde, mettez-le dans un fumier de cheval pendant quatre ou cinq jours en Hyver, et pendant vingt-quatre heures seulement en été, faites traîner l'animal à quelque distance de l'endroit où vous voudrez l'exposer, qui doit être où les loups fréquentent le plus, comme le long des rivières, Torrents, Étangs, Bois et Montagnes.

1. « Le 11 du mois d'avril 1767, a été inhumé Étienne Loubat, âgé d'environ 9 ans, dévoré par la Bête féroce...

CHALEIL, *prieur.* » *(Archiv. du Greffe de Riom.)*

« Vous observés de planter en terre à deux pieds au moins de profondeur un piquet de deux ou trois pieds de haut où vous passerez les jambes du chien, vous mettrez au-dessus du piquet une traverse de Bois afin que les loups ne puissent pas l'enlever et qu'ils soient obligés de le manger sur place, s'il y a de la neige vous le poursuivrez à la piste et vous le trouverez crevés à quelque distance de là.

« Il faut avoir une Rape d'acier pour râper la noix vomique le même jour que l'on veut s'en servir.

« En pratiquant ce secret pendant plusieurs années avec le plus grand nombre de chiens qu'il sera possible, (il y en a tant qui ne sont d'aucune utilité!) on parviendra infailliblement à détruire tous les loups du pays.

« Pour exciter l'émulation du Public à cet égard, on fera payer pour chaque loup empoisonné, la même gratification que l'on paye actuellement pour chaque loup tué.

« MM. les subdélégués feront aussi fournir gratis la noix vomique à ceux qui ne seront pas en état d'en acheter. »

Un second procédé, aussi souvent employé, consistait à empoisonner des chiens avec de la noix vomique, du verre pilé, de l'oignon de colchique et de l'éponge frite à la poêle, dont on remplissait le corps de l'animal après en avoir fermé les ouvertures avec de la fiente de vache. L'appât ainsi préparé était jeté aux endroits que fréquentaient les loups.

Ce fut pour la race canine une période calamiteuse, tant il est vrai que tout pâtit des fléaux qui pèsent sur un pays !

Nombre de particuliers tuèrent leurs chiens pour les exposer aux endroits propices.

Les commissaires du diocèse vinrent eux-mêmes diriger l'emploi de ce procédé et veiller à la distribution du poison :

« *État des endroits où nous avons jeté du poison en partant de Mende, à l'occasion de la Bête.*

« Premièrement. Le 17 avril, coucher à Saint-Alban.

« Le 18 Avril, nous avons empoisonné quatre chiens, deux brebis et une fressure de bœuf, pour jeter le 19, dans le passage qui répond au bois du mont Vufre (?), du Liconès, de Saint-Privat, et les bois de Fraissenet.

« Le 20 avril, nous avons empoisonné le bois de Fraissenet et du Liconès, en tirant jusqu'au bois des Couffours.

« Le 21, nous avons empoisonné le bois de Montchauvet et les dépendances de celui de Notre-Dame de Beaulieu.

« Le 22, nous avons mis du poison au passage du Ménial, la Griffoulière, du Mont et de Giberges.

« Le 23, nous avons jeté du poison aux bois de Segeas, partie de celui de Servières et de Servilanges.

« Le 24 nous avons jeté du poison aux bois de Pépinet, de la Louvière, partie du bois de Pompeyrenc et Sept-sols, en tirant en partie des bois de la Besseyre.

« Le 25, avons jeté du poison aux bois de Servières, et partie au bois de Servilanges, tirant à celui de Pépinet.

« Le 26, nous avons jeté du poison au terroir et petit bois Montagne de Benjasse et du Ménial où la Bête a fait tant de ravages.

« Le 27, nous avons jeté du poison aux bois de la Vachelerie tenant aux bois de Montchauvet et sur les hauteurs du bois du Favard.

« Le 28, avons empoisonné un gros chien, et fait porter aux fameux passages du bois de Montchauvet, et un autre au fameux passage du bois de la Besseyre Saint-Mary.

« Le 29, en partant de la Besseyre, nous avons jeté du poison dans le bois de ladite Besseyre, dans celui du Cros et de la Pague, tirant au bois de Pépinet et de Chamblard, et partie à celui de la Soucheyre.

« Le 30, nous avons renouvelé le poison dans le bois de Montchauvet, en tirant à celui de N.-Dame de Beaulieu.

« Ce premier mai, nous nous sommes transportés à Saugues, pour acheter treize chiens que nous avons empoisonnés.

« Le 2 mai, nous avons fait transporter lesdits chiens au bois du Mont, où nous y en avons laissé un. Le même jour un autre au passage du bois de Mourène et du Ménial.

« 3 Mai, nous avons couché à Paulhac et mis un chien à la hauteur du bois de Montchauvet, un autre à la jonction du bois de N.-Dame de Beaulieu, un autre au fameux passage de la Brassalière, un autre au passage du Liconès.

« 4 Mai, coucher à Paulhac, et de là nous avons mis deux chiens à la Ténazeire, un au passage de la Pauze et de Paulhac, un au gros rocher, au passage qui vient de Saint-Privat du Fau, et deux à la Croix du Fau, et de là coucher à Saint-Alban, à Mende.

« Secondement.

« État de la dépense.

« ... 18 Avril, acheté quatre chiens à une livre 10 sols chacun,	6 liv.	
Une brebis, une livre 16 sols	1	16
« Un mou de bœuf, douze sols		12
« ... Graisse douce pour les éponges, six sols		6
« ... 19 mai, acheté une jument morte audit Saint-Privat, 3 livres	3	
« Deux chiens, 2 livres 8 sols	2	8
« 21 Mai, coucher à Servières où nous avons acheté une vache, 10 liv. 10 s.	10	10
« ... 22 Avril, acheté deux chiens, trois brebis et un agneau 8 liv. 16 s.	8	16

. . . .

« Ledit jour (29), acheté à Grèzes cinq brebis un chien dix-huit livres, quatorze sols.	18	14
« Pour des éponges chez François Porteur, 4 liv. 10 s.	4	10
« 30 Avril, à acheter, treize chiens à Saugues, une livre 10 sols chacun dont total dix-neuf livres 10 s.	19	10
« Donné à un valet de ville, pour nous faire trouver lesdits chiens, douze sols.		12
« ... Pour quatre livres et demie oignon de Vachette (colchique d'automne) à une livre.	4	10

. . . .

« Au sieur Courtois, chirurgien, pour 19 jours qu'il a travaillé pour empoisonner à quatre livres par jour	76	

« Au sieur Mercier pour 15 jours à 4 livres 12 sols par jour 69

« Plus deux journées employées par Gallard pour reconnaître sur les lieux où la viande empoisonnée avait été mise si les loups y avoient donné... 3[1]

On ne trouvait dans tous les coins et tous les passages que des débris empoisonnés qui se décomposaient et empuantissaient l'air, en attendant que la Bête vînt y donner.

De jeunes louveteaux, alléchés par l'appât, s'y laissèrent prendre et payèrent de la vie leur inexpérience.

Mais la Bête dédaignait ces chiens coriaces, elle avait mieux que cela à se mettre sous la dent! et, comme par bravade, le 13 juin, elle dévorait Catherine Chautard du village des Couffours, paroisse du Malzieu. Ce fut son dernier méfait[2].

Après plusieurs tentatives renouvelées, toutes suivies d'un égal insuccès, on finit par croire qu'il était vraiment impossible de la tuer.

C'est alors que ces populations religieuses eurent recours, une fois encore, à l'assistance du Ciel. On fit des pèlerinages à Notre-Dame des Tours, dans le mandement de Saugues, et à Notre-Dame de Beaulieu près de Paulhac. Les paroisses y vinrent en procession, et nul ne sait avec quelle ferveur de piété, avec quelle intensité de foi et quelle poignante anxiété ces pauvres âmes venaient implorer le secours de Dieu alors que toute force humaine défaillait et s'avouait impuissante.

Nous ne sommes pas de ceux qui interposent un mur d'indifférence infranchissable entre l'homme et Dieu, et qui figent les bras de l'Être suprême en lui refusant le droit et la possibilité de secourir l'homme, sa créature.

Rien ne vient que par la permission de Dieu, et pour quiconque a la foi, il n'est pas douteux qu'aux époques de calamités, lorsqu'on a pris toutes les mesures que commande la prudence humaine, il ne soit utile d'invoquer le secours d'en haut.

1. Archives de la Lozère. C. 1621.

2. Ce 13 juin mil sept cens soixante sept, a été enterrée Catherine Chautard..... des Couffours, en cette paroisse, âgée d'environ neuf ans, dévorée hier par la Bête féroce..... *Signé :* Constand, *curé.*

Tandis que les processions recueillies se déroulaient vers les sanctuaires vénérés et que les supplications ardentes de ces malheureux habitants montaient vers le Ciel, M. d'Apchier conduisait les chasses dans les régions où l'on espérait rencontrer la Bête.

Les foins ne se coupaient point encore, les blés étaient loin de leur maturité, aussi les travaux des champs laissaient libres un certain nombre de chasseurs déterminés et aguerris qui suivaient leur chef avec un courage et un zèle opiniâtres.

Tout se paye. Le monstre maudit allait trouver son juste châtiment aux lieux mêmes où il avait commis le plus de méfaits.

On apprit que la Bête était dans la partie du Gévaudan qui touche à l'Auvergne, du côté de Saugues, dans les alentours du Montmouchet, et les appartenances de la paroisse de Nozeirolles d'Auvert.

Le 19 juin, M. d'Apchier dirigea ses battues de ce côté.

« Parmi les chasseurs, était le nommé Jean Chastel, dit le Masque, paysan marié au chef lieu de la paroisse de la Bessière Sainte Marie, excellent chasseur encore, quoique âgé de soixante ans.

« Ce Chastel eut l'avantage de voir passer la Bête devant lui, il la tomba d'un coup de fusil qui la blessa à l'épaule; elle ne bougea guère, et d'ailleurs fut assaillie de suite d'une troupe de bons chiens de chasse de M. d'Apchier.

« Dès qu'on vit l'animal hors d'état de faire des victimes, il fut chargé sur un cheval, et porté au château de Besque, paroisse de Charais, dans l'Auvergne, près des frontières du Gévaudan.

« M. d'Apchier, conducteur de la chasse, voulut s'en faire honneur; il envoya de suite chercher à Saugues Boulanger, dit la Peyranie, sans doute par dérision, car c'était un mauvais chirurgien apothicaire, et lui dit d'embaumer la Bête pour qu'elle pût se conserver saine jusqu'à Paris, où il voulait la faire présenter au roi.

« Ce chirurgien ignorant se contenta d'en sortir les entrailles et de les remplacer par de la paille. On la garda ainsi maladroitement à Besque une douzaine de jours pour contenter la curiosité d'une infinité de personnes du voisinage qui venaient la voir. Ce qui occasionna beaucoup de dépense à M. d'Apchier qui se faisait une fête d'inviter tous les gentilhommes, bourgeois et prêtres accourus pour le féliciter et le remercier d'avoir ordonné et conduit une chasse aussi heureuse.

« On ne peut douter que ce fût l'animal carnassier qui dévorait tant de monde, puisqu'en l'ouvrant on trouva dans son estomac l'os de l'épaule d'une jeune fille qu'il avait dévorée 24 ou 30 heures avant sa mort, entre Pébrac et le domaine de Mende, appartenant à M. d'Apchier, et d'ailleurs après sa mort on n'entendit plus parler d'aucun désastre.

« C'était une espèce de gros loup mâle, rougeâtre..., il avait la tête extrêmement grosse et le museau fort allongé, plus même à proportion que celui d'un loup ordinaire, au point que, sa gueule étant ouverte, l'intervalle de l'extrémité de ses deux mâchoires était de quatre décimètres et demi, près de deux pans.

« La curiosité des gens une fois satisfaite, la Bête fut mise dans une caisse pour être transportée à Paris par le sieur Gilbert, domestique du marquis d'Apchier et être montrée au roi; mais soit à cause des chaleurs, soit à cause de la lenteur du trajet, l'animal ne tarda pas à se putréfier; Gilbert arriva cependant à Paris, à l'hôtel de M. de la Rochefoucauld qui informa aussitôt le roi de l'heureuse destruction de l'animal.

« M. de Buffon, chargé de l'examiner, reconnut que c'était un loup énorme; mais il était arrivé à un tel point de putréfaction que Gilbert le fit enterrer[1]. »

L'abbé Trocellier, contemporain de cette époque, n'était pas de l'avis de M. de Buffon : « Cette Bête, disait-il, ressemble à un loup, mais ce n'est pas un loup. Tous ceux qui l'avaient vue de près le disaient de même. Elle a les pieds de devant beaucoup plus courts que ceux de derrière; les oreilles d'une autre façon. On a remarqué plusieurs autres choses qui ne sont pas du loup. Elle a pesé cent neuf livres. On juge que c'est quelque monstre. »

Entre ces deux opinions, le lecteur préférera certainement celle du célèbre naturaliste.

1. Aug. André. *La Bête du Gévaudan.* (*Bulletin*, 1884, p. 203-204.)

Comme les ravages avaient cessé, le 9 septembre, les États allouèrent à l'heureux chasseur Chastel une récompense pécuniaire :

« M. le receveur des tailles de la ville de Mende... payera au nommé Chastel la somme de 72 livres de gratification qui lui a été accordée par Messieurs les commissaires du diocèse, pour avoir tué, le 19 juin dernier, dans une chasse exécutée sous les ordres de M. le marquis d'Apchier, une bête qu'on présume, attendu la suspension des malheurs depuis ledit temps, être celle qui les causait dans la partie du Gévaudan qui avoisine l'Auvergne du côté de Saugues, sans préjudice audit Chastel de solliciter et d'obtenir de plus grandes gratifications, surtout dans le cas où les malheurs auraient par la suite entièrement cessé...

« A Mende, le 9 septembre 1767.

« *Signé* : DE RETS-FRAISSENET, *vicaire-général*, *président;* pour acquit, *signé* : CHASTEL[1]. »

« Le terrible loup tué par Chastel avait une compagne digne de lui. Une louve le secondait dans ses douloureux exploits. Elle fut tuée huit jours après dans la paroisse de la Bessière-Saint-Mary, par le sieur Jean Terrisse, chasseur de Mgr de la Tour d'Auvergne.

« Le 17 septembre suivant, le sieur Terrisse toucha une gratification de 48 livres pour la bête femelle trouvée morte de la blessure qu'elle avait reçue de lui à une chasse commandée par M. le marquis d'Apchier.

« Le diocèse de Mende accorda, le 3 mai 1768, la somme de

1. Aug. ANDRÉ, *loc. cit.*, p. 204 et suivantes.

Ce Chastel a été déjà mentionné au cours de ces chasses. Il est question de lui dans la lettre de M. Verny de la Védrine, 4 mars 1765.

Au mois d'août il eut des démêlés avec le garde Pélissier qui l'accusait de l'avoir fait tomber dans un bourbier. Dans une vive altercation, Chastel couche en joue le garde, et pour cette menace est conduit à Saugues où il est mis en prison.

Le 17 mai 1767, il est témoin de l'inhumation de Marie Denty, de Septsols, dévorée par la Bête, et signe au registre des décès avec son frère.

Il était originaire de Darnes, petit village de la Besseyre-Saint-Mary et avait une réputation incontestée d'habile chasseur.

312 livres aux intrépides chasseurs, compagnons de Chastel et de Terrisse. C'étaient : Jean Chastel, père et fils, Pierre Chastel, Antoine Chastel, Pierre Roux, J. Pierre Valet, Antoine Tournaire, Jean Taraire, F[ois] Lèbre, Pierre Laborie, J.-Pierre Chassefeyre et Pierre Pomier.

« Tous s'étaient trouvés aux chasses ordonnées et dirigées par M. le marquis d'Apchier.

« En leur accordant cette gratification, on constatait avec bonheur que, depuis la mort du loup tué par Chastel, et de la louve tuée par Terrisse, les accidents avaient cessé, n'y ayant eu aucune personne dévorée, blessée ou attaquée par les bêtes féroces[1]. »

C'était une bien maigre récompense pour un si glorieux exploit, et cette parcimonie des pouvoirs publics à l'égard des chasseurs dévoués qui avaient rendu à leur pays ce service signalé, n'est point ce qui contribuera le plus à concilier à ces époques les sympathies de la postérité.

Cette fois, la Bête était bien morte, ou plutôt les Bêtes malfaisantes qui dévoraient tant de monde et dont la terreur superstitieuse des populations avait fait une seule personnalité, étaient bien exterminées à tout jamais !

Pourtant, on n'avait tué que des loups[2] !

Que deviennent alors ces assertions risquées[3], ces descriptions minutieuses, aux détails fantastiques, et auxquelles on donnait tant de poids, d'un animal qu'on avait si peu vu ? Que deviennent alors cette longueur insolite d'un pied monstrueux et ces sauts de vingt-huit pieds en plat pays ? Ces exagérations

1. Ferd. André, *Les loups en Gévaudan*, p. 27 et 29.

2. Ces méchantes Bêtes avaient eu, en 1589, des précurseurs au pays de Velay. On lit, dans les Mémoires de J. Burel (Édit. de la Soc. Acad. p. 121) : « Je ne veux oblier, en passant, de dire ce petit mot, que toutte ceste année dernière s'estoient levés une grande quantité de loups partout le pays de Vellay que mangeoient les hommes femmes et enfants ne touchoient rien le bestaille qu'ilz trouvoient aux champs, tellement que personne ne osoient sortir de leurs maisons. »

3. « J'oubliois de vous observer, Monsieur, qu'un jeune homme de seize ans dit « avoir vu la Bête franchissant un fossé de sept à huit toises de largeur pour s'élancer « sur le malheureux qu'elle a dévoré, mais qu'il étoit trop loin pour pouvoir lui « donner aucun secours, il la désigne de couleur rougeâtre et une raie noire sur « le dos. »

(Archives du Puy-de-Dôme. C. 1738. Lettre de M. de Boissieu, 31 mai 1766.)

naïves pouvaient-elles tenir devant l'examen facile de la Bête une fois tuée ?

Ces descriptions et ces opinions diverses sur la nature, les formes et le nombre de ces monstres, n'entament en rien la certitude de leur existence qui plane au-dessus de toute négation, au-dessus même de toute discussion.

Comme aussi la critique la plus exercée n'essaiera point de jeter même l'ombre d'un doute sur leurs méfaits.

Qui donc, après les preuves que l'on vient de lire, oserait nier le trépas malheureux de tant de victimes ?

Hélas ? pourquoi cette époque ne fut-elle pas un rêve pénible, un lourd cauchemar, au lieu d'être une douloureuse réalité ?

Que de larmes versées et que de deuils dans les familles ! Que de places vides au foyer et dans le cœur des mères qui gardèrent tout le reste de leur vie ce triste et poignant souvenir ! Quelques-unes, dit-on, serraient précieusement, en un coin mystérieux, ce qui restait des vêtements de l'enfant dévoré, et pendant de longues années, au retour de cette date funeste, elles les sortaient pour les arroser de leurs larmes, tant était vif et profond le sentiment de leur douleur !

Et si plus de cent hivers de neiges et de tourmentes ont pu laver les taches sanglantes qui maculaient au coin des bois la place où furent dévorées ces victimes, ils n'ont pu en effacer le souvenir de la mémoire des habitants. Ces endroits maudits furent marqués, on les montre encore avec une précision étonnante. Et aux jours d'hiver, la nuit venue, quand toute la maisonnée fait cercle autour du foyer, la vieille grand'mère, de sa voix tremblante, raconte comment un enfant de la famille fut tristement dévoré. Elle pleure, — sa mère à elle, un témoin oculaire, pleurait en le racontant, — les petits se serrent l'un contre l'autre, en frissonnant, se tiennent par la main, comme pour se prêter assistance, et ce récit, qu'ils savent tous pour l'avoir tant de fois entendu, les pénètre toujours de la même émotion.

Quel fut le nombre exact des victimes ?

Il est malaisé de donner un chiffre précis.

Dans le recueil de Magné de Marolles, déposé à la Bibliothèque du Roy, se trouve un « Journal des ravages de la Bête du

Gévaudan, depuis le mois de juillet 1764 jusqu'en juin 1765. (Une copie faite par M. Paul Le Blanc, nous a été communiquée par M. l'abbé Lespinasse, curé de Blesle.) Ce journal porte à quarante, le nombre des victimes dévorées, à dix-huit, celui des personnes attaquées.

D'autre part, un relevé sur les registres de paroisse et sur d'autres documents, de 1765 jusqu'en septembre 1767, donne trente victimes dévorées et vingt-deux attaquées. Le total est donc d'environ cent dix personnes qui furent jugulées ou molestées par le monstre.

En outre, combien d'autres, assaillies sans résultat appréciable, ne firent aucune déclaration aux autorités locales. Un certain nombre, également, ne furent pas inscrits sur les registres, précisément parce que rien ne put être retrouvé de leurs restes pour être enseveli dans le cimetière paroissial. Et ces registres eux-mêmes, en plusieurs localités, ont été perdus, comme à Saint-Privat-du-Fau, au pied du Montmouchot, ce qui rend plus difficile encore l'établissement d'un compte exact. De sorte que ce n'est pas s'écarter beaucoup de la vérité que d'estimer entre cent vingt et cent cinquante le nombre de personnes assaillies ou mangées par ces bêtes dévorantes.

Quelques paroisses payèrent un lourd tribut. Venteuges compta huit victimes; la Besseyre, cinq; Grèzes quatre, et Nozeirolles d'Auvert, qui fut la plus éprouvée, nous l'avons dit, pour n'avoir, environ, que deux cents habitants, a sept noms inscrits au registre paroissial (Communic. de M. Martin, curé d'Auvert). Lorsque Jeanne Hugon, de ladite paroisse, fut attaquée par la Bête, elle avait une compagne qui fut tellement terrifiée, qu'elle se réfugia dans les rochers où ses parents la retrouvèrent trois jours après. Elle avait complètement perdu l'esprit. C'était le 1er juin 1765. Déjà, le 8 octobre 1764, dans la paroisse de la Fage, en Gévaudan, la Bête, avec ses griffes, avait emporté les cheveux et la peau de la tête d'un jeune garçon, qui guérit de ses blessures, mais « resta longtemps imbécile ».

Il faut en convenir, les temps d'autrefois n'étaient pas toujours des temps heureux.

Aujourd'hui, ces fauves malfaisants n'auraient point si beau jeu. Ces immenses forêts, qui semblaient faites pour eux, sont, en effet, partie rétrécies par la culture, partie dévorées par l'industrie; ces taillis, jadis d'insolite épaisseur, sont éclaircis et rendus pénétrables; ces roches abruptes ne peuvent plus se targuer d'être inaccessibles et leurs issues profondes n'ont plus de mystères; ces ravins et ces gorges étroites s'étonnent d'abriter dans leurs méandres de blanches routes aux innombrables lacets.

Aujourd'hui les chemins de fer font résonner de leurs sifflements aigus et remplissent de leur âcre fumée les rives de la Truyère et les gorges de l'Allier, aux Chazes mêmes. Les armes primitives, jadis employées, — avec quel mépris on les regarderait aujourd'hui, — ont fait place à des instruments perfectionnés qui, avec leur longue portée et leur incroyable précision, ne manquent point leur but et ne sont plus arrêtés par la peau d'un loup.

Aujourd'hui enfin, où un siècle et demi de civilisation à outrance n'a point passé en vain dans ces régions attardées jusqu'alors, les loups, même les plus sagaces, seraient bientôt réduits à merci.

Mais il ne convient pas de juger des temps et des lieux d'autrefois par les temps et les lieux d'aujourd'hui.

CHAPITRE XXI

LONGTEMPS APRÈS

La Bête une fois morte, son souvenir ne s'éteignit pas avec elle. La tristesse de tant de deuils, les longues angoisses des contrées éprouvées, et, pendant trois années, l'anxiété de toute la France qui suivait, avec un compatissant intérêt, les péripéties de cette lutte, avaient rendu sa mémoire inoubliable. L'histoire s'occupa d'elle, ainsi que la gravure : elle eut son barde, et comme la Roche Tarpéienne n'est pas loin du Capitole, elle eut ses détracteurs, par quoi elle n'ignora rien des vicissitudes humaines.

Tout d'abord, en pleine actualité, la gravure s'intéressa à la Bête du Gévaudan. Des placards furent imprimés, dans lesquels, au-dessous de l'image, se lisaient les explications nécessaires au lecteur. Des dessins à la main s'ébauchèrent, des images coloriées furent tracées dont quelques-unes ont survécu et se retrouvent, soit dans les archives, soit dans les vieux papiers de famille. Il existe, à la Bibliothèque nationale, outre un recueil de gravures dressé par M. Magné de Marolles, d'autres estampes à qui firent de nombreux emprunts les feuilles médicales, à l'occasion de la brochure du docteur Puech. Et de ces gravures qui, toutes, voulaient être la véritable image de la Bête, quelques-unes sont vraiment fantastiques, et témoignent combien l'imagination avait été troublée par la terreur et l'épouvante qui régnaient alors.

Entre temps, des circonstances fortuites rappelaient son nom à l'attention du public.

Dans une étude attachante de Lenôtre, sur Georges Cadoudal (*Revue des Deux Mondes*, 1er décembre 1928), on lit ceci : « Sur la porte de l'hôtel de Joseph Bonaparte est placardé cet avis (*sic*) : Home, femme, enfant, prenez garde, la Bête féroce du Gévaudan est ressuscité. Sa course va de la Malmaison au Thuïlery, il sabreuve de sang humain, et partout où il peut entasse les victimes, il est permis de courir dessus. »

Puis, la Bête fut mise sur la scène, à l'Ambigu-Comique de Paris, comme on le verra plus loin dans la Bibliographie qui termine ce chapitre, où il est également montré comment elle obtint les faveurs du roman populaire, et même les honneurs de l'Histoire.

Après les dessinateurs, après les historiens, la poésie vint ajouter son apport au renom de la Bête.

M. François Estaniol était maire de la ville de Saugues, en 1852. A la mairie, l'avaient déjà précédé quelques membres de sa famille. Une fois rendu à la vie privée, il voulut utiliser les loisirs que lui faisait la politique. Il avait l'imagination ardente, la plume féconde et le vers facile. Une complainte avait été déjà écrite par lui, sur la Bête du Gévaudan. Une complainte! Ce n'était point assez, c'est un large poème qui convenait à ce sujet. Et c'est un long poème qu'il écrivit, en trois chants, d'environ quatre cents pages. Le composer lui fut facile, mais l'imprimer!.....

Une souscription fut par lui organisée, et des prospectus envoyés à la ronde :

« Souscrivez donc, rares amateurs, vous trouverez dans un assez gros livre de quoi vous amuser, si ce n'est de quoi vous émerveiller. L'auteur y parle des rois, des princes, du clergé, de la noblesse, du Tiers-État, de tout le monde. Chacun y trouvera maintes choses qui le regardent, qui pourront le faire sérieusement méditer, et quelquefois même rire... Des personnes respectables ayant désiré trouver ici un passage de sa poésie, il croit devoir les satisfaire, en leur présentant l'image de la Bête même.

Un prêtre, qui la vit, cette bête terrible,
M'en a fait le portrait... éloignée, invisible,
Elle excitait dans l'homme un subit tremblement,
Contre lequel, hélas! il s'armait vainement;
Et, lorsqu'elle approchait, qu'à travers les bocages
On entendait frémir, remuer les feuillages,
La sueur de la mort coulait, glaçait le cœur...
Le monstre de sa proie était déjà vainqueur!
Que dis-je? A son aspect, à sa marche rapide,
A ses horribles cris, tout un peuple timide
Croyait voir le dragon, le furieux Satan,
Qui jadis, dans Pathmos, apparut à Saint-Jean...
Pour décrire sa forme et ses traits athlétiques,
Susemith, prête-moi tes crayons énergiques,
Représentant son chef, son air audacieux,
La flamme bouillante et rouge de ses yeux,
Sa crinière hérissée et sa gueule entr'ouverte,
Par l'écume souillée et de sang noir couverte,
Montrant sa langue énorme et ses quarante dents
Qui pénétraient les chairs comme des traits ardents!...
Sa longueur de six pieds, (illusion fatale!)
Semblait en avoir vingt, paraissait colossale!...
Plus vite que le cerf, revêtu de poils roux...
Tel est son corps!... je vais démontrer son courroux.

FR. E.

« Condition de la Souscription : Un volume in-8° d'environ quatre cents pages, prix cinq francs, payables à sa réception.

« On souscrit, au Puy, chez M. André Audiard, imprimeur-libraire, Boulevard Saint-Louis. A Mende, chez M. Pécoul, libraire. A Langogne, chez M. Blanquet, secrétaire de la mairie. A Rhodez, chez M. Bonhomme, officier en retraite. A Villefort, chez M. Vidal, notaire (Imprimerie d'A. Audiard, boulevard Saint-Louis. Le Puy). »

La souscription ne donna pas le succès espéré; le poème ne fut point imprimé, le prospectus seul eut cet honneur.

Après le barde, vint le détracteur.

J. Robert, delin. et Sculpt.

Loup *d'espèce étrangere, tué en Gévaudan.*

C'était en 1911. Un éminent professeur de gynécologie à la Faculté de Montpellier, le docteur Puech, après lecture faite de quelques ouvrages sur ce sujet, voulut donner son opinion sur la Bête du Gévaudan. Dans une brochure de vingt-deux pages (*Qu'était la bête du Gévaudan?*), publiée dans les Mémoires de la Société Académique de Montpellier, après avoir exposé toute une doctrine spéciale, il conclut : « La Bête du Gévaudan n'a jamais existé. A un animal imaginaire on a rapporté ce qui était l'œuvre : 1° de loups; 2° de mystificateurs; 3° et surtout d'un fou sadique » (p. 22). Il avait déjà (p. 18) émis cette opinion : « A un sadique assassin, il faut rapporter le plus grand nombre de ces morts qui, de 1764 à 1767, désolèrent le Gévaudan. »

Cette brochure fut reproduite, *in extenso*, par le docte journal *Æsculape*, et, partiellement, par diverses feuilles médicales ou autres, avec de nombreuses gravures. Sa publication devint le signal d'une formidable levée de boucliers et de plumes acérées. Il semblait que la génération actuelle allait venger les ancêtres des terreurs et de l'épouvante dont, de père en fils, se transmettait l'odieux souvenir. Hé quoi! cette Bête n'avait même point le mérite de ses méfaits! le mérite de justifier le sinistre renom qui lui était fait!

On le lui fit bien voir! L'hallali fut sonné, et dans tous les journaux de Paris ou de province, les plus obscurs folliculaires se sentirent une âme de juge et vaticinèrent sans sourciller, et de façon péremptoire sur la Bête du Gévaudan.

La thèse du docteur Puech fut acceptée sans contrôle.

La Bête du Gévaudan n'a jamais existé!

C'est faire bon marché de l'intelligence et de la perspicacité des populations de deux provinces qui durant trois années consécutives ont été épouvantées par les méfaits du monstre. C'est donner une opinion bien médiocre des connaissances et des capacités des chasseurs, pourtant si réputés, qui l'ont tant de fois poursuivie.

Nous procéderons moins précipitamment, et sans parti pris, nous discuterons la thèse si tranchante du docteur Puech.

1° Qu'il y ait eu des mystificateurs et des simulateurs, on ne saurait en douter, la sottise humaine ne perd aucune occasion de se mettre au jour. Mais leur rôle, en cette occurrence, ne peut avoir beaucoup d'importance, et ne va point jusqu'à tuer ou dévorer les victimes, par quoi ils cesseraient d'être des mystificateurs.

2° Faut-il croire à l'intervention d'un odieux personnage à qui doit être rapporté le plus grand nombre de ces morts qui de 1764 à 1767 désolèrent le Gévaudan ? Sans doute, toutes les opinions sont respectables, et il est possible que, dans le désarroi de cette époque, il y ait eu quelque cas de ce genre, toutefois, aucun fait n'a été apporté à l'appui, et l'auteur de la thèse avoue que les preuves médico-légales manquent.

Cette affirmation, d'ailleurs, si élargie, se heurte à de sérieuses objections.

a) Il est bien étrange que les chasseurs émérites qui dirigeaient les opérations et rédigeaient les procès-verbaux des méfaits de la Bête, avec l'expérience qu'ils avaient de la piste et des traces des animaux malfaisants, à l'occasion de tant et tant de victimes dévorées, surtout dans ce pays où la neige tombe presque pendant cinq ou six mois de l'année, n'aient point reconnu, n'aient point même soupçonné, une seule fois, autour du méfait, les traces et les pas d'un homme !

Et, de ces chasseurs quelques-uns, les chefs, n'étaient pas sans culture : le comte de Tournon, le comte d'Apchier, M. Lafont, le syndic du diocèse, M. Duhamel, MM. Denneval, MM. Antoine père et fils.

b) D'autre part, n'est-il pas singulier que parmi tant de personnes attaquées qui ont échappé à la dent de la Bête, les unes par leurs propres moyens, en luttant contre elle, les autres par des défenseurs accourus à leurs cris, pas une n'ait reconnu avoir été attaquée par un homme, mais bien par une Bête, et c'est à une Bête, non point à un homme, qu'ont été arrachés les enfants si nombreux, assaillis et près d'être dévorés. Tous les témoignages sont absolument unanimes à ce sujet.

c) Puis, cet homme, pendant trois années consécutives comment aurait-il pu cacher ses nombreux méfaits ? « Toujours par quelque endroit fourbes se laissent prendre. » Comment n'a-t-il pas été saisi sur le fait ! Comment n'a-t-il pas été soupçonné même une seule fois, par ses parents, par ses voisins ! On l'aurait, une fois ou l'autre, signalé aux autorités locales ; les lettres le raconteraient, la rumeur publique l'aurait désigné à la vindicte populaire. Mais, rien de semblable. On explique tout, on raconte longuement tous ces carnages, et, la seule chose qui ne soit pas mentionnée c'est la participation d'un être humain à tous ces méfaits.

d) Enfin, le dernier loup, une fois tombé sous les balles, on ne vit plus jamais de personnes dévorées ou attaquées : la balle de Chastel aurait donc fait coup double, et tué, tout à la fois, la Bête et l'homme, puisque celui-ci ne paraît plus désormais sur la scène.

On fait grand état de deux victimes qui, dévorées partiellement, furent incomplètement ensevelies sous la terre. Mais, ne sait-on pas, en pays de montagnes, que le loup est coutumier de ce procédé? S'il ne peut dévorer le mouton ou l'agneau dérobés, il les cache sous une roche, ou dans la terre, pour y revenir plus tard. Ne sait-on pas aussi que cette façon maladroite de ne point cacher entièrement sa proie est le fait du loup plutôt que de l'homme?

Pour finir, il semble difficile, à un siècle et demi de distance, de juger mieux, de voir plus clair, et de contrôler plus parfaitement les événements que ceux dont l'unique occupation fut, à leur heure, d'étudier, de jour ou de nuit, ces sinistres méfaits.

3° Puisque ce n'est point par des mystificateurs, puisque ce n'est pas davantage par un misérable qui n'aurait pu le faire sans être vu ou tout au moins sans être deviné, qu'ont été commis tant de méfaits, qui donc a dévoré toutes ces victimes?

Tout simplement la Bête qui mangeait le monde : la Bête du Gévaudan.

Elle a donc existé!

Mais qu'était cette Bête?

Un loup, pas davantage. Et pourquoi pas? Seulement ce loup n'était pas seul : il avait un compagnon, et peut-être deux, aussi féroces que lui.

C'est ce qui ressort de la lecture de ce volume, où les chasseurs ne parlent que de loups, où les victimes, tombées sous leurs balles, ne sont que des loups.

Un loup, la grosse, l'énorme Bête tuée par M. Antoine et montrée à toute la Cour : la gravure qui la représente lui donne sa vraie forme de loup.

Un loup encore, le terrible animal tué par Chastel, M. de Buffon en a donné l'assurance.

Une louve, aussi, celle tuée par Terrisse, qu'il faut peut-être associer aux deux autres.

La terreur populaire avait fait de ces animaux une seule personnalité, à qui étaient attribués tous les méfaits. Pas n'est besoin, pour leur besogne sanguinaire, de leur prêter le concours d'un être humain : ils suffisaient à la tâche.

Nous l'avons dit, ces loups une fois tombés sous les balles, il n'y eut plus de carnages, plus de méfaits.

Et, par aventure, n'y eut-il pas quelque victime qui périt sous la dent d'un loup autre que les Bêtes mentionnées ? Qui le sait, et faute de documents, qui pourrait le nier ou l'affirmer ? Et comment ces loups avaient-ils pris goût à la chair humaine ? *La Revue de la Haute-Auvergne* (1911. L'Ours et le gros gibier dans la Haute-Auvergne, page 295, par M. Boudet), nous l'explique de façon très plausible.

« Ce qui est historiquement et scientifiquement certain c'est que des cas accidentels d'anthropophagie déterminent vite l'hérédité chez le loup. Que l'un d'eux, plus hardi ou plus affamé que les autres dévore un être humain, la bande, associée au festin, en conservera comme lui le goût. Il se perpétuera chez les louveteaux que leur mère aura nourris de cet aliment savoureux. Devenus grands, ils le satisferont sur le berger, de préférence à ses moutons, surtout si le berger est une bergère. »

De plus, il n'est pas douteux que, soutenus par une alimentation plus vigoureuse, et rendus plus audacieux par l'impunité, ces loups n'ont pas eu de peine à atteindre des proportions extraordinaires, et à multiplier leurs forfaits.

Pour finir, il est donc bien difficile d'écrire l'Histoire puisque la lecture des mêmes faits et des documents qui les rapportent, fait naître dans les esprits des interprétations si différentes !

Toutefois, ces quelques pages ne seraient pas inutiles, si elles pouvaient, sur ce modeste point d'histoire locale, vaincre les incrédulités intransigeantes, et, tout ensemble, ramener à leurs justes proportions, les exagérations d'imaginations jadis vraiment épouvantées.

à Paris Chez Le Bel, rue du petit pont, à la Carte des Cieux .

APPENDICES

BIBLIOGRAPHIE ET ICONOGRAPHIE

PAR

ANDRÉ MELLERIO

ESSAI ICONOGRAPHIQUE

SUR LA BÊTE DU GÉVAUDAN

A notre époque, les études historiques ne se contentent plus de la documentation simplement livresque. On y joint le commentaire corrélatif de l'iconographie, qui n'apporte pas seulement un agrément artistique, mais ressuscite à nos yeux les hommes et les choses d'autrefois.

Ajouterons-nous que l'estampe populaire, c'est-à-dire celle faite par, et surtout pour le peuple, jouit d'une faveur de plus en plus marquée. Champfleury et Garnier nous ont appris, les premiers, à connaître son existence, en discerner les éléments et goûter leur saveur[1]. Depuis, les Perrout, Van Heurcq, Beurdeley, L. Descaves, Duchartre et Saulnier, etc., nous ont amplement renseignés dans de savants ouvrages, que rehaussait souvent le prestige de la belle édition[2].

Aussi le présent volume, relatant les faits et gestes de la Bête du Gévaudan selon les exigences sérieuses de la critique moderne, n'a-t-il point manqué de faire appel à l'image, largement utilisée.

Peut-être cette iconographie, pour être saisie en sa genèse, et appréciée dans son développement, a-t-elle besoin d'un exposé succinct accompagné de quelques réflexions.

1. Champfleury. *Histoire de l'Imagerie populaire*. Paris, Dentu, 1869. — J.-M. Garnier. *Histoire de l'Imagerie populaire et des cartes à jouer à Chartres*. Chartres, Imp. Garnier, 1869.

2. Voir notamment : René Perrout. *Les Images d'Épinal*. Nouvelle édition. Préface par Maurice Barrès. Paris, Paul Ollendorff. — Émile Van Heurcq et J.-J. Bokenoogen. *Histoire de l'Imagerie populaire flamande*. Bruxelles, Van Œst et Cie, 1910. — Pierre-Louis Duchartre et René Saulnier. *L'Imagerie populaire*. Librairie de France, 1925.

Dès l'abord une division toute naturelle s'impose.

D'une part, un cycle bien déterminé se rapporte à l'époque contemporaine des événements eux-mêmes, c'est-à-dire la seconde moitié du XVIIIe siècle.

D'autre côté, une production différente d'esprit et de procédés s'est propagée au cours du XIXe siècle, et se continue actuellement dans le XXe.

Nous les envisagerons successivement.

L'ICONOGRAPHIE DE LA BÊTE DANS LE XVIIIe SIÈCLE

Au milieu de l'année 1764, un animal féroce, d'une espèce qui semblait inconnue, se révèle par des attaques incessantes et meurtrières contre les paisibles habitants du Gévaudan. Les ravages exercés prennent bientôt les proportions d'un véritable fléau.

Alors, les autorités de la province cherchent à coordonner et diriger les moyens de défense employés spontanément par une population affolée. On organise battues et chasses, on promet des récompenses. L'évêque de Mende, y joignant un appel religieux, l'adresse sous forme de mandement à ses paroisses.

Mais avant tout, ne devait-on point faire connaître l'ennemi poursuivi et qu'il fallait combattre?

A ce but s'empressèrent les placards et feuilles volantes, que l'on voyait, à cette époque, surgir en masse dès que se produisait un événement notable. C'est que les gazettes et journaux n'étaient guère répandus alors. Peu lus, d'ailleurs, car la foule des illettrés demeurait grande. Pour ceux-là l'image venait suppléer au texte.

En l'occurrence il importait d'agir promptement et de manière économique. A cette double exigence, la simple gravure sur bois répondait parfaitement.

Cependant une difficulté se présenta. La Bête, ainsi qu'on avait dénommé l'extraordinaire et insaisissable animal, ne se laissait point *portraicturer* de bonne grâce. Et les descriptions les plus contradictoires circulaient à son égard, de la part de gens qui n'avaient fait que l'entrevoir à peine, quand encore ils ne la rêvaient pas seulement à travers les mirages de la peur.

Mais les naïfs artistes, pas plus que leur public aussi primitif, ne s'arrêtaient pour si peu. Sans se soucier le moindrement d'une exactitude rigoureuse, il leur suffisait de l'évocation d'un monstre susceptible de frapper les imaginations et de porter la terreur à son comble.

Certes on ne s'en fit pas faute. Dans d'étranges conceptions s'épanouissant en toute liberté, revivait l'inspiration des anciens Imagiers qui, au moyen âge, remplirent leurs *Bestiaires* d'un pullulement d'êtres fantastiques. Tantôt, on s'imaginait un Ours, ou bien un Lynx. Mais la représentation qui prima toutes les autres, fut celle d'une Hyène. Cet animal exotique, connu seulement, et encore fort mal, par les ménageries, se prêtait aux trans-

formations les plus bizarres. Pourvu que les rayures fussent bien marquées, c'était l'essentiel. A cette première époque, la Bête est souvent représentée isolément et sans autres détails accessoires, son aspect seul semblait fournir un spectacle suffisamment suggestif.

Mais les événements se succédant, apportèrent bientôt des sujets de scènes d'un dramatique plus complexe. C'était une jeune fille attaquée, blessant la Bête d'un coup de baïonnette. Puis une mère, au péril de sa vie, lui disputant son enfant emporté déjà. Enfin surtout l'exploit du jeune Portefaix, qui, à peine âgé de douze ans, défendait héroïquement ses petits compagnons et arrachait l'un d'eux à la gueule même de l'animal, lequel était forcé de prendre la fuite.

Cependant le bruit de l'extraordinaire aventure du Gévaudan n'avait point tardé à franchir les limites de cette région reculée et perdue des Cévennes. La renommée s'en répandait dans toute la France, et même, dépassant les frontières, parvenait jusqu'aux pays étrangers.

C'est alors que les hautes sphères du pouvoir s'étant émues, la Bête fit, si l'on peut dire, son entrée à la Cour. Elle y devint le sujet de toutes les conversations, et le roi Louis XV, soucieux du bien de ses sujets, donna des ordres et fit prendre des mesures afin de combattre le fléau. D'abord on s'adressa à Denneval, gentilhomme normand, le plus réputé chasseur de loups. Mais ce Nemrod, dérouté par les difficultés du pays et les ruses astucieuses de la Bête, échoua complètement. Dès lors on résolut de frapper un grand coup. Et le sieur Antoine de Beauterne, lieutenant des chasses, porte-arquebuse de Sa Majesté, fut envoyé en personne. C'est lui qui, désormais, prit la direction des battues transformées en une véritable petite guerre.

Dans de telles conditions l'Iconographie évolue, afin de se tenir à la hauteur de la situation.

Or, depuis le XVIIe siècle, existait ce qu'on appelait techniquement du nom générique d'*imagerie demi-fine*. Celle-ci s'adressait non plus au menu peuple, mais à un public moyen, déjà sélectionné bien qu'encore nombreux, et qui se montrait plus exigeant. Aussi les estampes à lui destinées, sans prétendre au grand art, étaient-elles du moins traitées avec quelques connaissances de métier et présentées en un tirage meilleur. Parfois même on les ornait d'un coloris franc et vif, qui en augmentait l'attrait. Le siège de cette production spéciale se trouvait principalement à Paris, rue Saint-Jacques. Et les Basset, les Mondhare s'y étaient fait notamment une réputation.

A l'éclosion simpliste du début succéda bientôt cette seconde floraison. Nous lui devons bon nombre de pièces offrant des compositions mouvementées dans un décor pittoresque[1]. Elles sont devenues rares, et l'amateur de nos jours y goûte, avec l'amusement des scènes représentées, une intime sensation d'art.

1. Certaines d'entre elles portent une bordure de petits sujets se voisinant, et qui représentent des épisodes successifs complétant la scène importante. On peut voir là déjà le prototype de ces images d'Épinal, lesquelles, plus tard, nous donneront des histoires entières et suivies : *Petit Poucet* ou *Barbe-Bleue;* encore aussi des motifs variés qu'unit une idée générale, comme : *Scènes champêtres* ou bien : *Caricatures*.

Très particulièrement se distinguent les épisodes de chasse. C'est que la vénerie sous l'ancien régime, et jusqu'à la Révolution, formait une véritable institution d'État, avec ses réglementations compliquées et son ordonnancement quasi rituel. Aussi les estampes qui ont trait à l'animal du Gévaudan, si terrible qu'elles le représentent, lui gardent-elles d'ordinaire l'aspect d'un vrai loup. Pouvait-il en être autrement, lorsque paraissaient en face de lui Antoine de Beauterne et ses acolytes officiels ? De tels personnages ne devaient point décemment se commettre avec une Tarasque quelconque, non portée à l'armorial des bêtes noblement courables. Aussi tout l'intérêt se portait-il sur l'action cynégétique elle-même, avec l'accessoire des costumes et de l'armement, ainsi que l'allure des chevaux et l'élan des chiens de meutes.

Ce que nous avons dit de l'imagerie de France semble pouvoir s'appliquer généralement à celle de l'étranger, notamment en Allemagne.

L'ICONOGRAPHIE AUX XIXe ET XXe SIÈCLES

Nous entrons maintenant dans le XIXe siècle.

Certes, bien des événements ont traversé l'histoire de notre pays, plus grands et importants que les exploits de la Bête du Gévaudan, cependant son souvenir n'est pas aboli.

Nous retrouvons sa filiation directe et sa légende calquée, ressuscitant dans ce Loup d'Orléans qui, sous le premier Empire, alimenta l'imagerie populaire. Celle-ci d'ailleurs conservait encore beaucoup des caractères de l'époque précédente. Mais les feuilles volantes, ornées de bois et agrémentées de complaintes, destinées toujours principalement aux campagnes, portaient la curieuse dénomination de : *Canards*[1].

La Bête du Gévaudan se montre dans les *Macédoines*, que la lithographie contribua beaucoup à mettre à la mode. C'étaient de petits sujets variés, émanant parfois d'artistes différents, qu'on réunissait au hasard du pittoresque, sur une même feuille d'estampe. Notre animal y figure, tout comme la girafe, dont l'arrivée à Paris, sous le règne de Louis-Philippe, fut un événement zoologique. Désormais la Bête fait partie du stock classique des monstres légendaires, qui, depuis les temps les plus reculés, n'ont cessé de proliférer : Gorgones et Méduses de l'antiquité grecque, Licornes et Chimères de l'époque médiévale, — et de nos jours même... le fameux Serpent de mer. Puis, la caricature qui ne respecte rien, à l'occasion, s'emparera d'elle.

D'autre part, les livres scientifiques et les traités de vénerie ne manquent point d'en faire mention, à l'article : *Loup* (*Canis-Lupus*), mais ils se refusent à lui prêter d'autre apparence que l'aspect ordinaire de cet animal.

Cependant l'intérêt qu'on lui porte ne tarde pas à se manifester sous une

1. Voir : GÉRARD DE NERVAL. *Histoire véridique du Canard. Le Diable à Paris.* Paris, J. Hetzel, 1845. Vol. I, p. 281 et suiv. — Et : J.-M. GARNIER. *Op. cit.* x. *Canards et Canardiers*, p. 287 et suiv.

LA BÊTE DU GÉVAUDAN

Bois de Méaulle. (Müller — Les Animaux célèbres.)

forme nouvelle, davantage susceptible de maintenir sa vieille renommée. Nous voulons parler de l'iconographie de fantaisie qui accompagne les productions littéraires. En effet, après avoir paru sur la scène du théâtre, la Bête du Gévaudan devint le sujet d'un roman qui porte son nom. Cette œuvre, d'une intrigue bien menée avec des incidents dramatiques, est due à la plume féconde d'Élie Berthet. Son légitime succès n'a pas cessé, et on la publie encore dans des éditions à bon marché. On s'intéresse toujours, en frémissant, au personnage extraordinaire créé par l'auteur : ce Jeannot aux grandes dents, le lycanthrope, compagnon inséparable du loup, devenu sauvage et aussi féroce que lui. La première parution date de 1858 dans le *Journal pour Tous*, fort répandu alors. Les gravures pittoresques et variées avaient été dessinées par des artistes réputés.

Nous rencontrons, plus près de nous, notre animal dans : *Histoires étranges qui sont arrivées*, de G. Lenôtre. L'excellent écrivain, très renseigné et d'un style si vivant, a bien voulu quitter un moment ses recherches habituelles, pour lui faire l'honneur de le placer à côté des héros, parfois non moins terribles, de la Révolution.

Et nous le retrouverons encore de-ci et de-là : tantôt dans des publications populaires, voire même des contes pour enfants, sans préjudice de l'inévitable carte postale; tantôt dans des brochures ou articles de revues. Ces deux dernières catégories d'ailleurs, conformément aux tendances modernes que nous signalions dans le début de cet essai, recherchent plutôt l'illustration documentaire.

Certainement, depuis quelques années, la Bête a bénéficié d'un regain d'intérêt et de curiosité.

C'est que, bien qu'il semble qu'on ait discuté à fond — et même résolu les diverses questions la concernant, nous ne savons quelle ombre d'incertitude continue de planer sur elle. On éprouve le vague sentiment que tout n'a pas encore été dit à son sujet, que, du sein d'archives inexplorées ou de vieux papiers de famille, surgira quelque fait nouveau, capable de dissiper les ultimes doutes et d'apporter enfin la complète lumière.

A ce titre, la *Bête du Gévaudan* s'apparente aux énigmes sans cesse remises au jour par notre insatiable besoin d'investigations : Masque de Fer, survivance de Louis XVII, affaire Fualdès, — sans parler des autres. Aussi, le légendaire animal non seulement a chance de rester, mais, après avoir répandu tant de sang, de faire couler encore beaucoup d'encre.

André Mellerio.

BIBLIOGRAPHIE

Nous ne pouvions prétendre donner tout ce qu'on a écrit sur la Bête du Gévaudan, et qui ne consiste parfois qu'en quelques lignes ou même une simple mention.

Aussi nous sommes-nous attaché seulement à présenter un sommaire, incomplet sans doute, mais suffisant déjà, des travaux essentiels et les plus importants concernant notre sujet.

Nous avons cru devoir en outre, toutes les fois que faire se pouvait, accompagner chaque référence d'une courte analyse, qui indique la substance de l'œuvre et renseigne sur sa valeur.

Lorsque la publication signalée contient une illustration, nous renvoyons pour cette dernière, au numéro d'ordre qu'elle occupe dans l'Iconographie établie ci-après.

Abréviations : *Bib.* : Bibliographie ; *Ic.* : Iconographie.

BIBLIOTHÈQUES ET ARCHIVES PUBLIQUES

BIBLIOTHÈQUE NATIONALE

A. Département des Imprimés.

Recueil MAGNÉ DE MAROLLES (Réserve, Cote L. K³. 786).

Le dépôt de ce dossier a été effectué à la Bibliothèque royale, le 27 juin 1782, par M. de Marolles en personne, lequel s'exprime ainsi : « Ce recueil que je fis dans le temps même avec beaucoup de soin pour ma propre satisfaction, sans penser alors que je pouvais travailler pour l'utilité publique... »

Cette documentation si complète et précieuse ne s'applique malheureusement qu'à la seule période des débuts, jusqu'au moment où la Bête fut tuée *officiellement* par le porte-arquebuse Antoine de Beauterne, c'est-à-dire de 1764 à septembre 1765. Pour les événements subséquents, il faut donc s'adresser à d'autres sources.

Magné de Marolles (Gervais-François), naquit en 1727, au bourg de Tourouvre, près Mortagne, province du Perche, et fut lieutenant au régiment de Bourgogne-infanterie. Écrivain cynégétique réputé, il est connu tout notamment par son ouvrage : *Essai sur la chasse au fusil, contenant un détail de ce qui concerne la fabrication des canons... et quelques notions sommaires sur les autres parties du fusil de chasse avec des règles et instructions pour parvenir à bien tirer*. Paris. Barrois, 1781. Citons encore : *La chasse au fusil. Ouvrage divisé en deux parties. Contenant la première, des recherches sur les armes de trait usitées pour la chasse avant l'invention des armes à feu. La seconde, les enseignements et connaissances nécessaires pour chasser utilement les différentes espèces de gibier qui se trouvent en France...* Paris. Barrois, 1788.

Le dossier Magné de Marolles contient l'inventaire suivant dressé par son auteur :

1° Relevé de la GAZETTE DE FRANCE depuis le 23 novembre 1764 jusqu'au 1er novembre 1765.

2° Relevé du COURRIER D'AVIGNON depuis le 16 novembre 1764 jusqu'au 1er novembre 1765.

3° Deux RELATIONS IMPRIMÉES des ravages de la Bête :

A. — Relation de la figure et des désordres commis par une bête féroce qui ravage le Gévaudan depuis plusieurs mois, avec la description d'un combat remarquable que plusieurs enfants soutinrent contre ce cruel animal. Permis d'imprimer ce 5 mars 1765. *De Sartine.* — De l'imprimerie de N. F. Valleyre le jeune, rue Vieille-Boucherie, à la Minerve, 1765. — *Placard*, avec frontispice gravé sur bois (*Ic.* 2), contenant une double page numérotée de 1 à 4.

B. — Relation générale et circonstanciée de tous les désordres commis par la Bete féroce qui ravage le Gévaudan et les pays circumvoisins avec une description curieuse, fidelle et exacte des chasses qui ont été faites pour délivrer ces pays d'un si cruel animal; l'aventure du jeune Portefaix à la tête de ses camarades; celle de plusieurs autres enfants; l'action merveilleuse et touchante d'une tendre mère à la vue du danger qui menaçait trois de ses enfants; et les gratifications que S. Majesté leur a fait donner pour récompenser leur bravoure. (Permis d'imprimer; ce 12 avril 1765. *De Sartine.* — De l'imprimerie de N. F. Valleyre le jeune, etc.) — *Placard* avec frontispice gravé sur bois (*Ic. 2 bis*), et formé d'une simple feuille volante.

4° Relevé de l'ANNÉE LITTÉRAIRE sur le même sujet.

5° Plusieurs LETTRES de M. d'Enneval, lorsqu'il était en Gévaudan, écrites à M. l'Intendant d'Alençon, dans lesquelles il lui rend compte de ses chasses, et quelques autres lettres particulières sur le même sujet.

6° Un JOURNAL fait sur les lieux des ravages de la Bête féroce depuis ce mois de juillet 1764 jusqu'à celui de juin 1766.

7° PROCÈS-VERBAL de la prise du Loup féroce du Gévaudan, le

20 septembre 1765 par M. Antoine, copié sur l'imprimé à Clermont.

8° Relation imprimée de cette prise :

Relation de la prise de la Bête féroce qui a fait de si cruels ravages dans les Provinces d'Auvergne et de Gévaudan et autres, et qui a été tuée dans les bois de Pommières, en Auvergne, le 20 *septembre* 1765. (Permis d'imprimer et distribuer ce 2 octobre. *De Sartine.* — De l'imprimerie de Cl. Herrissant, rue Notre-Dame, à la Croix-d'Or.) — *Placard,* d'une seule feuille volante.

9° Une ESTAMPE qui représente la véritable figure de ce loup.

10° PRÉCIS HISTORIQUE des ravages du loup féroce du Gévaudan que j'ai fait d'après toutes les pièces ci-dessus.

11° Trois POÈMES imprimés sur la Bête féroce du Gévaudan :

A. — *L'Hyenne combattue ou le triomphe de l'amitié et de l'amour maternel, en deux poèmes héroïques.* A Amsterdam, et se trouve à Paris chez *Dufour*, libraire, *Quai de Gèvres, au Bon Pasteur.* M. D. CC. LXV. Avec frontispice gravé sur bois (*Ic. 3*), 19 pages.

Le premier poème a trait aux exploits du jeune Portefaix — le second au dévouement de la femme Jouve. Cette œuvre, d'un auteur inconnu, dénonce une platitude de vers qui n'a d'égale que l'emphase du style.

B. — Baron de R***. *Sur la Bête monstrueuse et cruelle du Gévaudan.* Poème, 1765. — 16 pages.

Pas d'indication d'éditeur. De même l'auteur a gardé l'anonymat. Ce poème (!) présente comme valeur littéraire l'équivalent complet des deux précédents, c'est tout ce que nous en pouvons dire. Il se termine par ces deux vers mirlitonesques :

Nous n'avons pas besoin de tous ces animaux.
Car ce sont au vrai Dieu, tout autant de fléaux.

12° XIV ESTAMPES qui ont paru en différents temps sur le même sujet.

En ce qui concerne les *Estampes* contenues au dossier, voir *Ic.* N^{os} *4 à 17.*)

B. DÉPARTEMENT DES MANUSCRITS.

1. **UN VOLUME** petit in-4°, relié en veau, et comprenant des *Pièces diverses* (C. 7847).

Ce recueil, formé au XVIIIe siècle, comprend surtout des Bons délivrés par les autorités compétentes pour sommes payables à différentes personnes : MM. d'Enneval, Antoine père et fils, etc.

Au XIXe siècle, on y a rajouté le Manuscrit d'un article publié par : *B. Révoil*. La Bête du Gévaudan (*Bib.* 12).

BIBLIOTHÈQUE DE L'INSTITUT

3. **LETTRE** datée du 2 octobre 1765. (C. 2303 A. L.)

C'est la relation du transport à Paris de la Bête tuée par Antoine, ainsi que sa présentation à la Cour. (Référence donnée par : *Pourcher*. Histoire de la Bête du Gévaudan. 1889, p. 965.)

ARCHIVES DE L'HÉRAULT

4. **DOSSIERS DIVERS.** (Cote C. Liasse n°s 43 et 44).

Lettres de MM. de Saint-Florentin, ministre d'État; de l'Averdy, contrôleur général des Finances; Duhamel, capitaine des dragons de Langogne; Ét. Lafont, syndic du diocèse de Mende (longue correspondance); MM. d'Enneval père et fils, etc.

ARCHIVES DE LA LOZÈRE

5. **DOSSIERS DIVERS.** (Cote C.)

Procès-verbaux des *États particuliers du Gévaudan.*

ARCHIVES DU PUY-DE-DOME

6. **DOSSIERS DIVERS.** (Cotes 1731 à 1740.)

Notamment :

La C. 1731. Lettre de M. Duhamel, capitaine des dragons de Langogne, dépeignant, assez fantaisistement d'ailleurs, l'animal monstrueux qui a commencé à ravager le Gévaudan.

La C. 1736 contient le : *Procès-verbal fait aux Chazes.* Deux exemplaires : l'un imprimé sans nom d'éditeur, et l'autre en manuscrit.

La C. 1738. *Relation* de l'abbé Ollier, curé de Lorcières (Haute-Auvergne), donnant, de manière plutôt exagérée, le compte rendu des méfaits de la Bête au cours de l'année 1765.

GREFFE DE RIOM (Puy-de-Dôme). Cour d'Appel.

7. **REGISTRES** de la paroisse de Grèzes.

ARCHIVES MUNICIPALES DE SAUGUES (Haute-Loire).

8. **REGISTRES** de la paroisse de Servières.

REGISTRES CONSERVÉS DE DIVERSES PAROISSES

9. **REGISTRES** de Saint-Privat-du-Fau, Fournels, etc.

0. IGNON (J.-J.-M.). Note sur la Bête du Gévaudan. *Journal de la Lozère, N° 79*. Du 5 Thermidor An V (1795). Impr. de J.-J.-M. Ignon à Mende.

Nous en détachons le passage suivant : « Le bruit de la terreur et des désordres que ce loup féroce causait dans ce pays se répandit bientôt dans toute la France ; les gazettes en parlaient continuellement ; on ne désignait plus à Paris et dans plusieurs autres villes, le Gévaudan que par le nom de *Pays de la Bête;* la mode, avide de toutes les nouveautés, créa la *couleur de la Bête*, qui a reparu de nos jours sous le nom de *terre d'Égypte...* » (Cité par : F. ANDRÉ. Les ravages des Loups en Gévaudan. *Annuaire de la Lozère pour* 1872, p. 11.)

1. POMPIGNY. La Bête du Gévaudan. Mélodrame en trois actes en prose, et à grand spectacle. Musique de Quoisin. Ballet de M. Millot. Repr. pour la première fois à Paris sur le théâtre de l'Ambigu-Comique, le 25 juillet 1809. A Paris, chez Fages, 1809.

Dans ce mélodrame plutôt abracadabrant, la Bête n'apparaît qu'accessoirement, et de manière très fantaisiste.

2. RÉVOIL (B.). La Bête du Gévaudan. *Journal des Chasseurs*, numéro de septembre 1840. Avec une illustration hors texte (*Ic. 31*).
Au sujet du manuscrit de l'auteur, voir : *Bib.* 2.
Cet article a été reproduit plusieurs fois :

A. Histoire de la Bête du Gévaudan. D'après le *Journal des Chasseurs*. Dans les *Mémoires de la Société des Lettres, Sciences et Arts de l'Aveyron*, tome III, 1841-1843, Rodez.

B. RÉVOIL (B.-H.). Bourres de fusil. Souvenirs de chasses. La Bête du Gévaudan... Paris, Dentu, 1865.

C. RÉVOIL (Bénédict-Henry). La Bête du Gévaudan. *La Semaine des Familles*. 1865-1866. Paris, J. Lecoffre et Cie, 1866, p. 26 à 30.

L'auteur, cette fois, a fait suivre son article d'une adjonction bien amusante : « ... Il nous reste à raconter à nos lecteurs comment se sont terminées nos recherches sur l'animal féroce.

« Dans la cathédrale de Metz, le sacristain offre aux regards des curieux la peau empaillée d'un monstre hybride qu'il prétend être, d'après la tradition, la Bête du Gévaudan. Ce monstre, dont la tête et les pieds sont semblables à ceux d'un loup, dont le corps et la queue pourraient appartenir à un crocodile, m'a fait songer aux vers d'Horace qui ouvrent l'*Art poétique*. La Bête du Gévaudan de Metz me paraît donc complètement apocryphe, si l'animal empaillé par les soins d'Antoine de Beauterne n'a pas complètement disparu, ce n'est pas à Metz qu'il faut aller le chercher. » PP. 29 et 30.

L'article de Révoil, bien que de simple vulgarisation, est historiquement documenté.

13. MARY-LAFON. Mœurs de la vieille France. La Bête du Gévaudan. Feuilleton du *Moniteur Universel* des 18 et 19 octobre 1854.

14. CHAZELLE (M. de). La Bête du Gévaudan. Article extrait du *Dictionnaire statistique du Cantal*. Communiqué par M. de Moré au congrès archéologique tenu à Mende, à Valence et à Grenoble en 1857 par la Société Française d'Archéologie. XXIVe session. Imp. Darache, à Paris; et A. Hardel, à Caen, 1858, p. 219.

Notice sérieusement établie conformément aux indications fournies à M. de Chazelle, par M. Cohendy, archiviste de la Préfecture du Puy-de-Dôme, d'après les documents officiels conservés.

15. BERTHET (Élie). La Bête du Gévaudan. Publié en feuilletons dans le *Journal pour Tous*. 1re année, 1858. Avec illustrations. (*Ic. 33.*)

De cet ouvrage ont paru plusieurs éditions :

A. BERTHET (Élie). La Bête du Gévaudan. Paris, 1858, en cinq volumes. (Indication donnée dans le *Grand Dictionnaire Universel*, 1867. T. IV, p. 646.)

B. BERTHET (Élie). La Bête du Gévaudan. Paris, Hachette, 1862.

Enfin l'œuvre, sans cesse lue, se trouve faire partie d'une collection populaire plus récente :

C. BERTHET (Élie). La Bête du Gévaudan. Paris, F. Juven (Les meilleurs romans), 1909. Avec couverture illustrée. *(Ic. 34.)*

ELIE BERTHET.

Ce roman, fort bien fait, est des plus intéressants. L'auteur s'est emparé du fond même de l'histoire de la Bête du Gévaudan, l'agrémentant, selon son droit, d'épisodes imaginés. L'intrigue est mouvementée, les personnages vivants et bien campés. On n'oublie pas, quand on les a connus : Mlle de Barjac, le prieur Bonaventure et son neveu, le baron de Laroche-Boisseau, le chevalier de Magnac, sœur Magloire. Mais surtout le Lycanthrope, cet horrifiant Jeannot-Grandes-Dents, retourné à l'état sauvage et devenu le compagnon inséparable du loup.

Élie Berthet, né à Limoges en 1815, est mort en 1891.

16. MASSAS (Charles de). La Campagne. Recueil descriptif et littéraire. Chasses, pêches, études, variétés, poésies. Contenant douze livraisons publiées depuis octobre 1859 jusqu'à septembre 1860. Allard,

1859-1860... Chasse au loup dans les montagnes du Gévaudan. Notes historiques sur la bête du Gévaudan... Paris, Allard, 1859-1860, gr. in-8°.

7. GRAND DICTIONNAIRE ILLUSTRÉ UNIVERSEL DU XIXe SIÈCLE. Paris, 1867. T. II. La Bête du Gévaudan, article anonyme, pp. 645 et 646.

Très peu de détails, et de plus erronés sur l'histoire même de la Bête. Par contre diverses anecdotes racontées, dont celle de Fréron. Quelques indications bibliographiques intéressantes : « Walkenaër, dans un *Mémoire sur les Gabali*, et Legrand d'Aussy, dans ses voyages, n'ont pas dédaigné de s'occuper... » de l'animal du Gévaudan. Également Bachaumont, dans ses *Mémoires secrets*, au 29 octobre 1765.

8. GARNIER (J.-M.). Histoire de l'imagerie populaire et des cartes à jouer à Chartres, suivie de recherches sur le commerce du colportage des complaintes, canards et chansons des rues. Chap. x : Canards et Canardiers, p. 357 à 369. Avec illustrations. Chartres, Imp. de Garnier 1869.

L'auteur donne un bon résumé de l'histoire de la Bête en l'appuyant sur les documents. Il estime que : « Le plus célèbre de ces canards, sans doute le père de toute la nichée, fut la *Bête monstrueuse et cruelle du Gévaudan* » (P. 357). Il montre son influence sur les complaintes et images relatives à des loups exceptionnels, qui auraient fait leur apparition aux environs d'Orléans, dans le début du XIXe siècle. Nous relevons deux citations bibliographiques : *Lottin*, Recherches historiques sur Orléans, t. II, p. 316; et un article du *Dr Kaime*, dans le Musée Universel, Paris, 1857.

Garnier a soulevé un petit problème d'érudition relativement à l'exergue de la figure caricaturale de la Bête, qu'il a reproduite d'après *Le Diable à Paris* (*Ic. 32*) :

Elle a tant mangé de monde
La Beste du Gévaudan.

« Quant à la complainte, dit-il, peut-on supposer que Gérard de Nerval... n'ait été que l'éditeur d'une réminiscence ayant déjà couru les journaux, ou ne pourrait-on lui attribuer la paternité des deux vers » (p. 360).

A la seconde hypothèse, nous objecterons que ces vers figuraient déjà en tête de l'article de Révoil, dans le *Journal des Chasseurs*, en 1840, donc antérieurement au *Diable à Paris*, qui est de 1845. Le texte, d'ailleurs, était un peu différent et mentionnait une date d'origine :

Qu'elle a fait périr de monde
La Bête (bis) du Gévaudan.
(Complainte de 1765).

Nouvelle modification au cours de l'étude de F. André, parue en 1871 (Bib. 21) :

Elle a mangé tant de monde
La Bête du Gévaudan.

L'auteur, indiquant qu'il doit y avoir cinquante couplets, ajoute : « J'ai frappé à bien des portes sans pouvoir me procurer ce morceau » (p. 41).

L'abbé Pourcher donne une version identique (Histoire de la Bête du Gévaudan, p. 948) ; mais comme il la fait suivre de points de suspension, on ne sait si elle fait ou non corps avec la complainte publiée immédiatement après, et invoquant Notre-Dame de Beaulieu.

Terminons en disant que M. Henri Mollat, de Nantes, présentement ingénieur, nous a raconté que ses camarades d'école et lui chantaient, il y a quelques années, cette dernière variante... légèrement augmentée :

Elle a tant mangé de monde
Qu'elle est devenue tout' ronde
La Bête du Gévaudan.

Nous dirons donc : *Et adhuc sub judice lis est.*

19. **ANDRÉ (Ferdinand).** Les ravages des loups en Gévaudan. *Annuaire administratif, statistique, historique et commercial du département de la Lozère pour* 1872, 41e année. Partie historique. P. 2 à 46. Mende, Impr. de C. Privat, 1871.

Étude consciencieusement faite et documentée à des sources sérieuses. M. F. André était archiviste du département de la Lozère. On peut constater par ce travail, que, de tous temps, les loups ont exercé de grands ravages en Gévaudan. La partie qui concerne spécialement la Bête s'étend de la page 10 à la page 41.

20. MOLINIER (A.). La Bête du Gévaudan. *La Grande Encyclopédie*, T. XVIII. Paris, H. Lamirault et Cie, p. 888.

Article fort bref et négligeant les événements postérieurs aux chasses d'Antoine. La bibliographie cite : *Histoire du Languedoc* (nouv. éd.) ; Burdin : *Documents historiques sur la province du Gévaudan*, 1840.

21. **ANDRÉ (F.).** Détails complémentaires sur la Bête du Gévaudan. *Annuaire administratif, statistique, historique et commercial du Département de la Lozère pour* 1880. Mende. Impr. Privat.

22. **ANDRÉ (Auguste).** La Bête du Gévaudan. Notice historique. *Bulletin de la Société d'Agriculture, Industrie, Sciences et Arts du département de la Lozère.* Tome XXXV, mars 1884, p. 189 à 210. Mende, Impr. Typogr. de C. Privat, 1884. Avec deux illustrations (*Ic. 35 et 36*).

L'auteur, fils de M. F. André, a donné, comme ce dernier, un travail sérieux accompagné de citations authentiques. En ce qui concerne l'animal tué en 1767 par Jean Chastel, Auguste André raconte qu'il fut porté à Paris par le sieur Gilbert, domestique du marquis d'Apchier : « M. de Buffon, chargé de l'examiner, reconnut que c'était un loup anormal; mais il était arrivé à un tel point de putréfaction, que Gilbert le fit enterrer. » (P. 204.)

Ajoutons une amusante anecdote rapportée par M. Aug. André : « La bête du Gévaudan... le monde entier s'était occupé d'elle; les gazettes en parlèrent pendant trois ans, et Fréron, dans son *Année littéraire* (1765), en fit un portrait qui porta ombrage à une célèbre actrice de l'époque, Mlle Clairon. La comédienne, qui avait de puissants protecteurs, obtint même l'envoi de Fréron au Fort-l'Évêque, malgré les protestations du journaliste. Un accès de goutte heureusement exploité empêcha qu'il ne fût interné. » (P. 206.) Voici quelques lignes empruntées au texte même du célèbre critique : « ... l'inclination de cet animal pour les femmes, ses rugissements comparés au bruit de l'âne quand il commence à braire, et une odeur très infecte... Ses yeux brillent dans l'obscurité et l'on prétend qu'il voit mieux la nuit que le jour. Son cri ressemble au sanglot d'un homme qui vomirait avec effort... » (Cité dans le *Gr. Dict. Univ.*, 1867, t. IV, p. 646.)

L'article d'Aug. André a été réédité depuis en brochure :

ANDRE (Auguste). La Bête du Gévaudan. Nouveaux documents. Aurillac, chez Blanchard, 1890.

3. **FOURNIER (O.).** *Les animaux historiques*, suivis des *Lettres sur l'Intelligence des animaux* de C.-G. Leroy. Paris. Garnier frères. 1884. In-12. *La Bête du Gévaudan.* P. 201 à 210. Avec une illustration (*Ic. 37*).

Résumé historique, avec parfois le dialogue introduit dans certains épisodes. Le récit s'arrête à la mise à mort d'un grand loup par Antoine. « L'animal avait deux pieds huit pouces (89 centim.) de hauteur, trois pieds (1 mètre) de circonférence, et cinq pieds sept pouces (1 m. 83) de longueur, depuis le bout du museau jusqu'à l'extrémité de la queue. Il pesait cent trente livres (65 kilos) ; sa gueule était garnie de quarante dents : dix-huit en haut, vingt-deux en bas. Les chasseurs jugèrent qu'il avait environ huit ans. C'était, en un mot, un loup carnassier d'une taille prodigieuse et d'un aspect terrible. » (P. 210.)

4. **MULLER (Eugène).** Les Animaux célèbres. 2e édit. (Bibliothèque d'Éducation et de Récréation). J. Hetzel et Cie. 1885. In-12. VI... *La Bête du Gévaudan...* P. 150 à 154. Avec une illustration (*Ic. 38*).

Assez bon résumé des faits, mais s'arrêtant en 1765, à la fin des chasses d'Antoine.

5. **PEYRON (Abbé Édouard).** La Bête du Gévaudan. *Semaine religieuse du Puy.* Années 1885-1886. Le Puy (Hte-Loire), Prades-Fraydier. Numéros des 5 février 1886 (P. 295 et suiv.); 12 février (P. 315 et suiv.); 19 février (P. 329 et suiv.); 26 février (P. 347 et suiv.).

26. GARNIER (Édouard). La Bête du Gévaudan. *Magasin pittoresque.* 56e année. Série II. Tome VI. 1888. In-4° (pp. 375 et 376). Avec un dessin de Garnier d'après une estampe allemande (*Ic. 21*).

Article assez court, sans grand intérêt ni exactitude.

27. POURCHER (Abbé), curé de Saint-Martin-de-Boubaux, diocèse de Mende. Histoire de la Bête du Gévaudan véritable fléau de Dieu, d'après les documents inédits et authentiques. Saint-Martin-de-Boubaux. Chez l'auteur, 1889.

Ce livre est le premier ouvrage d'ensemble vraiment important, qui ait été publié sur la Bête du Gévaudan.

L'auteur, curé de la petite paroisse de Saint-Martin-de-Boubaux, était un digne prêtre de foi simple et naïve. Doué par surplus de curiosité historique, il a compulsé avec une inlassable patience les archives des bibliothèques et registres paroissiaux. Il fit même, dans des conditions difficiles pour lui, le voyage de Paris, afin de pouvoir étudier à fond les pièces conservées à la Nationale. Son grand mérite fut de publier, souvent in-extenso, des documents peu commodes à consulter, et qu'il a utilisés abondamment. Il en a accompagné parfois la teneur de réflexions et d'anecdotes personnelles qui ne manquent point de saveur.

De plus son livre est une réelle curiosité bibliographique. En effet, l'excellent et tenace curé, ne trouvant point d'éditeur, avait acheté un vieux matériel d'imprimeur. Il a composé, tiré et broché lui-même son ouvrage entier. C'est un in-18, petit format, présentant l'aspect volumineux d'un dictionnaire, et contenant 1.040 pages.

L'abbé Pourcher est né au Mazet, commune de Julianges (Lozère) en 1831. Il est mort à Mende en 1915. (Voir notice nécrologique dans le *Bulletin de la Société des Lettres de la Lozère*, n° du 9 septembre 1915.)

28. JACQUEMONT DU DONJON (Victor). La Bête du Gévaudan. *La Nouvelle Revue*. Numéro du 15 juillet 1898 (p. 296 à 302).

Résumé assez court de quelques-uns des documents concernant l'histoire de la Bête. L'auteur y joint les souvenirs de ses excursions à travers le Gévaudan. Les récits qu'il a entendus lui ont prouvé combien la mémoire des événements d'antan demeurait encore vivante au pays d'Auvergne.

L'article a été réédité dans :

JACQUEMONT DU DONJON (V.). Mélanges. La Bête du Gévaudan. (PP. 41 à 56.) Paris. Garnier frères. 1900.

29. PÉLISSIER (L.-G.). Nouveaux documents sur la Bête du Gévaudan. *Annales du Midi*. Toulouse. Janvier 1899, N° 41 (pp. 69 à 83).

30. FABRE (Abbé François). Notes historiques sur Saugues (Haute-Loire). Saint-Flour. Impr. H. Boubounelle. 1900. Chap. XX. *Saugues et la*

Bête du Gévaudan. (La Bête. — Le Théâtre de ses exploits. — Terreur des populations. — Les chasseurs et les méthodes employées. — Résultat des chasses. — Les victimes de la Bête dans la région de Saugues (pp. 207 à 222). Ce chapitre contient deux illustrations. (*Ic. 1 bis et 26 bis.*)

Bonne monographie bien documentée de la ville de Saugues. La partie relative à la Bête du Gévaudan a été reprise et développée ultérieurement par l'auteur pour en former le volume ci-après.

1. **FABRE (Abbé François).** La Bête du Gévaudan en Auvergne. Saint-Flour. Imp. H. Boubounelle. 1901. Avec trois gravures. (*Ic. 1 ter, 26 ter et 39*).

C'est le seul livre important, après l'œuvre de l'abbé Pourcher, qui ait été consacré à la Bête du Gévaudan. Le travail de l'abbé Fabre, conçu d'après un plan plus rigoureux, a été écrit selon les méthodes historiques modernes.

Cet excellent volume, rapidement épuisé, voit le jour à nouveau dans la présente édition augmentée de tout un chapitre, destiné à discuter les théories émises au cours de ces dernières années par le Dr Puech. (*Bib. 35*). De plus, une illustration documentaire très abondante et soignée, forme un répertoire iconographique précieux pour les curieux et les amateurs.

2. BOUTRY (Léon). Au temps jadis (Choses normandes, première série). Paris, Barbré, 1903, p. 269 à 273.

Article fantaisiste, avec détails erronés, sauf en ce qui concerne les d'Enneval qui étaient gentilshommes normands.

3. **LENOTRE (G.).** La Bête du Gévaudan. *Lectures pour Tous.* 12e année. N° 11. Août 1910. (PP. 983 à 991.) Avec quatre illustrations. (*Ic. 41.*)

Cet article a été republié dans :

LENOTRE (G.). Histoires étranges qui sont arrivées. (Collection Gallia.) Paris. J.-M. Dent et fils. Londres : J.-M. Dent and Sons., New-York : E.-P. Dutton and C°. *La Bête du Gévaudan* (pp. 45 à 70).

L'étude écrite par le brillant historien, avec sa plume alerte, résume le gros livre de l'abbé Pourcher. Lenotre a également donné quelques détails vécus sur la personne de cet auteur. Il avait eu, en effet, l'occasion d'apercevoir le curé de Saint-Martin-de-Boubaux, lorsque ce dernier, dans son voyage effectué à Paris, venait travailler à la Bibliothèque Nationale, afin de documenter son livre projeté sur la Bête du Gévaudan.

4. **BOUDET (Marcellin).** L'Ours et le gros gibier dans la Haute-Auvergne d'autrefois. *Revue de la Haute-Auvergne.* Aurillac. Imprimerie moderne. Auvergne. Année 1911. 4e Fasc. (PP. 293 à 338). Année 1912. 1er Fasc. (PP. 69 à 78.) La Révolte des loups : la Bête du Gévaudan et d'Auvergne. (PP. 297 à 330). — (Communication obligeamment faite par M. l'abbé J. Lespinasse.)

35. PUECH (Docteur P.). Qu'était la Bête du Gévaudan. *Académie des Sciences et Lettres de Montpellier*. 2e série. T. II. N° 4 et dernier. Montpellier. Imprimerie générale du Midi. 1911 (Mémoires de la Section de Médecine). (P. 409 à 430.)

Cette étude a été reproduite sous un autre titre et avec quelques variantes de texte dans une grande revue artistico-médicale.

PUECH (Docteur P.), Professeur à la Faculté de médecine de Montpellier. La Bête du Gévaudan. *Æsculape*. Numéros de décembre 1911 et janvier 1912. Nombreuses illustrations documentaires *(Ic. 42.)*

Le Dr Puech s'est basé principalement sur des considérations d'ordre pathologique. Après avoir analysé et décrit l'état où l'on retrouvait les victimes du monstre insaisissable, il se croit en possibilité de conclure ainsi : « La bête du Gévaudan n'a jamais existé. » — A un animal imaginaire on a rapporté ce qui était l'œuvre : 1° de loups; 2° de mystificateurs; 3° et surtout d'un fou sadique » (*Qu'était la Bête du Gévaudan*. P. 430).

Les réflexions faites sur l'aspect spécial que présentaient certains des corps qui furent recueillis, demeurent intéressantes. Mais le fond même des théories émises par le Dr Puech, a été discuté et sérieusement controversé par F. Fabre, dans le dernier chapitre du présent livre.

36. BIENVENU (Dr). *Médecine internationale illustrée*. V. La Vie scientifique. Le monstre du Gévaudan. Avec illustrations. (*Ic. 43*).

L'auteur expose principalement les idées soutenues par le *Dr Puech*. (*Bib. 35*.)

37. BARASCQ (J. de). La Bête du Gévaudan. *Le Mois littéraire*. Numéro de mars 1912. Avec illustrations. (*Ic. 44*).

38. BARROUX (Robert). L'imprimerie et la gravure en Gévaudan. Imagerie lozérienne, avec des bois anciens. Libr. Henri Chaptal. Mende, Lozère, 1924. Avec illustrations. (*Ic. 45*.) Tirage à 500 exemplaires.

Dans cette érudite monographie de l'imprimerie et de l'imagerie en Lozère, l'histoire de la Bête du Gévaudan a été résumée brièvement.

39. BALMELLE (M.) et GRIMAUD. Histoire du Gévaudan. Libr. Champion. Paris. 1925. In-8°. Chapitre XXVI. Le Gévaudan au XVIIIe siècle... La Bête du Gévaudan... (PP. 33 à 35).

Cet excellent précis d'histoire régionale a consacré un passage aux exploits de la Bête, tout comme à ceux du fameux Mandrin.

40. DUCHARTRE (Pierre-Louis) et SAULNIER (René). L'Imagerie populaire. Librairie de France. Paris, 1925. Avec illustrations. (*Ic. 46 et suiv.)*.

Dans cet important ouvrage, véritable monument d'érudition élevé à l'imagerie populaire, les auteurs n'ont eu garde d'oublier la Bête du Gévaudan. Notamment, ils ont donné in-extenso la fameuse complainte :

Venez, les yeux en pleurs,
Écoutez, je vous prie... (P. 73).

41. **RODOCANACHI (E.).** Variétés. La Bête du Gévaudan. *Journal des Débats.* Numéro du 18 août 1927.

Résumé fort bref, mais historiquement exact, des événements jusqu'à la fin seulement des chasses d'Antoine. Nous relevons l'indication suivante qui offre quelque rapport avec les théories du *Dr Puech* (*Bib. 35*) : « ... la bête avait une prédilection marquée pour le sexe faible et la jeunesse, ce qui lui fit attribuer de mauvaises mœurs, ainsi que le rapporte Bachaumont (20 octobre 1765) dans ses Mémoires. »

42. **CHACORNAC.** La Bête du Gévaudan. Causerie faire au " Covize de l'Escola de Limanha " à Paris, le 24 mai 1928. *Almanach de Brioude.* 10e année. Édité par la Société de l'Almanach. 1929 (pp. 41 à 58). Avec illustration. (*Ic. 49*).

43. **ROLLINAT (Raymond).** Le Loup commun (*Canis Lupus.* Linné). Quelques-uns de ses méfaits. Sa disparition presque complète de France. *Revue d'Histoire naturelle* publiée par la *Société nationale d'acclimatation de France.* Première partie. *A.* Mammifères. Vol. X. N° 4. Avril 1929. (PP. 118 à 129).

Très bonne étude zoologique, remplie d'observations et de faits. Dans la partie consacrée à la Bête du Gévaudan, l'auteur a donné un résumé précis et exact de son histoire.

Voici la remarque de M. Rollinat au sujet d'un point controversé :

« On a dit que Buffon avait vu les restes de la Bête tuée par Chastel et déclaré que c'étaient ceux d'un loup de grande taille; mais de ce témoignage du grand naturaliste, l'on n'a aucune certitude absolue. » (P. 120.)

44. **LA BÊTE DU GÉVAUDAN.** (Les livres roses pour la jeunesse) N° 383. Paris. Librairie Larousse. Avec Illustrations (*Ic. 48*).

Historiette amusante, imaginée pour les enfants, mais contenant néanmoins quelques détails exacts relativement aux ravages de la Bête.

APPENDICE

Nous pensons devoir mentionner encore quelques documents bibliographiques pouvant se rapporter directement ou de manière détournée à la Bête du Gévaudan.

A. — **STÉPHANE (Marc).** Mémoires d'un Camisard sur les Dragonnades, restitués, annotés et publiés. 3e cahier. La Bête du Gévaudan. Cabinet du Pamphlétaire. Paris. Neuilly 1906.

Le titre est complètement susceptible d'induire en erreur.

Les événements racontés ont trait à la guerre des Camisards, sous le règne de Louis XIV, après la révocation de l'Édit de Nantes (1685). Ils se passent donc près d'un siècle avant les exploits de notre animal. L'appellation donnée ici prétend viser l'abbé du Chayla, dont l'activité fut grande contre les religionnaires, et que ceux-ci, après l'avoir capturé à Pont-de-Montvert, soumirent à la torture, puis assassinèrent (4 juillet 1702).

B. — PONTMARTIN (A. de). Les Corbeaux du Gévaudan. Paris. Michel-Lévy. 1866. — Réédité en 1883.

Le sujet assez émouvant est le récit d'une erreur judiciaire. L'auteur a pris comme cadre le pays de la Bête. Mais il n'est question d'elle expressément que dans deux mentions ultra brèves. (PP. 3 et 5.) Par contre, les paysages de la région sont pittoresquement décrits.

C. — JEAN-RENAUD. La jeunesse de Prosper Bourrasset. Feuilleton du *Temps*. Numéros du 3 octobre 1922, et suivants.

Étude de mœurs paysannes en Gascogne. Quelques maraudeurs peu scrupuleux, pour dérouter les soupçons, inventent de simuler une nouvelle Bête du Gévaudan, qu'ils chargent de leurs méfaits nocturnes.

D. — Au cours des lectures les plus diverses, on rencontre souvent l'évocation, parfois fort imprévue, de l'animal du Gévaudan. C'est ce qu'on peut appeler, d'un mot pittoresque : les *résurgences* de la Bête !

Entre tant d'exemples, nous en citerons un emprunté à la cause célèbre de Fualdès :

« *M. Albène.* — J'ai encore une circonstance à ajouter; elle est relative à *Mlle Manson.* J'étais un jour au tribunal auprès d'elle : « Vous m'avez donné lui dis-je, une conviction bien forte contre les accusés; si j'étais du nombre de leurs juges, je les condamnerais sans hésiter. — Ils sont coupables, tant pis pour eux », me répondit-elle. Elle les accusa ensuite d'une manière plus particulière, en me disant : « Tenez, voilà le tigre; l'autre c'est la hyène du Gévaudan. »

Mlle Manson. — Je ne me rappelle pas ce propos; j'ai pu dire : « S'ils sont coupables, tant pis pour eux. » J'ai pu dire aussi : « Ils sont coupables » ; il ne me souvient pas d'avoir parlé d'hyène. » *Cour d'Assises du département du Tarn.* Débats publics sur la procédure instruite contre les prévenus de l'assassinat de M. Fualdès, ancien magistrat à Rodez (Aveyron). A Toulouse. Chez Fr. Vieussaux. 1818. (PP. 139 et 140).

N'est-ce point le cas de dire :
On ne s'attendait guère
De voir... la Bête en cette affaire!

A. M.

ICONOGRAPHIE

Ainsi que pour la Bibliographie nous n'avons pas le dessein, irréalisable d'ailleurs, d'être complet. Mais nous avons tenu à signaler les Estampes et Illustrations les plus intéressantes venues à notre connaissance.

Les pièces n'étant souvent point datées, l'ordre chronologique était difficile à suivre rigoureusement. Nous nous y sommes conformé toutes les fois que faire se pouvait, et notamment pour le XIXe siècle.

La classification adoptée permettra du moins aux amateurs et curieux de connaître les endroits où se trouvent les documents graphiques, et leur en faciliter la consultation. Cette méthode amenait parfois des répétitions. Dans ce cas, nous avons renouvelé le numéro initial, en l'accompagnant de : *bis*, *ter*, etc. Cela signifie que : pour les indications et renseignements on devra se rapporter au chiffre du début.

Nous n'avons point jugé utile d'établir la description des pièces publiées, et renvoyons à la page où elles sont reproduites. Enfin lorsqu'une Illustration était nombreuse, il a fallu se borner à la désigner en bloc.

N. B. Les mesures sont données : Hauteur, Largeur, — et en millimètres. Elles comprennent seulement la partie de l'estampe où se trouvent marqués des traits — sans se préoccuper des témoins du cuivre ou du bois, non plus que des marges de l'épreuve.

Abréviations : *Bib.* : Bibliographie; *Ic.* : Iconographie; *Cuiv.* Cuivre; *Proc. typ.* procédé typographique; *Proc. phot.* : procédé phototypique.

BIBLIOTHÈQUES ET ARCHIVES

BIBLIOTHÈQUE NATIONALE

A. Département des Imprimés

Dossier Magné de Marolles. (Cote LK 2.786. Fait partie de la réserve). Voir : Bib. 1.

1. La Bête. Bois. H. 750; L. 120. En-tête d'un placard, imprimé par F.-G. Deschamps, à Paris, 1764. Un autre exemplaire, en tout pareil,

et faisant partie de la Collection Fr. Fabre a été reproduit dans le présent volume, p. 2. Voir ci-après une variante de cette estampe. (*Ic.* 18).

2. La Bête. Repr. P. 102. Bois. Signé : V. Pezant. H. 650; L. 110. — En tête d'un placard, imprimé par N.-F. Valleyre le jeune, à Paris, mars 1765.

2 bis. La Bête. — En-tête ci-dessus de V. Pezant, réutilisé pour un placard de N.-F. Valleyre le jeune, avril 1765.

3. L'Hyène combattue ou le Triomphe de l'Amitié et de l'Amour maternel... A Amsterdam. Chez Dufour 1765. Bois. H. 043; L. 090. Paysage avec maisonnettes. A droite, premier plan, se dresse un grand arbre.

4. Description de l'Hienne... Repr. p. 116. Cuiv. Peint d'après nature par Chiron. Chez Basset, à Paris. — H. 180; L. 310.

5. Portrait de la Hienne, Bête féroce qui désole le Gévaudan. Repr. p. 18. Cuiv. Portal delineavit. Bréant sculpt. Chez Portal, à Paris. 2 mars 1765. H. 162; L. 240.

6. Figure de la Bête féroce qu'on croit être une Hyène... — P. 30. Cuiv. Chez Basset, à Paris. Épreuve coloriée. H. 180; L. 262.

7. Bête furieuse que l'on suppose être une Hyène... Cuiv. Chez Mondhare, à Paris. Épreuve coloriée; H. 203; L. 326. Une épreuve similaire, faisant partie de la Collection du Dr Olivier, a été reproduite dans le présent ouvrage, p. 72.

8. Suite des ravages affreux causés par la cruelle bête... — P. 58. Cuiv. Chez Mondhare. Épreuve coloriée. H. 198; L. 308.

9. Représentation de la bête féroce nommée hyène... — P. 84. Cuiv. Chez Corbié, à Paris. Épreuve coloriée. H. 205; L. 290.

10. Figure de la Bête féroce nommée Hiène... — P. 38. Cuiv. Chez Basset, à Paris. H. 185; L. 292.

11. Représentation de la bête féroce nommée hiène... P. 132. Cuiv. Chez Corbié, à Paris. Épreuve coloriée. H. 205; L. 290.

11 bis. Représentation de la Bête féroce... (*Ic.* 11). La présente épreuve est en noir.

12. Représentation de la Bête féroce qui a fait de si cruels ravages... P. 160. Cuiv. Chez Le Bel, à Paris, 20 sept. 1765. Épreuve coloriée. H. 230; L. 360.

13. Véritable figure de la Bête féroce... — P. 110. Cuiv. Chez Maillet, à Paris. Épreuve en noir, mais l'œil du loup ainsi qu'une blessure ont été teintés de couleur rouge. H. 200; L. 330.

14. Cette Bête féroce qui a tant fait de ravages... — P. 120. Cuiv. Chez Basset, à Paris. H. 310; L. 320.

15. Cette bête féroce qui a fait tant de ravages... — P. 124. Cuiv. Chez Basset, à Paris. H. 162; L. 285.

16. Cette Bête a été reconnue... — P. 94. Cuiv. Chez Corbié, à Paris. H. 195; L. 305.

17. Représentation de la Bête du Gévaudan... présentée à la famille royale... P. 114. Cuiv. Chez Mondhare, à Paris. H. 210; L. 320.

B. Cabinet des Estampes.

1° Dossier de l'Histoire de France. (Année 1764. C. Q b. 73).

18. La Bête. — Bois. H. 750; L. 125. Réplique du sujet catalogué n° 1, mais avec notables variantes. La Bête n'est plus tournée à gauche, mais bien vers la droite. Le travail du bois est plus poussé. Enfin on remarque certains détails qui n'existent pas dans le premier spécimen. Reproduit en tête de la Préface du présent ouvrage.

19. Loup monstrueux contre lequel se défendent des enfants. (Épisode du jeune Portefaix). P. 20. Cuiv. H. 100; L. 150.

6 bis. Les Dragons de Langogne. — Même estampe que celle n° 6, indiquée sous le titre : Figure de la Bête féroce qu'on croit être une Hyène... Épreuve également coloriée.

2° Dossier de la Collection Hennin. (C. Q b 305. — Catalogue de la Collection : Tome CV. Nos 9187 à 9192). N.-B. La photographie des estampes faisant partie de ce recueil n'est pas autorisée.

20. Monstre du Gévaudan. Cuiv. H. 120; L. 250. Bête seule tournée vers la gauche et ressemblent à un ours monstrueux.

21. La Bête du Gévaudan. P. 57. Cuiv. Signé : Ioh. Martin Vill. ex. Aug. Vord. Estampe allemande. H. 130; L. 305.

22. Figure de l'animal féroce... — P. 15. Cuiv. H. 225; L. 165.

23. Hyene animal féroce... — P. 111. Cuiv. H. 120; L. 270.

24. La Bête du Gévaudan (1764). — P. 54. Cuiv. Estampe allemande. Épreuve coloriée. H. 200; L. 305.

25. Figure du monstre... — P. 105. Cuiv. Estampe allemande. H. 200; L. 305.

BIBLIOTHÈQUE DES ARTS DÉCORATIFS

A. Dossier : *Animaux*. A la rubrique *Loups*.

8 bis et 25 bis. Deux reproductions des nos 8 et 25 de l'*Ic.*, coupées dans une publication. Proc. typ.

B. Dossier : *Chasses*. A la rubrique : *XVIIIe siècle*.

Une reproduction identique au n° 2 ci-dessus. (*Ic.* 25).

Ces trois pièces proviennent de la Collection Marin.

ARCHIVES DU PUY-DE-DOME

26. La Bête du Gévaudan déchirant un enfant. — P. 106. Bois. Avec la mention : A mende. Chez Abraham Fontanel. H. 112; L. 160. Épreuve aquarellée en tons plus fins que l'habituel coloris fortement accentué des gravures populaires. H. 110; L. 160.

COLLECTIONS PARTICULIÈRES

27. La Bête en 1764. — P. 10. Aquarelle originale au lavis d'encre de Chine rehaussé. Porte la mention manuscrite : La Bête en 1764. H. 215; L. 290. Très curieuse pièce, d'un dessin rudimentaire et naïf, et qui très probablement date de l'époque même des ravages de la Bête. (Collection F. Fabre).

28. Loup d'espèce étrangère tué en Gévaudan. Loup tenant sous ses pattes une femme à terre. — P. 166. Cuiv. H. 160; L. 125. (Collection A. Mellerio.)

LIVRES ET PUBLICATIONS

29. Macédoine. — P. 176. Cuiv. (Collection L. Cortial).

30. Ménagerie (genre Macédoine). — P. 176. Cuiv. (Collection L. Cortial).

31. Révoil. La Bête du Gévaudan. — *Journal des Chasseurs*. (Bib. 12.) P. 184. La Bête du Gévaudan. Lithographie. Signée E. Grenier (Hors-texte accompagnant l'article). H. 104; L. 158. (Collection A. Mellerio.)

32. Le Diable à Paris. Vol. I. Gérard de Nerval. Histoire véridique du Canard. P. 200. Bois. H. 040; L. 055. Voir Bib. 18, et repr. p. 197.

33. *A*. BERTHET (Élie). — La Bête du Gévaudan. (Bib. 15). Bois. Le roman est accompagné d'une abondante illustration en rapport avec le texte par son pittoresque et son mouvement. Elle est due à Trichon, Gust. Janet, Foulquier et Brévières. Ce dernier était un des tailleurs sur bois les plus réputés de l'époque.

Journal des Chasseurs. Septembre 1840 4e année

34. *B*. BERTHET (E.). — La Bête du Gévaudan. Juven. (Bib. 15). Proc. typ. L'édition populaire de Juven, très postérieure à celle du *Journal pour Tous*, possède une couverture cartonnée, portant une illustration en couleurs, et qui représente une scène du livre.

ANDRÉ (Aug.). — La Bête du Gévaudan. (Bib. 22).

35. 1° La Bête. Bois. Tirage sur papier teinté jaune. H. 115; L. 170. Ce bois, appartenant actuellement à M. Chaptal, imprimeur à Mende, a été réutilisé (*Ic.* 45) dans l'ouvrage de : Barroux. l'Impr. et la grav. en Gévaudan 1924. (Bib. 38).

36. 2° Plan figuratif pour prendre la bête féroce qui paraît en Rouergue et en Gévaudan, toute en vie si on veut la conserver telle. Proc. de Polycopie. Épreuve d'un tirage assez pâle. H. 150; L. 112. C'est le schéma d'un plan afférent à l'une de ces combinaisons extraordinaires que fit éclore en Gévaudan et ailleurs, l'espoir de gagner les récompenses promises pour la destruction de l'animal.

Elle a tant mangé de monde,
La beste du Gévaudan !

37. FOURNIER (O.). Les Animaux historiques. La Bête du Gévaudan... (Bib. 23). Bois. D'après : Victor Adam. H. 120; L. 80. Le Loup, tenant sous lui une victime renversée, est attaqué par des paysans armés de piques, de fourches et de bâtons.

38. MULLER. Les Animaux célèbres. Ch. VI... La Bête du Gévaudan. (Bib. 24). P. 178. Bois. H. 128; L. 90.

FABRE (Abbé Fr.). Notes historiques sur Saugues. (Bib. 30).

bis. 1° La Bête. Proc. typ. H. 70; L. 135 (*Ic.* 1).

bis. 2° La Bête dévorant un enfant nu. — Proc. typ. H. 68; L. 150. Reproduction en noir de la gravure sur bois aquarellée en couleurs, chez Fontanel (*Ic.* 26).

FABRE (Abbé Fr.). La Bête du Gévaudan en Auvergne. (Bib. 31).

ter. 1° La Bête. — Proc. typ. Réutilisation du cliché n° 1 de l'ouvrage ci-dessus.

ter. 2° La Bête dévorant un enfant... — Proc. typ. Réutilisation du cliché n° 2 ci-dessus.

39. 3° Longueur de l'empreinte du pied du monstre. Proc. typ. H. 20; L. 158. Reproduction de la mesure du pied de la Bête, qu'avait donnée l'abbé Ollier, curé de Lorcières, à la suite de sa : Description de l'Antropophage ou de l'Animal féroce, etc. (Archives du Puy-de-Dôme. C. 1738). Au-dessous, la mention mise jadis par l'auteur : *Quod vidi testor.* (Voir chap. XVIII du présent volume et Bib 6).

40. L'Intrépide. Offenstadt. Paris. Numéro du 23 mai 1915. *Ils cherchaient à le blesser de leurs piques.* Proc. typ. Tirage en couleurs. Couverture d'une publication populaire pour la jeunesse. Le sujet représenté est l'épisode du jeune Portefaix.

41. LENOTRE (G.). La Bête du Gévaudan. Lectures pour Tous. (Bib. 33). Proc. typ. Trois illustrations originales de Vogel, d'une allure pittoresque et mouvementé. En plus, une reproduction documentaire (*Ic.* 20).

42. PUECH (Dr). La Bête du Gévaudan. *Æsculape.* Numéros de décembre 1911, janvier 1912 et mars (supplément). (Bib. 35). Proc. typ.

La belle Revue artistico-médicale *Æsculape*, a réimprimé l'article du Dr Puech, paru primitivement dans le Bulletin de l'Académie des Sciences et Lettres de Montpellier, 1911, sous le titre : « Qu'était la Bête du Gévaudan? » (Bib. 35). — Nombreuses et intéressantes illustrations : A.) Portrait du Dr Puech, d'après une photographie; B.) Série importante de reproductions documentaires principalement d'après les collections de la Bibliothèque Nationale.

A la Revue *Æsculape*, et tout spécialement à MM. le Dr Bord et J. Avalon, sont dus de sincères remerciements pour l'aide apportée dans l'établissement de l'illustration du présent volume, particulièrement en ce qui concerne les pièces de la Collection Hennin (Cab. des Est. de la B. N.) dont la reproduction photographique n'est plus autorisée actuellement.

43. BIENVENU (Dr). Le Monstre du Gévaudan. La Médecine internationale illustrée. 1912 (Bib. 36). Proc. typ. Reproductions documentaires d'après Collections de la Bib. Nat. (*Ic.* 1, 6 et 19.)

44. BARASCQ (Jean de). La Bête du Gévaudan. (Bib. 37). Illustration comprenant sept sujets, à peu près entièrement de pure fantaisie.

45. BARROUX (Robert). L'Imprimerie et la gravure en Gévaudan. Imagerie lozérienne avec des bois anciens. (Bib. 38.) P. 8. La Bête du Gévaudan. Bois. H. 112; L. 170. (P. 25).

Le grand intérêt de cette illustration qu'accompagne un texte érudit, provient du fait que : « Le hasard a voulu que d'anciens bois, dont quelques-uns remontent à l'origine de l'imprimerie en Lozère, se soient trouvés chez un imprimeur de Mende. Ces bois longtemps oubliés menaçaient de disparaître. Leur possesseur a eu l'idée de les réunir en un album où ils seraient une dernière fois utilisés... » Avant-Propos. La reproduction donnée dans le présent livre, a été effectuée d'après un fumé, épreuve d'essai avant le tirage définitif (Collection A. Mellerio). Cette estampe dut être gravée pour l'article d'Aug. André (*Bib. 22*). Communic. de M. Balmelle.

bis. LUCINE et St CYPRIEN. Organe mensuel de la décentralisation médicale. Paris. N° 16. 1er décembre 1925. La Bête du Gévaudan. Proc. typ. H. 92; L. 140.

Cette feuille de publicité a utilisé un cliché prêté par la Revue *Æsculape* et reproduisant le bois qui figure dans l'ouvrage de Barroux. (*Ic. 45*).

DUCHARTRE (P.-L.) et SAULNIER (R.). L'Imagerie populaire. 1925. (*Bib. 40.*)

L'illustration qui accompagne l'excellent texte de ce beau livre est de même valeur. — La Bête du Gévaudan y est représentée trois fois.

46. 1° Monstre dévorant un homme. Bois de Clermont-Ferrand, fin du XVIIIe siècle (grandeur de l'original). Vieux bois de l'Imprimerie générale. P. 135. Proc. typ. H. 80; L. 135.

47. 2° La Bête du Gévaudan. Rouen XVIIIe siècle (grandeur de l'original 14 × 30). P. 173. Proc. typ. H. 70; L. 145.

Image figurant aussi à la première page du Bulletin de souscription à l'ouvrage — et utilisée également pour sa publicité dans divers journaux. Enfin, nous la retrouvons, illustrant une page de couverture de la revue *L'Art vivant*. N° 32, 15 avril 1926 avec la mention : « Imagerie populaire. La Bête du Gévaudan ». Ce fascicule contient un article de : Van Gennep (Arnold). Imagerie populaire.

ter. 3° La Bête du Gévaudan. Proc. typ. H. 98; L. 150. (*Ic. 35.*)

Notons cette réflexion judicieuse de MM. Duchartre et Saulnier : « ... la fameuse bête du Gévaudan, merveilleux sujet pour tous les imagiers de France. » (P. 418). — Et nous remercierons auteurs et éditeur pour le prêt obligeant des clichés numéros 1 et 2, qui figurent dans le présent volume.

48. La Bête du Gévaudan. (Les Livres roses pour la jeunesse.) (*Bib. 44.*) Proc. typ. Tirage en couleurs. Dessins de Simone d'Avène.

Cette illustration nombreuse, destinée aux enfants, garde de la simplicité et ne manque pas de pittoresque.

49. CHACORNAC. La Bête du Gévaudan. (*Bib. 42*). Le Loup. Proc. typ. Signé du monogramme : B. R. (Initiales de Burin des Roziers. D'après indication de M. l'abbé Lespinasse.)

Au sommet d'un promontoire rocheux, un loup contemple la vallée où bientôt il exercera ses ravages.

50. FABRE (François). La Bête du Gévaudan. Paris. Lib. Floury, 1930. La Bête. Proc. typ. H. 70; L. 135. Couverture du présent volume.

Elle a été composée factίcement par le découpage du Loup représenté dans l'estampe : Description de l'Hiene. (*Ic. 4.*) Mais ici l'animal est tourné vers la droite.

APPENDICE

GRAVURE

A. La Bête du Gévaudan. Bloc de bois fruitier 80 × 135. Renseignement émanant du possesseur, M. de Bussac, à Clermont-Ferrand, lequel a fait tirer des épreuves.

B. BERTHET (Élie). Portrait. P. 184. Bois. H. 044; L. 033.

Petite caricature amusante de l'écrivain auquel on doit le roman de La Bête du Gévaudan. (*Bib. 15.*) L'épreuve coupée jadis dans un journal ou une revue, n'a conservé aucune indication de provenance ni de date. Repr. p. 184 (Collection A. Mellerio).

DESSINS ORIGINAUX

GARNIER (J.-B.). Suite de dessins originaux modernes à la plume, reproduisant des scènes et sujets relatifs à la Bête. (Coll. François Fabre.)

CARTES POSTALES

Nous en citerons quelques-unes :

1° Édition de Mende (Lozère). Bête monstrueuse dévorant une victime. Proc. phot., avec rehaut de couleur rouge. Au recto de la carte : Henri Chaptal, éditeur, Mende. Animal fantastique et de proportions démesurées, se préparant à dévorer une femme nue et ensanglantée, étendue sur le sol.

Malgré la mention : d'après une gravure ancienne, c'est une composition de pure fantaisie due au dessinateur P. Aghulon. (Comm. de M. Balmelle.)

2° Éditions de Saugues (Haute-Loire). Deux reproductions documentaires. Proc. phot. (Cliché F. Fabre). (*Ic. 1* et *7.*)

3° Édition de Marvejols (Lozère). Ravages de la Bête féroce du Gévaudan qui a été tuée dans les bois de Pommières en Auvergne, par M. Antoine de Beauterne le 20 septembre 1765. Proc. phot. Sans nom d'éditeur. H. 78; L. 120. Reproduction d'une estampe ancienne, en partie semblable à celle du Recueil M. de Marolles : « Figure de la Bête féroce nommée Hienne, etc. » (*Ic. 10*). Des modifications importantes ont été introduites. Le Loup est mieux dessiné. Mais surtout, au lieu de se préparer à franchir un mur, il engage la lutte avec une jeune fille, armée d'une pique, dont l'extrémité du fer en forme de harpon est très caractéristique. (Voir, à ce sujet, p. 74 du présent volume.)

CÉRAMIQUE

La Bête et l'enfant. Plat en faïence polychrome. H. 280; L. 210.

Les couleurs sont : vert, jaune et bleu. Le Loup, d'apparence bizarrement

faunesque, se dresse sur les pattes de derrière, et par d'hypocrites simagrées semble engager un enfant à le suivre dans les bois afin de le dévorer. — Voici quelques indications relatives à cette pièce vraiment curieuse et qui paraît concerner la Bête : « Le plat ovale en faïence à décoration polychrome que possède le Dr Pellissier a été trouvé par lui dans sa propriété de famille à Vichel, près Saint-Germain-Lembron, où il se trouvait depuis de très nombreuses années. C'est vraisemblablement un produit des faïenceries de Clermont au XVIIIe siècle .» Lettre du Dr P. Olivier à Fr. Fabre, 2 avril 1930 (Collection du Dr Pellissier, à Saint-Étienne (Loire). N.-B. Au temps de la Bête, de nombreux objets usuels ont dû s'inspirer d'elle comme motif de décoration. Malgré tant de causes de destruction, il en demeure peut-être encore, et les retrouver serait intéressant.

PEINTURE

Portrait du marquis d'Apchier (Jean-Joseph). P. 144. Peinture à l'huile. H. 1 m. 45; L. 1 m. 10.

Voici quelques renseignements émanés d'un obligeant correspondant : « Le portrait... dont je vous ai communiqué une épreuve photographique, est peint sur toile... Ce portrait non signé, a dû être exécuté peu avant 1789. » Lettre de M. G. Paul, notaire à Allègre (Haute-Loire), adressée à Fr. Fabre, 4 avril 1930.

De ce portrait il existe : 1° Tableau original, appartenant à M. le vicomte de la Chapelle d'Apchier, à la Dalgonne (Drôme) ; 2° Une copie, chez M. le comte de la Chapelle d'Apchier, à Rodez (Aveyron).

Notice biographique par Fr. Fabre :

« Jean-Joseph, marquis d'Apchier, comte de Besque, baron de Thoras, seigneur de la Clause, Saint-Préjet, etc., était le fils de Joseph de Randon et de Antoinette de la Rochefoucauld, sœur du cardinal, mort en émigration.

Né le 3 juin 1745, il n'avait pas vingt ans lorsqu'il prit la direction des chasses contre la Bête.

Le 3 septembre 1777, il épousa à Langeac, Henriette de Rochefort d'Ally, de la Tour-Saint-Vidal, dame de la baronnie de Thiolaud et de Vergezac.

Il avait embrassé la carrière des armes et devint colonel du régiment de gendarmes de Lunéville, puis, maréchal de camp. Ses possessions lui donnaient le droit d'être baron de tour aux États de Gévaudan et de Languedoc.

En 89, il fut nommé député de la noblesse aux états généraux. La tourmente venue, il s'était retiré en son château de Besque, près Charaix, à proximité de Saugues. Une nuit, vers trois heures du matin, des gardes nationaux, venus du Puy, firent irruption en sa demeure, et l'emmenèrent prisonnier avec toute sa famille. Mais les municipalités de Cubelles et de Saugues, en souvenir du dévouement qu'il avait montré, envoyèrent chacune un messager au district pour attester le civisme du sieur Dapchier, et demander sa mise en liberté; cette démarche fort courageuse, en ces temps dangereux, eut son plein succès et le prisonnier fut relâché (Abbé Fr. Fabre. Saugues pendant la Révolution. Impr. de l'Avenir de la Haute-Loire, p. 75 et suiv.).

Mais un ci-devant de cette importance n'était guère en sécurité, à cette époque. J.-Joseph d'Apchier émigra en Espagne, et mourut à Barcelone, le 2 novembre 1798.

Note a propos de l'Imagerie d'Épinal.

Nous nous sommes demandé, avec bien d'autres, si la Bête du Gévaudan n'avait point été traitée par l'Imagerie d'Épinal. Mais nos recherches à cet égard n'ont donné aucun résultat.

Aussi croyons-nous devoir relever l'indication suivante : « ... M. Pellerin, chef de la grande maison de ce nom, auquel je me suis adressé, a eu l'obligeance, et, je suppose, la confusion de m'avouer que l'Imagerie d'Épinal avait oublié la Bête du Gévaudan. » Jacquemont du Donjon (Victor). La Bête du Gévaudan. La Nouvelle Revue. Numéro du 15 juillet 1898. (P. 302.) (*Bib. 28*). Cependant, il serait bon, pour que l'enquête fût complète, de revoir également les collections d'autres imagiers que Pellerin, à Épinal ou dans la région : Dembour, Gangel, Pinot et Sagaire, etc...

ADDENDA

A. MARTEL (F.-A.). Les Cévennes et la région des Causses. 6e édit. revue et corrigée. Paris, Delagrave, 1898. Chap. XVIII. Le Gévaudan... La Bête du Gévaudan... pp. 254 à 258.

Article bien documenté avec une abondante bibliographie. Entre autres publications signalées : *Complainte au sujet de la Bête du Gévaudan et prospectus du poème intitulé : La Bête du Gévaudan par Fr. Estaniol*. Dans les *Mémoires de la Société d'Agriculture* [*de la Lozère*] de 1848-1850, p. 123.

B. LENOTRE (G.). La Bête du Gévaudan (La Petite Histoire). *Le Temps*, 31 mai 1930.

Excellent et long article formant le complément d'une étude précédemment publiée (*Bib. 33*). « La Bête du Gévaudan, bon titre et beau sujet... » constate l'auteur. Il cite parmi ses références : Grimm. *Correspondance*, t. IV, p. 406.

A. M.

Nous devons tous nos remerciements aux personnes de qui le bienveillant concours aida dans l'établissement de ce livre.

A messieurs les conservateurs de la Bibliothèque Nationale, et tout particulièrement à MM. P.-A. Lemoine et de La Roncière. A MM. L. Cortial, Dr Olivier, Dr Pellissier, Prof. Grasset dont les collections nous furent libéralement ouvertes. Enfin à MM. Marius Balmelle, aussi érudit qu'obligeant, l'abbé Lespinasse, G. Paul, etc., dont les renseignements nous ont été fort utiles.

A. M.

TABLE DES ILLUSTRATIONS

TABLE DES MATIÈRES

Compléments iconographiques, historiques et bibliographiques

par Jean Richard

AVANT-PROPOS

Depuis 1930, peu de nouveaux documents historiques ont été découverts. Cependant, il nous a paru intéressant de publier en entier le procès-verbal de maître Marin, de Langeac, dressé à Besques le 21 juin 1767 et qui décrit la chasse, la Bête et fournit la liste de plus de 20 personnes attaquées.

Des précisions de noms, de lieux, de dates ont pu être établies, en particulier grâce à l'ordinateur. A ce jour, nous pouvons certifier 81 victimes, 27 blessés et 49 personnes attaquées. Mais de nouveaux documents peuvent remettre en question ces chiffres. Nous les publions en l'état actuel de nos connaissances.

La liste bibliographique comporte quelques rares références « oubliées » par François Fabre et André Mellerio. Nous ne citons que les principaux ouvrages et articles publiés depuis 1930 : ceux qui apportent des éléments ou des documents historiques nouveaux, des analyses et thèses différentes ou curieuses.

Depuis une vingtaine d'années, les écrits sur la Bête deviennent de plus en plus nombreux. S'est mise à fleurir toute une série d'hypothèses nouvelles en fonction des fantasmes actuels (défense du loup, tueur en série, extra-terrestre...). Nous décrirons uniquement les plus caractéristiques. En ce qui concerne les gravures de l'époque, nous n'avons pas relevé beaucoup d'oublis dans l'ouvrage de François Fabre. Seulement cinq ou six, dont certaines ont été réutilisées. Nous n'avons pas voulu ajouter les gravures du XIXe siècle qui illustrent les ouvrages et les articles de cette époque, ni les innombrables gravures et dessins plus récents. A titre d'exemple, notre artiste saugain, Lucien Gires, a représenté la Bête des centaines de fois.

Espérons que ces quelques compléments sauront satisfaire les « mordus » de la Bête et inciteront d'autres à continuer cette étude passionnante qui n'a pas fini de « *faire couler beaucoup d'encre* », comme l'écrivait, en 1930, André Mellerio.

zu Gevaudan in der Provinz
Hyene, sonsten

COMPLEMENT ICONOGRAPHIQUE

Dans l'ouvrage de François Fabre, André Mellerio a donné une liste quasi exhaustive de toutes les gravures publiées au temps de la Bête, grâce au dossier Magné de Marolles et à la collection Hénin de la Bibliothèque Nationale.

Cependant quelques-unes lui avaient échappé et ont été publiées par la suite. Nous vous les présentons dans les pages qui suivent :

A - Gravure allemande en couleur avec texte, décrite sous le n° 21. Editée en carte postale par Combier – Mâcon.

Dans *La bête du Gévaudan* de U. Rouchon (1931) :

B – Relation et figure de la bête féroce, qui ravage le Languedoc.

Petit bois gravé avec une bête recouverte d'écailles, sabots et griffes aux pattes et une description en conséquence.

Imprimée à Bordeaux, le 6 mars 1765.

Dans *La bête, au temps de la bête* de R. Lagrave (1976)

C – *Figure du monstre qui désole le Gévaudan*

La Bête, recouverte de longs poils, est représentée sur des débris de cadavres. Gravure sur cuivre du début de 1765 (Avant la prime de 9 000 livres de Louis XV.)

D – *Figure du monstre…*

C'est la même gravure que celle décrite sous le n° 25, mais avec un commentaire en Allemand. (Gravure sur cuivre)

E – *La bête tuée par Antoine aux Chazes*

Réutilisation d'un cliché représentant les frères de La Chaumette (Voir n° 11) et légendé avec Antoine et Rinchard.

Dans *La Bête du Gévaudan* de F. Buffière

F – Figure de la bête féroce nommée hyène…

Cette gravure rappelle le n° 10, mais on a ajouté une victime et des légendes aux petites vignettes.

Relation & Figure de la Bête féroce qui ravage le Languedoc.

LA Bête féroce qui a paru dans le Gévaudan au mois de Novembre dernier, & qui fait encore tous les jours de si grands ravages dans cette Province, ainsi que dans le Rouërgue, où elle se montre si souvent, a la gueule presque semblable à celle du Lyon, mais beaucoup plus grande, des oreilles qui, dressées passent la tête de quelques pouces & se terminent en pointe; le cou couvert d'un poil long & noir, qui étant hérissé la rend encore plus effroyable, outre deux rangées de grosses dents pointuës, elle en a deux en forme de défences, comme les sangliers, lesquelles sont extrêmement pointuës; ses jambes de devant sont assez courtes, mais les pattes sont en forme de doigts & armés de longues griffes; son dos ressemble à celui du poisson qu'on nomme *Requin* & *Cayman*, il est couvert d'écailles terminées en pointes, ses pattes de derrière sont comme celles d'un cheval, & il s'y dresse dessus pour s'élancer sur sa proye; sa queuë est semblable à celle du Leopard, & est même un peu plus longue; son corps qui est de la grosseur de celui d'un Veau d'un an, est couvert de

Permis d'imprimer & distribuer, BORDEAUX ce 6 Mars 1765.

Figure du Monstre, qui desole le Gevaudan,
Cette Bête est de la taille d'un jeune Taureau elle attaque de préference les Femmes,
et les Enfans elle boit leur Sang, leur coupe la Tête et l'emporte.
Il est promis 2700 tt à qui tuerait cet animal

Accurate Vorstellung, welches nach dem Französischen Original gestochen, des seit dem Monath
Sept. des 1764.ten Jahrs zu Gevaudan in der Provinz Languedoc in Frankreich
dermahlen sich zeigenden wilden Thiers Hyene, sonsten Vielfraß genannt.
Figure du Monstre, qui desole le Gevaudan, Cette Bête est
de la taille d'un jeune Taureau elle attaque de préféren
ce les Femmes, et les Enfans elle boit leur Sang, leur
coupe la Tête et l'emporte. Il est promis 2700 lt à qui
tuerait cet animal.
Abbildung des Ungeheuers, welches besonders in dem Ländlein Gevau:
dan wüthet, es greifft vorzüglich die Weibs-Personen und Kinder an,
saufft ihr Blut, reisst ihnen den Kopf ab, und jagt damit davon.
Es ist denjenigen, der das Land von diesem Ungeheur befreyt,
eine Belohnung von 2700 lt versprochen.
Joh. Martin Will excudit Aug. Vind.

Représentation de la bête féroce nommée hiene.

Figure de la Bête feroce nommée Hiene qui devore les Hommes et principalement les Femmes et les enfants
leur arrache les mamelles leur mange le cœur et le foye et leur arrache la tete. Elle fait ce carnage 1765
sur les limites du Gevaudan et de l'Auvergne

COMPLEMENT HISTORIQUE

Le rapport Marin

En 1958, la *Revue du Gévaudan* publiait un article de Madame Seguin intitulé *Document inédit sur la bête du Gévaudan*. C'est un exemplaire du rapport de maître Marin retrouvé aux Archives Nationales. Taché et peu lisible, sa transcription est difficile. Celle qui en a été donnée comporte quelques erreurs de noms de lieux et de personnes. C'est pour cela que nous le présentons ici en entier.

Dans un catalogue de livres d'occasion, il y a deux ans, je relevais : « de Lille du Moncel : *Méthodes (...) pour la destruction des loups dans le royaume*, Imprimerie royale, 1768 », et en annexe on pouvait trouver un rapport du 20 juin 1767. C'est bien le rapport de maître Marin à quelques minimes variantes près. Comment ce chasseur de loups se l'était-il procuré ? Mystère !

Rapport maître Marin, rédigé à Besques, le 20 juin 1767 :
« *Aujourd'hui, 20e jour du mois de juin 1767, nous Roch Etienne Marin, notaire royal, bailli de l'abbaye royale des Chazes, Saint-Arcons, de la baronnie de Prades, Besques de Charraix, commis à la subdélégation de Langeac, pour le bon plaisir de Monseigneur de Ballinvillers, intendant de cette province d'Auvergne, en l'absence de Monsieur le subdélégué, sur ce que nous avons appris que Monsieur le marquis d'Apchier, fort occupé des ravages affreux que faisait, depuis plusieurs années une bête féroce sur les frontières de cette province d'Auvergne et de celle du Gévaudan pour laquelle il avait fait une infinité de chasses, mais infruc-*

tueusement, et qu'enfin, cette bête ayant encore paru dans la paroisse de Nozeyrolles et la paroisse de Desges, le 18 du présent mois et dévoré un enfant ce même jour, Monsieur le marquis d'Apchier en aurait été averti et serait parti ce même jour 18 du présent mois sur les 11 heures du soir avec quelques chasseurs de sa maison et quelques autres de ses terres qu'il assembla précipitamment, en tout au nombre de 12, s'étant transporté dans sa forêt sur la montagne de Margeride, posté ses gens, battu cette forêt et ensuite celle du marquis de Pons, cet animal féroce se serait présenté, sur les 10 heures un quart du matin du jour d'hier, 19 du présent mois, à un de ses chasseurs nommé Jean Chastel du lieu et paroisse de La Besseyre-Saint-Mary, lequel tira un coup de fusil à cet animal duquel il tomba mort au bord de la forêt appelée la Ténazeyre, en la paroisse de Nozeyrolles.

Monsieur le marquis d'Apchier ayant fait transporter cet animal en son château de Besques, paroisse de Charraix, nous avons jugé à propos de nous y rendre pour en faire la vérification, et, étant au château de Besques, Monsieur le marquis nous a fait représenter cet animal qui nous a paru être un loup, mais extraordinaire, mais bien différent par sa figure et ses proportions des loups que l'on voit dans ce pays. C'est ce que nous ont certifié plus de 300 personnes de tous les environs qui sont venues le voir.

Plusieurs chasseurs et beaucoup de personnes connaisseuses nous ont effectivement fait remarquer que cet animal n'a des ressemblances avec le loup que par la queue et le derrière. Sa tête, comme on le verra par les proportions suivantes, est monstrueuse : ses yeux ont une membrane singulière qui part de la partie inférieure de l'orbite venant au gré de l'animal recouvrir le globe de l'œil. Son col est recouvert d'un poil très épais d'un gris roussâtre traversé de quelques bandes noires. Il a, sur le poitrail, une grande marque blanche en forme de cœur. Ses pattes ont 4 doigts armés de gros ongles qui s'étendent beaucoup plus que celles des loups ordinaires. Elles ont, ainsi que les jambes qui sont fort grosses, surtout celles du devant, la couleur de celles du chevreuil. Cela nous parut une observation remarquable parce que, de l'avis de ces mêmes chasseurs (mot rayé dans le texte) personnes connaisseuses et de tous les chasseurs, on n'a jamais vu aux loups de pareilles couleurs. Il a* *encore paru à propos d'observer que ses côtes ne ressemblent pas à celles du loup, ce qui donnait à cet animal la liberté de se retourner aisément, au lieu que les côtes des loups étant obliquement posées, ne lui permettent pas cette facilité.*

Les proportions que nous avons fait prendre de cet animal sont :

Longueur depuis la racine de la queue jusqu'au sommet de la tête : 3 pieds.

Depuis le sommet de la tête jusqu'entre les 2 grands angles des yeux : 6 pouces.

Des grands angles des yeux jusqu'au bout du nez :5 pouces.

Largeur d'une oreille à l'autre : 7 pouces.

Ouverture de la gueule : 7 pouces.

Largeur horizontale du col : 8 pouces 6 lignes.

Largeur des épaules : 11 pouces.

Largeur à la racine de la queue :8 pouces 6 lignes.

Longueur de la queue : 8 pouces.

Diamètre de la queue : 3 pouces 6 lignes.

Longueur d'oreille : 4 pouces 6 lignes.

Largeur du front au-dessous des oreilles : 6 pouces.

Distance entre les 2 grands angles d'yeux : 2 pouces 6 lignes.

Longueur de l'humérus : 8 pouces 4 lignes.

Longueur de l'avant-bras : 8 pouces.

Longueur de la dernière articulation jusqu'aux ongles : 7 pouces 6 lignes.

Longueur de la mâchoire : 6 pouces.

Largeur du nez : 1 pouce 6 lignes.

Largeur des machelières inférieures : 1 pouce 3 lignes.

Longueur des incisives : 1 pouce 3 lignes.

Longueur des machelières inférieures : 6 lignes.

Longueur des machelières supérieures : 1 pouce 1 ligne.

Longueur de la langue : 14 pouces depuis sa racine.

Largeur des yeux : 1 pouce 3 lignes.

Epaisseur de la tête : 7 pouces.

Jambes de derrière, de la 1e à la 2e articulation : 7 pouces 2 lignes.

De la 2e à la 3e articulation jusqu'aux ongles : 10 pouces.

Largeur des pattes : 4 pouces 6 lignes.
De la châtaigne au bout de la patte : 6 pouces.
Longueur de la verge : 7 pouces.
La mâchoire supérieure est garnie de 6 dents incisives, la 6e étant plus longue que les autres. Deux grandes lanières ou crochets éloignées des incisives et de la hauteur d'un pouce 4 lignes, d'un diamètre de 6 lignes. 3 dents molaires, dont une assez petite et 2 grosses, une 4e molaire plus grosse que les autres et à laquelle est presque unie la 5e et avant-dernière qui est divisée en 2 parties dont une s'étend perpendiculairement et l'autre s'allonge horizontalement dans l'intérieur du palais et enfin une 6e molaire.
La mâchoire inférieure est garnie de 22 dents, savoir 6 incisives et de chaque côté une lanière semblable aux supérieures, 7 molaires, la 1e très petite et éloignée de la lanière, les 3 suivantes sont plus grandes et semblables à la 2e et 3e molaire supérieure, la 5e plus grosse et longue est divisée en trois parties dont l'intérieure est moins longue, la 6e assez grande a 2 éminences antérieures et latérales, la 7e est très petite et presque égale.
Nous avons remarqué une blessure à 3 lignes au-dessous de l'articulation de la cuisse droite tant intérieurement qu'extérieurement et avons touché, au jarret, 3 grains de plomb. On nous a assuré que cette blessure devait être celle que lui fit le sieur de Lavédrine, Ecuyer, par un coup de fusil, il y a 2 ans ou entour, plus une autre blessure ancienne à la cuisse gauche, près de l'articulation, plus une ancienne blessure au-dessus de la paupière de l'œil gauche qui paraît avoir été faite par un instrument tranchant.
Enfin, cet animal a reçu le coup mortel par un coup de fusil qui lui a percé le col, coupé la trachée artère et cassé l'épaule gauche.
Sur le nombre des habitants de la campagne ici assemblés, les ci-après dénommés ont reconnu cet animal et assuré être le même qui a fait tant de ravages.
- Pierre Aret de Servillanges, paroisse de Venteuges a dit lui avoir tiré, au printemps 1766, le coup de fusil ci-dessus désigné à la jambe gauche.
- Jean-Pierre Loudes de la Veysseyre, paroisse de la ville de Saugues, âgé de 22 ans, a dit avoir fait quitter prise à cette bête qui tenait une fille du

village de Sauzet (Venteuges), au printemps 1766, à laquelle bête, il porta un coup de baïonnette.

- Joseph Regourd, Jean-Jacques Laurent et Baptiste Lonjon de Servillanges ont dit lui avoir fait abandonner le nommé Guillaume Barthélemy qu'elle avait surpris en gardant le bétail.

- François Laurent, de la Vacheresse, paroisse de Venteuges, âgé de 32 ans, a dit avoir été attaqué par cette bête depuis entour 3 semaines.

- Joseph Chassefeyre, du Fraisse, paroisse de Chanaleilles en Gévaudan a dit avoir été attaqué par cette bête, il y a un an, elle arrêta ses bœufs attelés à un char, il eut beaucoup de peine à s'en défendre, quoique armé d'un bigot.

- Antoine Plantin, de Servières, paroisse de Saugues, âgé de 40 ans a dit que c'est le même animal qui lui enleva sa fille le 2 mars dernier, que l'ayant poursuivie entour 500 pas ; il la perdit de vue dans un bois et sa fille en fut dévorée.

- Barthélemy Simon, de Servières, paroisse de Saugues, âgé de 22 ans, a dit être le même animal qui l'avait attaqué dans un patural au mois de septembre dernier et auquel il tira un coup de fusil.

- Laurent Vidal de Servières, âgé de 17 ans a dit que le même animal l'avait attaqué en 2 différents jours au mois de mai dernier, qu'heureusement, il était armé d'une baïonnette, sans quoi il aurait péri. Il a ajouté avoir vu cette même bête dans un patural depuis entour 15 jours qui mangeait un enfant de Jacques Meyronneinc.

- Antoine Laurent, de Servières, âgé de 12 ans, a dit avoir été attaqué par cette bête, il y a un mois, et que sans le secours d'un homme, il aurait péri.

- Jean Bergougnoux, du mas de Montchauvet, paroisse de Saugues, âgé de 48 ans, nous a dit que cette bête est la même qui lui dévora un garçon de 9 ans au mois de mars 1766 qu'il l'avait poursuivie pour lors longtemps, mais inutilement. Il a ajouté que cette bête l'attaqua au mois de mars dernier qu'il en aurait été dévoré s'il n'avait été armé d'une pelle ferrée.

- Anne Chabanel de Viallevieille, paroisse de Saugues, âgée de 17 ans, a dit que cette même bête l'avait attaquée au mois d'août 1766, et qu'elle lui porta en vain plusieurs coups de baïonnette.

- Marguerite Dentil, de Viallevieille, âgée de 32 ans, a dit que cette bête l'avait attaquée le carême dernier et que sans une cognée dont elle était armée, elle aurait péri.

- Marie Reboul de la Veysseyre, âgée de 19 ans a dit que c'était la même bête qui l'avait attaquée le carême dernier, et nous a montré 3 blessures qu'elle lui fit au-dessus du muscle du bras droit et une autre de 6 pouces en longueur, depuis le haut du pariétal jusqu'au derrière de la joue et lui emporta l'oreille. La réunion des chairs n'est pas encore faite.

- Jean Chassefeyre de la Veysseyre, âgé de 44 ans, a dit que cette bête est la même qui dévorait ladite Marie Reboul et que ce fut lui qui lui fit lâcher prise.

- Elisabeth Molhérat de la Veysseyre, paroisse de Saugues, âgée de 28 ans a dit que c'était la même bête qui dévorait ladite Marie Reboul au secours de laquelle elle accouru avec ledit Jean Chassefeyre.

- Antoine Dentil de la Veysseyre, âgé de 14 ans, a dit avoir été attaqué par cette même bête dans un bois le 6 du présent mois, et qu'il lui porta plusieurs coups de bayonnette.

- Catherine Freycenet de la Veysseyre, âgée de 42 ans, a dit avoir été attaquée par cette bête au mois de juillet 1766.

- Pierre Combeuil de la Veysseyre, âgé d'environ 22 ans, a dit avoir vu cette bête, il y a deux ans, qui tenait un enfant de huit ans qu'elle avait terrassé et qu'elle aurait dévoré sans le secours du père de cet enfant.

- Jean Teyssèdre du lieu de Meyronne, paroisse de Venteuges, âgé de 29 ans, a dit avoir été attaqué 2 fois par cette bête depuis entour 18 mois.

- Jean-Pierre Guilhe du Rouve, paroisse de Venteuges (?), âgé de 40 ans, a déclaré avoir été mordu par cette même bête à la hanche gauche, il y a 2 ans.

- Barthélemy Moussier, de Mourennes (Meyronne ?), paroisse de Venteuges, a dit avoir été poursuivi par cette même bête le 5 du présent mois.

- Jean-Baptiste Bergougnoux de Vachellerie, paroisse de Paulhac, en Gévaudan, a dit avoir été attaqué par cette même bête deux fois dans le courant de mai dernier.

- Antoine Veyrier, de Pompeyreinc, paroisse de la Besseyre, en Gévaudan, a dit avoir été attaqué par cette bête le 5 du présent mois.

- Jean Bourrier du lieu de Pompeyreinc, âgé de 12 ans, a dit qu'étant sur un arbre, cette même bête vint prendre au pied de cet arbre un autre enfant de son âge, que lui, y accourut avec un homme qui se trouva aux environs et que cette bête, se voyant poursuivie, quitta prise.

- Barthélemy Dentil, de Septsols, paroisse de la Besseyre, âgé de 50 ans, a dit que cette même bête l'aurait attaqué dans un bois pendant 3 fois le même jour, au mois d'avril dernier, et qu'elle fit tous ses efforts pour enlever un petit enfant qui était à côté de lui.

- Jacques Pignol, de Pontajou, paroisse de Venteuges, âgé de 57 ans, a dit que cette même bête, au mois de mai dernier, se présenta à lui dans un pré et voulait enlever un de ses enfants qu'il avait entre ses bras.

Tout ce grand nombre d'habitants nous ont certifié que le ravage de cet animal était si affreux que depuis les fêtes de Pâques dernières, il avait dévoré, en différents endroits des frontières du Gévaudan et d'Auvergne au moins 25 personnes. Toutes les démonstrations ci-dessus ayant été faites citées proportions tirées par maître Antoine Boulangier et Court-Damien Boulangier, maîtres en arts de chirurgie, habitants de la ville de Saugues, en présence de MonsieurJean-Baptiste Aiguillon de Lamothe, docteur en médecine habitant de la ville de Saugues, dans la dissection de cet animal, nous ont fait voir que la tête laissant un vide à ses côtés imite parfaitement la proue d'un vaisseau et ont tiré de l'estomac un os qu'ils ont dit être la tête du fémur d'un enfant de moyen âge.

Ils nous ont aussi fait remarquer que cet animal, depuis la patte de devant jusqu'à l'épine, a la hauteur de 2 pieds 4 pouces et que ses yeux sont de la couleur rouge cinabre.

Et nous ayant requis, Monsieur le marquis d'Apchier et Monsieur le comte d'Apchier, son père, s'ils voulaient cet animal es mains et sous le chargement du sieur Desgrignard, brigadier de Maréchaussée à Langeac, ici présent, sur notre réquisition avec 2 cavaliers de sa brigade pour être envoyée à Monseigneur de Ballinvillers, intendant de cette province, Messieurs les comte et marquis d'Apchier nous ont répondu que Monseigneur de Ballinvillers n'était pas actuellement à Clermont et qu'ils jugeaient à propos de garder cet animal pour en disposer eux-mêmes de la manière la plus convenable.

De tout quoi, nous avons dressé le présent procès-verbal en quatre copies que nous avons signées avec lesdits Sr de Lamothe, Boulangier et ledit Sr Desgrignards et en avons laissé 2 à Monsieur le marquis d'Apchier qui les a requis et une 3e devant être envoyée à Monseigneur de Ballinvillers, intendant.

Fait ledit jour et an que dessus.

Marin, commis à la subdélégation de Langeac, Agulhon de Lamothe Doct. Boulangier C. D ; Boulangier, maître chirurgien, Des Grignards, brigadier ».

Aux Archives Départementales du Puy-de-Dôme, se trouve un autre document imprimé qui a échappé à François Fabre et qui apporte quelques précisions sur la Bête de Jean Chastel :

*« Lettre écrite d'Auvergne à M. le comte de***, au sujet de la destruction de la vraie bête féroce, de sa femelle et de ses 5 petits qui ravageaient le Gévaudan et ses environs.*
Le monstre du Gévaudan n'est plus. Monsieur le Marquis d'Apchier en a délivré nos campagnes. Ce jeune seigneur mérite la reconnaissance de tous ceux qui aiment le bien public. Cet objet seul était le motif des fatigues qu'il essuyait depuis longtemps. Voilà enfin ses travaux récompensés selon son cœur.
Je n'entrerai pas dans le détail des ravages que cet animal a faits. Toute la France en est instruite. 300 personnes dévorées et notamment plusieurs depuis quelques mois, prouvent assez que les grandes chasses précédentes ont fait plus de bruit qu'elles n'ont eu de succès.
Le 18 du mois dernier, Monsieur le Marquis d'Apchier partit de son château de Besques à 11 heures du soir avec 12 chasseurs. Après avoir battu infructueusement plusieurs bois de la Margeride, il entra dans celui de Monsieur le Marquis de Pons, nommé les Tournelles, au-dessus du village d'Auvers, paroisse de Nozeyrolles, diocèse de Saint-Flour.
Le 19, à 10 heures du matin, il eut connaissance de la bête. Il posta ses tireurs à 10 heures un quart. Monsieur d'Apchier, avec 2 de ses hommes, l'aperçut, suivie d'un animal plus petit qu'elle, tacheté de blanc sur le

col et sous le ventre. On soupçonne que c'est sa femelle. On lâcha les chiens qui se rebutèrent. Un seul, plus hardi que les autres, poursuivit le gros animal qui se retourna pour le dévorer. Dans cet instant, le nommé Jean Chastel, du village de La Besseyre, lui tira un coup de fusil chargé d'une balle et de 5 chevrotines. La balle lui traversa la nuque, et fracassa les 4 premières vertèbres. Une chevrotine lui cassa la jambe gauche du devant. Il poussa un grand hurlement et tomba raide mort. Il ne fut pas possible de courir après l'autre bête qui se sauva dans le fort du bois. Monsieur le Marquis d'Apchier remit la chasse à un autre jour pour la poursuivre et descendit à Auvers.

Sur le bruit qui se répandit dans le village que l'animal était tué et qu'on l'apportait, un paysan assura Monsieur d'Apchier qu'il s'était battu contre lui, l'année dernière et qu'il était assuré de l'avoir blessé d'un coup de baïonnette au-dessus de l'œil gauche.

Monsieur de Lavédrine, gentilhomme des environs dit qu'il le tira, il y a 2 ans, et qu'il l'avait blessé à la cuisse gauche avec une balle. Presque tous les paysans du même lieu assurent qu'ils l'avaient vue plusieurs fois de fort près et qu'ils la reconnaîtraient.

L'animal arriva. On lui examina la tête et la cuisse. On trouva les cicatrices de 2 blessures et tous, généralement, reconnurent la mâle-bête.

*Elle fut portée, le soir, au château de Besques. Il y avait, le 20, une grande affluence de monde pour la voir. Une troupe de suppôts de Saint-Côme y accourut avec les autres. Ils étaient armés de couteaux qui leur servaient de scalpels. Ils procédèrent avec adresse à la défigurer et ils employèrent tout leur art à détruire les viscères du bas-ventre et de la poitrine. Monsieur de la M*** étant arrivé sur le soir à Besques vit, avec le plus grand regret que leur zèle était plus grand que leurs connaissances et que les parties les plus curieuses de l'animal n'existaient plus. Il fit son examen. Il observa que la tête était monstrueuse, d'une forme carrée, beaucoup plus large et plus longue que celle du loup ordinaire, le museau un peu obtus, les oreilles droites et larges à leur base, les yeux noirs et garnis d'une membrane saillante très singulière. C'était un prolongement des muscles inférieurs de l'œil. Ces membranes servaient à lui recouvrir à volonté les 2 orbites, en se relevant et se glissant par-dessous les paupières. L'ouverture de la gueule était fort grande, les dents inci-*

*sives semblables à celles d'un chien, les grosses dents serrées et inégales, le col très large et court, garni d'un poil rude, extrêmement long et touffu, avec une bande transversale noire descendant jusqu'aux épaules, le train de derrière assez ressemblant à celui d'un loup, excepté l'énorme grosseur, les jambes du devant plus courtes que celles du derrière, plus levrettées que celles d'un loup ordinaire et couvertes, ainsi que le devant de la tête d'un poil fauve, ras et lisse, précisément de la couleur de celles d'un chevreuil, le poil du corps fort épais et long, d'une couleur grisâtre tachetée de noir. L'animal avait sur la poitrine une grande tache blanche, ayant la forme parfaite d'un cœur. On ne la voyait presque plus, parce que les premiers opérateurs avaient divisé le sternum dans son milieu, par distraction, sans doute. Vous lirez le reste dans les proportions que Monsieur de la M*** prit de tout son corps et que je vous copie à la fin de cette lettre.*

*J'arrivais à Besques le 21 au matin à la suite de Monsieur le comte de la T*** d'A***. Tout était en si mauvais état qu'il n'était plus possible d'en tirer aucun parti. Nous avions très peu de drogues pour l'embaumer. Nous prîmes la résolution de le décharner pour conserver son squelette. Nous procédâmes avec nos anatomistes à cette brillante opération sans instruments et sans espoir de satisfaire la curiosité des naturalistes.*

Ce que nous remarquâmes, avec étonnement c'est la tête. Après avoir levé les téguments communs, nous aperçûmes une crête osseuse qui commençait à l'occipital. Elle avait environ 15 lignes de hauteur et se terminait insensiblement sur le frontal, toujours en diminuant. L'angle du talus était sensible, lorsque la bête était entière, à peu près comme le bois d'un jeune chevreuil qui n'a pas encore percé. Nous enlevâmes une masse de chair musculeuse pesant plus de 6 livres qui recouvrait les pariétaux. Ces muscles terminaient leurs attaches à la mâchoire inférieure et aux yeux. Lorsque toutes ces parties charnues furent enlevées, cette tête, si monstrueuse dans l'état naturel, n'offrit qu'une boîte osseuse un peu plus grosse que le poing, dont toute la forme ressemblait assez à la poupe d'un vaisseau. Elle contenait environ 2 cuillerées de cervelle déjà corrompue.

J'oubliais de vous dire que nos confrères les docteurs, nous apportèrent un plat contenant ce qu'ils avaient trouvé dans l'estomac de l'animal.

C'étaient des entrailles d'animaux, des os de mouton et la tête du fémur d'un enfant d'environ 8 à 9 ans.

Pendant notre séjour à Besques, un très grand nombre de chasseurs et de particuliers nous ont assuré qu'ils reconnaissaient cette bête et que sûrement, c'était la même qui causait tant de ravages.

Une fille du village de La Besseyre-Saint-Mary, âgée de 19 ans, arriva le dimanche au château. La bête était exposée sous la porte. Cette jeune malheureuse la reconnut. Sa frayeur fut si grande qu'elle se trouva mal. Elle se jeta dans les bras de sa mère en la suppliant de ne pas l'abandonner. Elle fit sa déposition et montra 3 blessures au bras droit, une autre de 6 pouces de longueur depuis le sommet de la tête jusqu'à la nuque, que cet animal lui avait faites le carême dernier. Ses blessures n'étaient point encore guéries.

Une autre fille du même village, âgée de 28 ans, qui donna du secours à la précédente lorsqu'elle fut attaquée, assura aussi que c'était la même bête. Il serait trop long de vous rapporter le témoignage de plus de 300 personnes qui l'ont vue et reconnue et dont plusieurs ont été attaquées par elle.

Ce que j'ai l'honneur de vous marquer, Monsieur, justifie l'incertitude des paysans sur l'espèce de la bête. Ceux qui l'avaient vue par derrière disaient que c'était un loup. Ceux qui l'avaient vue par-devant affirmaient que c'était un animal inconnu.

Vous voyez, je tire avantage des bruits populaires. Cependant, il en est d'une espèce dont je ne veux faire aucun usage. Je veux parler de la prévention de quelques bonnes gens qui croyaient que c'était un sorcier, ou tout au moins quelque juge des environs. Les uns avaient l'esprit faible, les autres avaient peut-être perdu quelque procès. Quoi qu'il en soit, tous les juges de ce pays sont vivants et la bête est tuée.

Enfin, Monsieur, la tranquillité règne dans le pays. Tout rentre dans l'ordre accoutumé. La terreur a fait place à la joie. Les enfants que l'on renfermait ci-devant dans les maisons avec le plus grand soin conduisent avec sécurité leurs bestiaux dans les pâturages et les hommes d'un âge mûr leur ont abandonné cette fonction pour en reprendre de plus solides et de plus fructueuses.

La nouvelle de la destruction de cet animal vous sera peut-être parvenue

avant ma lettre, mais 2 raisons m'ont empêché de vous l'écrire plus tôt. Je voulais bien être assuré de la vérité des faits avant de vous en faire part et tâcher d'avoir quelques nouvelles au sujet de la bête qui suivait celle-ci lorsqu'elle reçut le coup de la mort. J'appris, hier, que l'infatigable Marquis d'Apchier l'avait poursuivie avec vigueur, que, dans sa dernière chasse, un tireur l'avait culbutée d'un coup de fusil et qu'on l'avait suivie à la trace du sang, environ un demi-quart de lieue, qu'elle s'était jetée dans le fort du bois et que la nuit qui survint ne permit pas de continuer la poursuite.
Voilà, Monsieur, les anecdotes que j'ai pu recueillir pour satisfaire votre curiosité. Vous féliciterez, sans doute, Monsieur le Marquis d'Apchier sur sa victoire. Nos héros modernes s'amusent à tuer des hommes. Hercule et Thésée s'amusaient à tuer des monstres. Vous penserez, je le présume, ainsi que moi, que ces héros anciens valaient bien nos héros modernes.

J'ai l'honneur d'être (...)

De Langeac, ce 6 juillet 1767.

PS : On vient de m'apprendre, dans l'instant, que la seconde chasse du Marquis d'Apchier n'a pas été infructueuse. La femelle a été tuée, on l'a portée à Mende avec 5 petits qui rôdaient autour du cadavre de la mère. »

Les victimes de la Bête

Il est toujours agaçant, lorsqu'on lit un ouvrage sur la Bête du Gévaudan, de constater les écarts considérables dans le nombre de tués, blessés ou attaqués attribués à celle-ci. François Fabre, dans son livre, écrit « au moins 70 victimes », dans les ouvrages d'aujourd'hui, c'est plutôt la centaine qui est évoquée, voire plus (jusqu'à 121 morts !). Ce qui est choquant, c'est qu'on se serve aussi bien de textes provenant des registres paroissiaux ou des correspondances des gens de l'époque que de ceux provenant des journaux ou de la tradition orale en leur accordant la même valeur historique pour étayer des thèses plus ou moins originales ou farfelues.

Un nouvel outil : L'ordinateur !

Avec l'aide de l'ordinateur, j'ai constitué un fichier informatisé de toutes les personnes tuées, blessées et attaquées par la Bête, signalées dans les divers documents et ouvrages. J'ai ainsi établi, dans un premier temps, 250 fiches. Une relecture attentive, plusieurs classements subsidiaires (chronologiques, géographiques, etc.) ont permis d'éliminer un certain nombre de fiches qui faisaient double voire triple emploi. Nous pouvons finalement en conserver seulement 157 que l'on peut qualifier de sûres et de fiables.

Pour chacune des victimes, j'ai établi un formulaire comportant 35 « champs » plus ou moins remplis en fonction des renseignements trouvés. Cela va de jour/date/heure pour la chronologie à département/canton/paroisse/village/lieu pour la localisation, mais aussi nom/prénom/âge/sexe pour l'identification et pour chaque victime de la bête les mentions tué/blessé/attaqué ainsi que l'endroit des blessures : tête/cou/face/corps/bras/jambes. Nous avons également relevé la nature des témoins, l'origine des documents mentionnant les éléments de la fiche ainsi que les références dans les ouvrages publiés.

Les personnes tuées par la Bête

On peut considérer les registres paroissiaux de l'époque comme relativement peu contestables. Ils se répartissent sur 20 paroisses et ont fourni 46 victimes avec nom, prénom et âge.

Il existe aussi 3 listes des victimes, l'une aux Archives Départementales de Montpellier, qui va du 3 juillet au 19 octobre 1764, une autre dressée par le capitaine Duhamel qui s'arrête au 3 avril 1765 et enfin une dernière dans le dossier Magné de Marolles qui couvre la période de juillet 1764 au 21 juin 1765. On remarque une correspondance presque parfaite entre ces 4 documents. Mais ils ne couvrent que la première partie de l'histoire de la Bête.

Notons deux nouvelles victimes pour cette période : Marie Solignac, enterrée le 12 octobre 1764, des Hermaux, signalée dans Lou Païs d'avril 1965 ; Pierre Marchet de Lescures, paroisse de la Chapelle-Laurent, cité par Denneval et oublié dans la transcription de la liste de Magné de

Marolles publiée par Pourcher. Nous trouvons donc 23 tués sur les registres paroissiaux et 29 autres signalés ailleurs pour la période qui va du début de l'histoire de la Bête jusqu'au loup des Chazes.

La dernière période, la plus longue (plus de 20 mois) est la plus mal connue. On compte 23 victimes sur les registres paroissiaux et seulement 6 qui proviennent d'autres sources. Ce qui fait un total de 81 personnes tuées. Mais, il paraît aujourd'hui raisonnable de rajouter 15 à 20 victimes supplémentaires qui sont pour l'instant inconnues faute de documents.

Les personnes blessées ou attaquées

En procédant de la même manière que pour les personnes tuées, ne gardant que les sources fiables et éliminant celles qui sont douteuses (tous ceux qui ont vu la bête ou un loup), nous arrivons à 27 personnes blessées et 49 attaquées.

Ceci nous permet donc d'aboutir à un total général de 157 victimes (tuées, blessées ou attaquées) signalées par les registres paroissiaux (46), Lafont (43), Duhamel (53), les autres chasseurs (40), et d'autres sources fiables (35).

Grâce à l'ordinateur, nous pouvons aujourd'hui classer, trier, comparer les fiches en fonction de critères choisis afin d'obtenir des données chiffrées, des tableaux de nombres et des graphiques. Il est alors possible d'échafauder des hypothèses et de les vérifier. Tout un travail d'analyse et de réflexion reste à entreprendre…

En comparant les chiffres du tableau des victimes de la Bête, il apparaît qu'elle a fait plus de mal en Auvergne (82 victimes) qu'en Languedoc (72), cependant la Lozère (72) reste en tête des départements, devançant de peu la Haute-Loire (61). Les cantons les plus touchés sont Saugues (34), Pinols (23), Le Malzieu (22), Ruynes (14), Aumont et Fournels (10 chacun). Les paroisses les plus fréquemment citées sont Venteuges (12 victimes dont 6 tués), Saugues (12 dont 3 tués), La Besseyre-Saint-Mary (10 victimes dont 6 tués), Nozeyrolles (9 dont 7 tués), Paulhac (8 dont 3 tués), Lorcières (7 dont 3 tués), Grèzes (6 dont 5 tués). La Bête s'est particulièrement manifestée dans les villages de Servières (5 victimes), Vachellerie de Paulhac (4), Pépinet (3), Sauzet (3) et la Veysseyre (3). L'âge des victimes est mentionné sur 107 fiches. Mais si on ne considère que les tués de ces fiches (66), on ne trouve qu'un seul garçon de 16 ans, alors qu'il y a 21 femmes ou filles de 16 ans et plus. Entre 8 ans et 15 ans, on trouve une vingtaine de victimes de chaque sexe et 3 filles et 1 garçon de moins de 7 ans. 63 fiches mentionnent des témoins qui se portent au secours des victimes, plus de 20 hommes sont signalés, des voisins ou des membres de la famille très souvent. Relevons que 4 fois, au moins, ce sont les bœufs ou les chiens, voire les cochons qui défendent leur gardien. Tous les témoignages, absolument tous, parlent d'une bête et non d'un homme, même revêtu de peaux de bête.

Pour 34 fiches concernant la tête, 18 font état de blessures plus ou moins graves, 5 dentées, 4 mentionnant de la peau enlevée, une coiffe ou un chapeau déchiré. Notons cependant 16 têtes coupées parmi lesquelles 7 sont emportées plus ou moins loin et 6 n'ont pas été retrouvées. On relève aussi 12 blessures à la joue, 3 aux lèvres, 2 aux mâchoires. Sur le cou, il y a des traces de dents (7) ou de griffes (4). On retrouve ces mêmes traces sur les bras ou les jambes avec, en plus, 1 bras emporté et 4 mangés ainsi que 7 cuisses ou mollets dévorés. Dans une dizaine de cas, la poitrine ou les poumons sont dévorés.

Manifestement, cet animal attaque au cou, soit pour renverser au sol sa victime, soit pour atteindre la jugulaire. Il cherche aussi à couper une partie pour l'emporter et la manger ailleurs. Mais ces caractéristiques ne sont-elles pas communes à tous les carnivores ?

Quoi qu'il en soit, l'ordinateur permet une approche globale de la question et peut ainsi remettre en question des hypothèses plus ou moins farfelues qui fantasment sur quelques détails isolés.

Tableau des victimes de la Bête (personnes tuées, blessées ou attaquées)

Date	Dép	Paroisse	Village	Nom Prénom	Age	Sexe	Tué	Ble.	Att.	Blessures
30/06/64	07	St-Etienne-de-Lugdarès	Hubacs	Boulet Jeanne	14	F	X			
08/08/64	48	Puylaurent	Masmejean d'Allier	Une fille	15	F	X			
31/08/64	48	Chaudeyrac	Cheylard l'Evêque	Un garçon	15	M	X			
01/09/64	48	Chaudeyrac	Pradels	Un garçon	15	M	X			
06/09/64	48	Arzenc-de-Randon	Les Estreys	Une femme	36	F	X			
16/09/64	48	St-Flour-de-Mercoire	Choisinets	Maurines Claude	12	M	X			
26/09/64	48	Rocles	Le Thort	Une fille	12	F	X			
07/10/64	48	Prunières	Apcher	Une fille	20	F	X			Tête coupée trouvée 8 jours après
08/10/64	48	Fage-Montivernoux (La)	Le Pouget	Un garçon	15	M		X		Peau de la tête enlevée, 3 coups de griffes
08/10/64	48	Prinsuéjols	Souleyrols	Rieutort Jean	12	M		X		Profonde cicatrice à la joue
10/10/64	48	Fontans	Bergougnoux	Barrandon	10	F		X		Coups de dent à la joue et à un bras
10/10/64	48	Rimeize	Les Caires	Un garçon	15	M		X		Peau crane emportée, blessure à poitrine
11/10/64	48	Les Hermaux		Cayrel Marie		F	X			
15/10/64	48	Ste-Colombe-de-Peyre	Contrandes	Un garçon	10	M	X			Tête coupée, poumons mangés
24/10/64	48	St-Alban	Grazieres	Malige Marguerite	21	F	X			Tête emportée
30/10/64	15	Chauchailles		Une femme		F		X		Blessée à la tête et au visage
18/11/64	48	St-Denis		Un étranger		M			X	
19/11/64	48	Les Laubies		Plusieurs					X	
25/11/64	48	Aumont	Buffeyrettes	Valy Catherine	60	F	X			Tête coupée et emportée
15/12/64	15	Védrines-St-Loup	Fage (La)	Chastang Catherine	45	F	X			Tête coupée, trouvée à 100 pas.

Date	Dép	Paroisse	Village	Nom Prénom	Age	Sexe	Tué	Ble.	Att.	Blessures
20/12/64	48	Fau-de-Peyre	Puech (Le)	Une fille		F	X			Tête coupée
20/12/64	48	St-Chély-d'Apcher	Sivergols	Une fille	40	F			X	
22/12/64	43	Prades		Une femme		F	X			
24/12/64	43	Chanaleilles	Falzet (Le)	Limagne	16	M	X			
26/12/64	48	Rieutort-de-Randon	Boussefols	Une fille	19	F	X			
28/12/64	48	Born	St-Martin	Une fille	12	F			X	
01/01/65	12	St-Chély-en-Rouergue	Villaret	Une fille		F			X	
01/01/65	12	St-Chély-en-Rouergue	Autre que Villaret	Une fille		F			X	
06/01/65	15	Anterrieux	Les Vialets	Un enfant					X	
06/01/65	48	Fournels	St-Juéry	Courtiol Delphine		F	X			Blessure au cou
06/01/65	15	Maurines	Morsanges	Une fille		F	X			
08/01/65	48	Marchastel	Rieutord-d'Aubrac	Saltel Marie-Jeanne	11	F	X			
12/01/65	43	Chanaleilles	Villaret	Portefaix	8	M		X		Joue arrachée et mangée
12/01/65	43	Grèzes	Mazel (Le)	Châteauneuf Jean	14	M	X			
14/01/65	15	Chapelle-Laurent	Lescure	Un garçon	13	M	X			
15/01/65	15	Lastic	Bastide	Boyer Catherine ?	20	F		X		
15/01/65	12	St-Chély-en Rouergue	Villaret	Une fille		F	X			
17/01/65	43	Grèzes	Mazel (Le)	Un homme fort		M			X	
21/01/65	48	Bacon (Le)	Plagnes	Une fille	12	F		X		Blessée à la tête
22/01/65	15	Lorcières	Chabanoles	Tanavelle Jeanne	35	F	X			Tête coupée à 200 pas, enfouie
28/01/65	43	Venteuges	Venteuges	Un enfant			X			
30/01/65	15	St-Just	Charmensac	Une fille	14	F	X			
30/01/65	15	St-Just		Une femme	14	F			X	
31/01/65	48	Javols		Fils ferme Labarthe	8	M		X		Blessé au cou, à la clavicule

Date	Dép	Paroisse	Village	Nom Prénom	Age	Sexe	Tué	Ble.	Att.	Blessures
06/02/65	48	Termes	Chabanets	Un garçon	13	M			X	Se couvre avec son chapeau
09/02/65	48	Malzieu (Le)	Mialanettes	Rousset M.-Jeanne	12	F	X			Tête coupée, rongée
11/02/65	15	St-Poncy		Un homme		M			X	
12/02/65	48	Aumont	Aumont	Un marchand		M			X	
17/02/65	15	?		Une fille		F			X	
21/02/65	48	Aumont	Pêcher (Le)	Bonnavel		M			X	
24/02/65	48	Termes	Molle (La)	Une fille	18	F		X		2 trous à la tête, épaule déchirée
27/02/65	48	St-Chély-d'Apcher	Brassac	Un garçon		M			X	
28/02/65	48	Arzenc-d'Apcher	Chabrier	Une fille	8	F	X			Tête coupée
28/02/65	48	Fournels	Escures	Une femme		F	X			Plusieurs trous à la tête, gorge tranchée
28/02/65	48	Grandvals		Une fille		F		X		Coups de griffe dans la gorge
01/03/65	48	Brion	Fau	Une fille	7	F	X			
04/03/65	43	Ally		Une femme	40	F	X			Coups de griffes dans la gorge
05/03/65	48	Bacon (Le)	Trémoulonset	Un berger		M			X	
08/03/65	48	Albaret-le-Comtal	Fayet (Le)	Un enfant	10	M	X			Tête coupée, un bras mangé.
09/03/65	15	Ruynes	Licones (Le)	Une fille	20	F	X			Tête coupée, emportée
11/03/65	48	Fontans	Malavieillettes	Pougnet Marie	3	F	X			Poitrine et entrailles mangées
12/03/65	48	St-Alban		Une fille		F		X		
13/03/65	48	Albaret-Ste-Marie	Albaret-Ste-Marie	Un enfant	6	M		X		Blessé à la mâchoire
14/03/65	48	St-Alban	Bessière (La)	Jouve Jean-Pierre	6	M	X			Peau du crane enlevée
15/03/65	43	Thoras	Pouget (Le)	Un enfant			X			
18/03/65	48	St-Chély-d'Apcher	Vers Lagarde	Un garçon		M			X	
20/03/65	48	Aumont	Environs	Un garçon	10	M	X			
22/03/65	48	Javols	Cheylaret (Le)	Un enfant					X	

Date	Dép	Paroisse	Village	Nom Prénom	Age	Sexe	Tué	Ble.	Att.	Blessures
24/03/65	48	Fournels		Un enfant					X	
29/03/65	48	Javols	Cheylaret (Le)	Fontugne François	9	M	X			Tête rongée. cœur, poumons mangés
29/03/65	48	Javols		Un berger	14	M			X	
03/04/65	48	Fontans	Bergougnoux	Gibelin Jacques	10	M	X			
04/04/65	48	St-Denis	Mézery	Giral Agnès	13	F	X			Tête coupée, poitrine mangée
05/04/65	48	Arzenc-de-Randon	Donnepau	Un enfant			X			A demi dévoré
07/04/65	43	Grèzes	Clauze (La)	Pelissier Gabrielle	17	F	X			
08/04/65	48	Chaudeyrac		Une fille		F	X			
18/04/65	48	Paulhac	Vachellerie	Charrade Martial	13	M	X			Poitrine et joues mangées
22/04/65	48	Malzieu (Le)	Couffours	Un garçon	15	M		X		Mordu à la joue et au bras, blessé au cou
02/05/65	43	Venteuges	Pepinet	Une femme	40	F	X			Gorge coupée, joue mangée
11/05/65	43	Nozerolles	Auvers	Quatre garçons	12	M			X	Tiré par les habits
19/05/65	43	Venteuges	Servillanges	Barnier	45	F	X			Tête coupée, poitrine mangée
21/05/65	48	St-Pierre	Mazeirac	Un enfant		F		X		Blessé au dos, porté à 100 pas
24/05/65	48	Juliange	Amourettes	Un garçon		M			X	
24/05/65	48	Juliange	Mazet (Le)	Valles Marie	13	F	X			Cou coupé, 5 à 6 crocs
24/05/65	15	Lorcières	Marcilhac	Bony Marguerite	18	F		X		Coiffe arrachée,
24/05/65	48	St-Privat-du-Fau		Martin Marguerite	20	F	X			Blessures au cou
28/05/65	48	Chaulhac	Paladine	Un paysan		M			X	
01/06/65	43	Nozerolles	Lair	Hugon Jeanne	11	F	X			
03/06/65	48	St-Privat-du-Fau	St-Privat-du-Fau	Servante du curé		F			X	Prise par le col
12/06/65	43	Nozerolles	Besset	Une fille		F			X	
16/06/65	48	Julliange	Varennes	Une fille	10	F		X		Coup d'ongle à l'épaule gauche
16/06/65	15	Lorcières	Fayrollettes	Une fille		F			X	Coup d'ongle à l'épaule gauche

Date	Dép	Paroisse	Village	Nom Prénom	Age	Sexe	Tué	Ble.	Att.	Blessures
21/06/65	15	Clavières	Tombevie	Une fille	10	F		X		
21/06/65	43	Venteuges	Pépinet	Un garçon	14	M	X			Tête coupée, corps en partie mangé
21/06/65	43	Venteuges	Sauzet	Trincart Marie	12	M		X		Saisie au bras, blessée (PV Antoine)
21/06/65	43	Venteuges	Sauzet	Une femme	47	F	X			Tête coupée, emportée
04/07/65	15	Lorcières	Broussoles	Oustalier Marguerite	68	F	X			Joue déchirée
22/07/65	43	Nozerolles	Auvers	Biscarrat Claude	9	M	X			Joue dévorée, 8 blessures (4 crocs au ventre)
27/07/65	43	Saugues	Servières	Roussel Pierre	10	M		X		Dentées au-dessus de la tête.
09/08/65	43	La Besseyre-St-Mary	Besset (Le)	Anglade Jeanne	16	F	X			
09/08/65	48	Paulhac	Vachellerie	Mercier Jeanne	11	F			X	
11/08/65	48	Paulhac	Vers Broussous	Valet Marie-Jeanne	19	F			X	
18/08/65	48	Juliange		Un jeune homme	20	M		X		Chemise et manteau déchirés
02/09/65	48	Paulhac	Dièges	Une fille	22	F		X		Contusions au collet et aux épaules.
08/09/65	48	Paulhac	Vachellerie	Barlier M.-Jeanne	12	F	X			Cou percé, égratignures et meurtrissures
11/09/65	48	Paulhac		Gouny Jean		M			X	Chapeau déchiré
12/09/65	43	Pinols	Buffat	Teyssedre Jean	16	M		X		Deux dentées derrière la tête
13/09/65	43	Venteuges	Pépinet	Une fille	12	F	X			
17/09/65	43	Chazes	Pommier	Valette Jeanne		F			X	
02/12/65	43	La Besseyre-St-Mary	Hontes	Tourneyre Vital	7	M			X	Saisi aux reins
10/12/65	15	Lorcières	Lachamp	Deux femmes		F			X	
21/12/65	15	Lorcières	Marcilhac	Mourgues Agnès	12	F	X			Tête coupée à 6 pas, mamelles mangées
En 1765	43	Saugues	Rouve (Le)	Guilhe Jean-Pierre		M		X		Mordu à la hanche gauche
Janvier 1766	43	Venteuges	Meyronne	Teyssedre Jean	29	M			X	
14/02/66	15	Lorcières	Moulin de Badouille	Delmas Jeanne		F		X		La joue droite percée
04/03/66	43	Saugues	Montchauvet	Bergougnoux Jean	8	M	X			Jugulaire percée, blessure à la joue

Date	Dép	Paroisse	Village	Nom Prénom	Age	Sexe	Tué	Ble.	Att.	Blessures
Print. 1766	43	Venteuges	Sauzet	Une fille		F			X	
14/03/66	48	St-Privat-du-Fau	Licones (Le)	Bompart Marie	8	F	X			
17/04/66	15	Clavières	Pause (La)	Lebre Marguerite	7	F	X			Peau du crane enlevée
24/04/66	15	Clavières	Le Meynial	L'aide du berger		M			X	
31/05/66	43	Pinols	Buffat	Teyssedre Pierre	9	M	X			Dentées au col de la chemise
03/06/66	43	Desges	Lescoussouses	Une fille	10	F		X		Blessée derrière la tête
Juin 1766	43	Chanaleilles	Le Fraisse	Chassefeyre Joseph		M			X	
Juillet 1766	43	Saugues	La Veysseyre	Freycenet Catherine	42	M			X	
Août 66	43	Saugues	Viallevieille	Chabanel Anne		M			X	
12/09/66	48	Paulhac	Broussoux	Cellier Jean-Pierre	12	M	X			
Sept. 1766	43	Saugues	Servieres	Barthélemy Simon	22	M			X	
01/11/66	43	La Besseyre-St-Mary	La Souchere	Ollier Jean-Pierre	12	M	X			
02/03/67	43	Saugues	Servieres	Plantin Marie	11	F	X			
Carême 1767	43	Saugues	La Veysseyre	Reboul Marie	19	F		X		Blessée au pariétal, oreille emportée
Carême 1767	43	Saugues	Viallevieille	Dentil Marguerite	32	F			X	
28/03/67	43	La Besseyre-St-Mary	Darnes	Pascal Marie-Anne	9	F	X			
04/04/67	43	La Besseyre-St-Mary		Paulet Jeanne	15	F	X			
06/04/67	43	Nozerolles	Nozerolles	Soulier Louise	19	F	X			
10/04/67	48	St-Privat-du-Fau		Loubat Etienne	9	M	X			
13/04/67	43	Grèzes	Bugeac	Blanc Anne		F	X			
16/04/67	43	Grèzes	Ménial (Le)	Paulet Louise		F	X			
29/04/67	43	Nozerolles	Lair	Talhère Rose		F	X			Cou tout percé
03/05/67	43	Nozerolles		Une fille	17	F	X			
Avril 67	43	La Besseyre-St-Mary	Septsols	Dentil Barthélemy	50	M			X	

Date	Dép	Paroisse	Village	Nom Prénom	Age	Sexe	Tué	Ble.	Att.	Blessures
05/05/67	43	Grèzes	Mont (Le)	Bastide M., agr. du tiers ordre	48	F	X			
05/05/67	43	Nozerolles	Chanteloube	Coutarel Catherine		F	X			
07/05/67	43	La Besseyre-St-Mary	Besset (Le)	Une fille	13	F	X			
14/05/67	43	St-Julien-des-Chazes	Legal	Raymond Vidal		M	X			
16/05/67	43	La Besseyre-St-Mary	Septsols	Danty Marie	12	F	X			
26/05/67	43	Saugues	Servières	Meyronneinc Joseph	15	M	X			
27/05/67	43	Nozerolles	Chanteloube	Hugon André	11	M	X			
Mai 1767	48	Paulhac	Vachellerie	Bergougnoux J.-B.		M			X	
Mai 1767	43	Saugues	Servières	Laurent Antoine	12	M			X	
Mai 1767	43	Venteuges	Pontajou	Pignol Jacques	57	M			X	
Fin mai 1767	43	Venteuges	Vacheresse	Laurent François	32	M			X	
05/06/67	43	La Besseyre-St-Mary	Pompeyrinc	Veyrier Antoine		M			X	
	43	La Besseyre-St-Mary	Pompeyrinc	Bourrier Jean	12	M			X	
05/06/67	43	Venteuges	Meyronne	Moussier Barthélemy		M			X	
06/06/67	43	Saugues	La Veysseyre	Dentil Antoine	14	M			X	
12/06/67	48	Malzieu (Le)	Couffours	Chautard Catherine	9	F	X			
17/06/67	43	Desges	Lesbinières	Bastide Jeanne	19	F	X			

Que d'histoires sur la Bête !

A l'époque du livre de François Fabre, la Bête était un loup ou des loups. Seul le docteur Puech avait émis l'hypothèse du fou sadique.

De nos jours, des auteurs se sont hasardés à publier de nouvelles thèses et il nous a paru intéressant de les évoquer brièvement avant de donner une liste des principaux livres ou articles publiés sur la bête depuis 1930. De la Bête tuée par Jean Chastel, il ne reste rien. Elle tomba bientôt dans l'oubli. Le temps passa. Puis des historiens découvrirent des documents la concernant. Ils les publièrent. De plus en plus de personnes s'intéressèrent à cette histoire, de plus en plus de textes furent édités. Alors commencèrent à s'échafauder des hypothèses sur ce qu'avait bien pu être la Bête du Gévaudan.Et c'est ainsi, qu'à partir d'une histoire vraie, de nombreuses explications de ce mystère ont été émises. La Bête du Gévaudan est entrée dans la légende. Plus de 230 ans après sa disparition, on cherche toujours à savoir ce qu'était la Bête du Gévaudan. Essayons d'analyser les diverses hypothèses émises jusqu'à ces dernières années.

Au loup !

Les historiens (François Fabre, Xavier Pic, Guy Crouzet, Félix Buffière...) pensent que la bête était un loup ou des loups. Ce sont les seules « bêtes fauves » vivant dans la région, capables de tuer et de décapiter une femme ou un enfant. Alors, les loups ! Coupables ? Oui, mais... Avant et après cette histoire il y eut des loups en Gévaudan qui n'attaquèrent pas les femmes et les enfants. D'autre part la question qui se pose est pourquoi s'en seraient-ils pris aux bergers, alors qu'ils pouvaient, sans aucun risque, emmener un agneau ?

Autre fait étrange : plusieurs loups ont été tués, qui, une fois morts, sont devenus « la Bête ». Mais beaucoup de ceux qui se sont battus avec elle, qui l'ont poursuivie, dirent qu'elle ressemblait au loup, mais que ce n'était pas le loup qu'ils connaissaient en Gévaudan.

Des loups venus d'ailleurs

S. Colin évoque les loups d'Europe Centrale, décrits par G. Ragache comme différents des loups français par la taille et le pelage. Une horde de ces loups serait venue ainsi par le Dauphiné et le Vivarais jusqu'en Gévaudan. Il y a des victimes de bêtes en Dauphiné, un peu avant cette période, et les premières victimes de la bête du Gévaudan ont lieu en Vivarais. Mais qu'ils soient du Gévaudan ou qu'ils viennent d'ailleurs, les loups sont toujours des loups ayant le même comportement.

Ce ne peut être le loup

Toutes les thèses des historiens accusant le loup sont violemment combattues par tous les zoologues, éthologues (Gérard Ménatory, R.F. Dubois, M. Louis…) qui ont étudié cet animal. Ces spécialistes sont unanimes pour déclarer haut et fort : « Jamais le loup n'attaque ou n'a attaqué l'homme… » Ils affirment qu'en fait, quand les loups hantaient nos bois, les jeunes bergers ou vachères savaient fort bien, sans aucune peur, les faire fuir en leur courant après, en criant, pour protéger leur troupeau et que dans les pays où l'on trouve des loups, jamais on ne signale une seule attaque contre un humain.

Une bête venue d'ailleurs

Il a été évoqué également l'hypothèse d'un animal venant d'une autre région, échappé d'une ménagerie ou de l'autorité de son maître.

Un ours ? Il en existe encore quelques-uns dans les Pyrénées. Il y en avait encore dans les Alpes en 1764. Ces animaux hantèrent les montagnes du Massif central jusqu'au Moyen Age. Le dernier ours de la région, un ours échappé à son dompteur, aurait-il pu être la Bête ? Mais les ours hibernent, or il y a eu des victimes de la Bête en hiver. De plus, les paysans du Gévaudan connaissaient bien les ours que des montreurs d'ours promenaient de village en village.

La Bête tuait pour manger. C'était un carnivore. Pourquoi pas un félin de la famille du chat : tigre, lion, panthère, léopard, puma, lynx… Tous les animaux de cette famille ont la tête arrondie, avec un museau peu prononcé. Or, les descriptions et presque toutes les gravures de l'époque montrent un animal avec un museau allongé. Ce ne peut être un félin. Et puis, aucun animal venu d'un pays chaud n'aurait pu résister seul à trois hivers en Gévaudan. Alors un canidé ? Si ce n'était un loup, c'était alors quelqu'un de sa famille. Un chien, un molosse dressé à tuer ? R.F. Dubois a développé cette hypothèse. La Bête, à plusieurs reprises, est tombée sous l'impact des balles, mais s'est relevée et enfuie. La seule explication rationnelle serait celle d'un chien recouvert d'une cuirasse. Mais qui dit chien dressé à tuer dit dresseur. Quel était cet homme pervers ? Antoine Chastel, l'homme des bois ? Certains ont évoqué une hyène (Gérard Ménatory). Quel homme l'aurait amenée en Gévaudan ? Antoine Chastel, de retour d'Afrique du Nord ? Un croisement de loup et de chien, comme le pense M. Louis ? Mais là aussi, il faut un homme. Antoine Chastel ?

Les Chastel noircis !

Cet homme, dresseur de chiens, de fauves, brute épaisse et sadique, c'est Antoine Chastel, le fils de Jean Chastel, celui qui tua la Bête à la Sogne d'Auvers. Cet Antoine serait, paraît-il, parti du pays. Sur les bords de la Méditerranée, il fut fait prisonnier par les Barbaresques qui l'emmenèrent comme esclave en Afrique du Nord et l'utilisèrent comme gardien de ménagerie. Il apprit alors à soigner et dresser les fauves. Il fut aussi gardien de harem, d'où, après émasculation, son aversion pour la gent féminine.

Après toutes ces aventures, le voilà de retour au pays, couturé, balafré, tatoué… Un vrai sorcier que personne ne voulait fréquenter à la Besseyre-Saint-Mary où vivait sa famille. Alors, pour avoir la paix, il partit vivre dans une cabane, sur les flancs de la forêt du mont Mouchet, entouré d'une horde de chiens dressés à tuer, croisés avec un loup ou avec quelque animal ramené d'Afrique. Son père, Jean Chastel devait lui rendre visite et lui amener quelque nourriture. Le père connaissait la Bête ? Il savait qu'Antoine était le meneur ! Alors, Jean Chastel, pour préserver l'honneur de sa famille, décida de tuer la Bête, compagne de son propre fils.

Cela expliquerait pourquoi, le 19 juin 1767, il était posté à la Sogne d'Auvers, à peu de distance de la cabane de son fils Antoine et de la Bête. Celle-ci, tout naturellement, vint vers lui, puisqu'ils se connaissaient. Sans aucune difficulté, la Bête fut tirée et tuée.

Mais si c'était une hyène ou quelque animal exotique, certaines personnes du pays l'auraient certainement remarquée en compagnie d'Antoine. La peur de représailles les forçait sans doute à se taire. Mais maintenant que la Bête était morte, ils risquaient de parler et d'accuser Antoine et toute la famille Chastel.

Alors Jean, après avoir tué la vraie Bête, la cacha puis alla l'enterrer quelque part vers la Sogne d'Auvers. Enfin, il tua un gros loup – ils étaient nombreux dans le secteur – et le montra à tout le monde comme étant la Bête. Non seulement l'honneur était sauf, mais en plus, la gloire et la reconnaissance de tout le pays rejaillissaient sur Jean Chastel et toute sa famille.

Quel retournement de situation dramatique ! Quel bon scénario pour une pièce de théâtre ou un roman ! D'ailleurs c'en est un. C'est Abel Chevalley qui l'inventa en 1936. L'histoire fut ensuite embellie par le roman d'Henri Pourrat. Certains auteurs citent les écrits de ces romanciers comme s'ils étaient des historiens. C'est du roman. Considérons-le comme tel.

Les Chastels blanchis

Guy Crouzet a vérifié ce qu'on savait sur les Chastel. Il fut le premier à dresser l'arbre généalogique de cette famille. Cet arbre nous montre qu'Antoine est né en 1745. Il n'a donc que 19 ans au début de l'histoire de la Bête. C'est bien jeune qu'il aurait vécu toutes les aventures qu'on lui prête. De plus, il s'est marié et a eu au moins six enfants !

En réhabilitant la famille Chastel, que certains impliquent un peu trop dans cette histoire, Guy Crouzet a détruit, d'un seul coup, bien des thèses émises.

Un animal hybride

Puisque la Bête ne semble pas être un animal connu et bien défini, pourquoi ne serait-elle pas alors un animal hybride ? Déjà à l'époque, Duhamel, entre autres, évoquait une possibilité de croisements entre un loup, un lion, un ours, tous jugés scientifiquement impossibles aujourd'hui.

Aucune des hypothèses d'un animal à quatre pattes, qu'il soit un loup, un animal hybride, ou autre ne peut tout expliquer de la Bête. Alors, si ce monstre n'avait eu que deux pattes ? Si c'était un homme ?

Le fou sadique

Dès 1911 et à la lecture de la description des cadavres de quelques victimes (déshabillées, poitrine déchiquetée…) que donnent en particulier les journaux de l'époque, le docteur Puech affirme que ce sont les crimes d'un sadique. En 1962, Madame Aribaud-Farrere « identifie » même ce monstre. A la télévision et dans ses livres, Alain Decaux ajoute que « cet amateur de toutes les perversions sexuelles » était « d'une vieille famille puissante et respectée, originaire du midi de la France », famille qui existerait encore puisqu'un de ses descendants « touchait de très près au pouvoir en 1962 ». Il ne cite pas son nom. Or, François Fabre raconte, dans une œuvre posthume publiée en 1982, l'histoire véridique d'une jeune fille du Cros, commune de Saugues, qui a été sauvagement agressée par un homme qui sera jugé. Mortellement blessée, elle ne cessera de répéter, avant de mourir : « *C'est la Bête… C'est la Bête…* » C'était en 1777. La Bête avait été tuée depuis 10 ans, mais elle faisait toujours peur en Gévaudan. Cependant, elle n'a jamais attaqué de nuit et surtout pas dans une maison. Partant de cela, Pierre Cubizolles a écrit *Loups-garous en Gévaudan*.

Outre la centaine de victimes de la Bête, il y eut des dizaines, d'hommes, de femmes ou d'enfants qui se battirent contre celle-ci, qui en réchappèrent et qui la décrivirent. Tous, absolument tous, ont parlé d'une bête avec quatre pattes et jamais d'un homme, même déguisé avec des peaux de bêtes.

Dieu ou le Diable ?

En ce tournant de siècle, nous recherchons des explications rationnelles à tout. Or, aucune explication logique ne semble s'appliquer à la Bête. Alors, plongeons dans le « merveilleux ».

L'évêque de Mende, dans son mandement du 31 décembre 1764, évoquait une bête envoyée par Dieu pour punir les Gévaudanais.

Ce serait plutôt le Diable et les sorciers, les loups-garous, ces hommes ou femmes qui ont vendu leur âme au Diable, en échange de quoi ils peuvent se transformer en loups quand ils le souhaitent. Et ils sont invulnérables. N'a-t-on pas vu « ricocher les balles » sur le dos de la

Bête ? Ne charme-t-elle pas les fusils quand les chasseurs la tirent ? L'abbé Pourcher publia sur la bête, en 1889, le premier livre « historique » par les nombreux documents qu'il contient. Mais c'est un enfant du pays, né au Mazel de Julliange en Lozère. Il rapporte également toute une tradition orale qu'il a recueillie, surtout dans sa famille et sa région du haut Gévaudan. Ceux qui citent le premier historien de la Bête n'ont pas toujours fait (ou voulu faire) la différence entre les documents qu'il transcrit et ce qu'il a entendu dire et qu'il narre avec beaucoup de conviction et de naïveté. Quant aux balles bénites faites avec des médailles de Notre-Dame du Puy, le fusil béni lors d'hypothétiques pèlerinages à Notre-Dame d'Estours ou de Beaulieu, les prières à la Vierge ce matin du 19 juin 1767, à la Sogne d'Auvers, tout le monde sait, ou doit savoir, que tous ces faits sont ceux qui sont décrits avec plus ou moins de détails, et de variantes, dans tous les livres sur la sorcellerie pour pouvoir tuer un loup-garou. Pour l'abbé Pourcher, la Bête est bien « un fléau de Dieu », c'est le sous-titre de son livre, mais à la lecture de ce qu'il rapporte et de la mort de la Bête, il semble bien que son intime conviction est qu'elle est un fléau du Diable et un vrai loup-garou.

A chaque époque, sa religion, ses mythes.

Les bêtes modernes

Aujourd'hui, la mode est aux « exploits » des tueurs en série, aux animaux préhistoriques qui auraient survécu, aux sectes sataniques. La Bête trouve un regain d'explication et d'actualisation dans cette littérature. Et de nos jours, pour expliquer l'inexplicable, eh bien ! Il suffit de faire appel aux extra-terrestres !...

La Bête extra-terrestre

Des créatures, venues d'ailleurs, se sont posées en soucoupe volante, un soir de juin 1764, quelque part du côté de Langogne. Avec eux, un animal bizarre, extraordinaire, qui s'échappe (à la manière de E.T ?) et qu'ils ne peuvent récupérer avant de repartir chez eux, avant le lever du jour. Quel accueil a-t-on réservé à ces « cosmonautes », de retour chez eux, quand on s'est aperçu qu'ils avaient « oublié » sur la terre, leur compagnon animal. Ne les a-t-on pas immédiatement renvoyés sur terre pour le récupérer à tout prix? Le voyage aller-retour a duré trois ans. C'est donc en juin 1767 qu'ils sont venus le récupérer vers le mont Mouchet. Ils sont repartis chez eux avec lui et il n'y eut plus de Bête en Gévaudan. Vont-ils revenir ?

C'est donc une histoire très simple finalement, si on croit aux extra-terrestres.

COMPLEMENT BIBLIOGRAPHIQUE

C'est dans ce livre de François Fabre, publié en 1930, qu'André Mellerio a dressé la liste la plus complète des écrits sur le sujet. Mais depuis sa publication, d'autres découvertes et d'autres textes ont été publiés, notamment au cours de ces vingt dernières années. C'est pourquoi il nous semble important de réactualiser cette bibliographie.

Ouvrages non cités dans le livre de François Fabre antérieurs à 1930

Chapelle-Bachaumond, *Mémoires secrets*, Adamson, Londres, 1780. Critique des écrits (journaux et placards) publiés sur la Bête, à l'époque.

Lisle de Montcel (de), *Méthode pour la destruction des loups*, Impr. Royale, Paris, 1788. En IVe annexe : P.V. de maître Marin du 20 juin 1767 avec description de la Bête tuée par Jean Chastel. La Bête est un loup.

Magné de marolles , *La Chasse au fusil*, Barrois, Paris, 1791. L'auteur résume son dossier sur la bête déposé à la BN. Il accuse le loup. (Ouvrage réédité en 1982 par Pygmalion.

Salgues GB, *Des erreurs et préjugés*, Dantu, Paris,1828. Curieux ouvrage où l'auteur analyse des phénomènes paranormaux. Un chapitre concerne la Bête (un loup). Psychologie de l'époque à rapprocher des autres exemples cités.

Vidal Auguste, « La Bête du Gévaudan », *La mosaïque*, Paris, 1839. Ne cite que le loup d'Antoine. Belle gravure représentant une tête de loup.

Durif, *Guide du voyageur dans le Cantal*, Aurillac, 1860. A l'article « Lorcières », il évoque la bête, mais seulement celle d'Antoine.

Dunoyer de Marmont, *Histoire de la chasse*, (3 volumes), Paris, 1867. S'arrête au loup des Chazes.
Chirac Auguste, *Au Gévaudan des loups*, Hérault (J.Y. Beaune), Nantes, vers 1870. Excellent ouvrage retraçant la vie des gens du Gévaudan, où l'on voit la différence entre le « canis lupus » et le « loup-garou » dans des histoires au pays de la Bête, moins de 40 ans après sa mort.
André Ferdinand, « La Bête du Gévaudan », *Bulletin de la Société Académique de Lozère*, Mende, 1872. L'auteur cite in extenso la relation du curé d'Aumont (Trocelier).
Deribier du Chatelet, *Dictionnaire statistique du Cantal*, Aurillac, 1876. Article « Lorcières ». Seul à citer sans références l'attaque de Jeanne Valette vers les Chazes , le 17/09/1765, cause du déplacement d'Antoine.
« La Bête du Gévaudan », *L'Univers*, Paris, 1877. Feuilleton de l'Univers (1877)
Bompard L., *Marguerite de Salgues*, Marchessou, Le Puy-en-Velay, 1880. Tradition orale à Saugues. La Bête est un loup-garou.
Gervais Dr ,*La Bête du Gévaudan*, Inédit, 1884. Ce long poème épique en octosyllabes, cité par Fabre est resté inédit.
Stevenson R.L., *Voyage avec un âne*, Nombreuses éditions, 1885. L'auteur fait plusieurs allusions à la Bête du Gévaudan qu'il qualifie de « Napoléon Bonaparte des Loups ». Il est aussi victime de 2 fillettes qui le font s'égarer et passer une nuit dans les bois (cf Chastel et les gardes d'Antoine).
André Ferdinand, *Mandement de l'évêque de Mende*, Ignon, Mende, 1888, Annuaire de la Lozère – 1ere publication du Mandement de l'évêque de Mende.
« La Bête du Gévaudan », *Echo du Velay* (17/10/89), Le Puy-en-Velay, 1889. L'auteur évoque la tradition orale au pays de Saugues.
Malafosse L., *Pays d'Aubrac*, Sté de géographie, Toulouse, 1901. L'auteur évoque les loups et la Bête en Aubrac.
Augé Adolphe, *La Bête du Gévaudan*,1902. Nouvelle romancée sur le pays. Réédité en 1956.
Du Roure de Paulin, *Armoiries d'Antoine*, Bellet, Clermont-Ferrand, 1907, Armes et généalogie d'Antoine.
Louzera Armana (de), « La Bestia di Gibaudan », *Lou Païs*, Montpellier, 1908. L'histoire de Portefaix en occitan. La revue Lou Païs a publié de nombreux articles sur la bête que nous ne pouvons tous citer.
Ollier, *Notes hist. sur le Gévaudan*, 1908. Résumé succinct.

Guillemain d'Echon, *Louvetiers normands*, Imp. alenç., Alençon, 1926. Denneval est cité.

Plagnard E., *Histoire de Serverette*, 1926. Court résumé sur la Bête et autres hist. de loups à Serverette. Réédition en 1990.

Paulet G., « La Bête du Gévaudan », La Tribune, 1929. Narration journalistique (31/01/29).

Ouvrages publiés depuis 1930

Coudy, « La Bête du Gévaudan », *Amicale Parisiens de Ruynes*, Paris,1930. L'auteur résume l'histoire de la bête et cite Boudet et Fabre.

Fabre François, *La Bête du Gévaudan*, Floury, Paris, 1930. Le plus bel ouvrage sur la Bête -Texte Fabre, nombreuses illustrations en couleurs, longue bibliographie et iconographie par Mellerio.

Rouchon Ulysse, « La Bête du Gévaudan », *La Région illustrée*, St-Etienne, 1930. On y trouve les 1ères chasses de Frévol de La Coste et de nombreux extraits des articles du Courrier d'Avignon.

Peytavin Ange, *La Bête du Gévaudan*, Pauc, Mende, 1933. Long poème « héroïque » sur la Bête, Portefaix, Jeanne Jouve...

Dorsene J., La Bête du Gévaudan, *Gringoire*, Paris, 1935. Evoque surtout Fréron et Voltaire dans leur dispute au sujet de la Clairon comparée à la Bête.

Chevalley Abel, *La Bête du Gévaudan*, Gallimard, Paris, 1936 ; Bon roman, le premier à inventer Antoine Chastel gardien de ménagerie et de harem en Afrique du Nord. Certains le considèrent comme histoire vraie. Réédité en 1968 (J'ai lu).

Besqueut G., « Venteuges », *Sté d'études locales*, Le Puy-en-Velay, 1937. Reprend Fabre pour la Bête à Venteuges.

Cabanes Dr., *Les Coulisses de l'Histoire*, Albin Michel, Paris, 1937. Un chapitre sur la Bête dans le t. III.

« La Bête du Gévaudan », *Sté Académie de Haute-Loire*, Le Puy-en-Velay, 1937, Poème sur la Bête au concours de poésie.

Hugues Albert, « La Bête du Gévaudan », *Chasseur Français (Le)* (n°573 à 583), St-Etienne, 1938. Long article à partir du n° de mars 1938.

Treich Léon, « La Bête du Gévaudan », *Gringoire* (07/11/40), Paris, 1940. Résumé des publications antérieures.

Burnand R., « La Bête du Gévaudan », *Gringoire*, Paris, 1941. Histoire romancée.

Delon J.-B., *Hist. de Gévaudan-Lozère*, St-Privat, Mende, 1941. Résumé succinct sur la Bête.

Thévenin R., *La Faune disparue*, Payot, Paris, 1943. Bon résumé sur le loup et le comportement des gens. Cite Pourcher.

Moreau-Bellecroix, *La Bête du Gévaudan*, Alsacia, Paris, 1946. Roman pour la jeunesse.

Pourrat Henri, *Histoire fidèle de la Bête du Gévaudan*, L'Epervier, Paris, 1946. Ce beau roman reprend la thèse de Chevalley sur Antoine Chastel. Il a beaucoup contribué à la renommée de la Bête. Réédité par Laffitte, Marseille 1979, 1985...

Sancier Jean, « Qui hurle dans la nuit », *Jeunesse magazine*, Paris, 1946. Récit pour enfants.

« La Bête du Gévaudan », *Texas*, Paris, 1950 ; B.D. sur la Bête. (La première ?)

La Bête, Flic à Flac,Paris, 1951. Loup tué en 1951 vers Grandrieu.

« La Bête du Gévaudan », *Renouveau*, Le Puy-en-Velay, 1953. Bon résumé.

Manceron L., « La Bête du Gévaudan », *Naturalia* (n° 15, p 23 à 28), Paris, 1954. L'auteur, après l'évocation historique, présente une bonne analyse critique et accuse le loup.

Balmelle Marius, *La Bête du Gévaudan et Duhamel*, 80e Congrès des stés sav, Lille, 1955. (Voir aussi revue du Gévaudan 1967 et suivantes.)

Balmelle Marius, *La Bête du Gévaudan et Duhamel*, Fonds hist. du Languedoc, Mende, 1955. (Voir aussi revue du Gévaudan 1967 et suivantes.)

André M., « Bête des Cévennes », *Revue du Vivarais* n°1 à 3, Privas, 1956. Sur la Bête des Cévennes.

Alla R., Document inédit sur la Bête, *Revue du Gévaudan*, Mende, 1958. Rapport de maître Marin sur la Bête de Jean Chastel.

Dalle J.-A., *La Bête du Gévaudan*, Chaptal, Mende, 1958. Plaquette-conférence sur la Bête.

De Chambrun, « Expo. sur la Bête à Marvejols », *Revue du Gévaudan*, Mende, 1958. Nombreuses références de documents et objets relatifs à la Bête.

Girou J., « La Bête du Gévaudan vue par Auricoste », *Revue du Rouergue* (Mars 59), Rodez, 1959. Sur la statue de Marvejols.

Lagrave R., *Les Loups, autrefois (BT 443)*,P.E.M.F., Cannes, 1959. Documents sur loups et Bête en Lozère.

Bardy Benjamin, *Légendes du Gévaudan*, Chaptal, Mende, 1960. Réédité en 1974 et 1979. Complainte.

Gagniere S., « La Bête etait bien un loup », *Revue du Gévaudan*, Mende, 1960. Une comparaison scientifique entre la dentition du loup et de la bête de Jean Chastel.
Aribaud-Farrère, *La Bête identifiée*, Sodiep, Béziers, 1962. Plaquette sur l'hypothèse du fou sadique (Marquis de Sade ?)
Chaise J., « Les Chevaliers de St Hubert », *Renouveau*, Le Puy-en-Velay, 1962. Mention de départ à la chasse à la Bête (cf. *Courrier d'Avignon*)
Suzaru-Ledot, *Trois Vérités*, Imprimerie Moderne, Andrézieux (42), 1962. Un chapitre du Bâtonnier Le griel sur la Bête : (fantastique, Dracula, Vampires).
Bardy Benjamin, « Expo. sur la Bête », *Revue du Gévaudan*, Mende, 1964. Références bibliographiques et de quelques documents aux A. D. 48 (Registres paroissiaux).
Barthomeuf J., « La Bête du Gévaudan », *Erount de Saougues*, Saugues, 1965. Bonne étude de Barthomeuf. Cette revue de Saugues a publié de nombreux articles sur la Bête qui ne sont pas tous cités ici.
Albert P., « La Bête du Gévaudan en Ardèche », *Revue du Gévaudan*, Mende, 1966. Pour l'étude des débuts des méfaits de la Bête en Vivarais.
Remize Félix, *Contes du Gévaudan*, 1966. Résumé Bête du Gévaudan en occitan et Français.
Balmelle Marius, « Les Lettres du Capitaine Duhamel », *Revue du Gévaudan*, Mende, 1967, et n[os] suivants de 1968 et 1969. La correspondance de Duhamel au cours de ses chasses. Très intéressant et inédit.
Laborie B., « La Bête du Gévaudan à la télé », *Lou Païs*, 1967. Première émission de la Bête à la télé : (Tribunal de l'impossible : Téléfilm de 1h40 min diffusé le 03/10/1967).
Ripley's, « The Monster of Auvergne », *Believe it or not*, England, 1967. B.D. anglaise en couleurs.
Pic Xavier, *La bête qui mangeait le monde*, Chaptal, Mende, 1968. Un des ouvrages de base (synthèse Pourcher-Fabre), réédité en 1971 par Albin Michel.
Barthomeuf J., « La Bête du Gévaudan », *Constellation* (Février), Paris, 1969. Bon article de vulgarisation. Publié aussi dans La Vie du Rail, 1969 et La Montagne, 1970.
Darrimont Ph., *Qu'elle est belle ma Margeride*, 1969. Roman mais hypothèse : Jean Chastel tue la bête de son fils et un loup qu'il fait passer pour la Bête.
Jeannin Dr., *Les Bêtes sauvages*, La Palatine, 1969. Les loups sont coupables.

Ménatory Gérard, *La Vie des loups*, Stock, Paris, 1969. L'auteur n'a cessé d'œuvrer pour démontrer l'innocence des loups dans l'histoire de la Bête.

Balmelle Marius, *Le Comte de Tournon et la Bête du Gévaudan*, 1970. Le comte de Tournon a participé à plusieurs chasses en compagnie d'Antoine.

Delperrie de Bayac, *Du sang dans la montagne*, Fayard, Paris, 1970. Histoire romancée.

Gires Lucien, Flamme P.T.T., Saugues, 1970. 1e flamme P.T.T. sur la Bête (?)

Susini J., « La Bête du Gévaudan », *Lou Païs*, 1970. Rappel historique de Voltaire, Fréron et la Clairon.

Disque 33 tours, *La Bête du Gévaudan*, Pathé, Paris, 1971. Premier disque 33t sur la Bête : Souvenirs de nos provinces, n° C 062 11 571.

Dalle J.-A., *Choses et Gens du Gévaudan*, Roudil, Paris, 1972. Une partie est consacrée à la Bête.

Sussan R., *L'Anneau de fumée*, Denoël, Paris, 1974. Genre roman fantastique : un chapitre est consacré à la Bête.

Catallan E., *La Bête du Gévaudan*, Jeunesse et Sports 63 : théâtre, 1976. Scénario de pièce de théâtre jouée à Saugues (inédit).

Laborie B., « Du nouveau sur la Bête », *Lou Païs*, Montpellier, 1976. La Bête serait un dingo d'Australie.

Lagrave Roger, *La Bête au temps de la Bête*, Imprimerie des 4, Marvejols, 1976. Bonnes illustrations en noir et blanc, dont certaines inédites.

Ménatory Gérard, *La Bête du Gévaudan*, Chaptal, Mende, 1976. Défense du loup. Antoine Chastel meneur de hyène, réédité en 1984.

Bardy Benjamin, *Récits et Légendes du Gévaudan*, Mende, 1977. Un chapitre donne une histoire abrégée de la Bête.

Breton G., « La Bête du Gévaudan », *Historama*, Paris, 1977. Bonne synthèse sur histoire.

Buffier L., « La Bête du Gévaudan », *Lou Païs*, Montpellier, 1977. Conte et commentaires.

Decaux Alain, « La Bête était-elle un sadique? », *Historia*, Paris, 1977. Suite à l'émission « Alain Decaux raconte », la Bête serait un fou sadique.

Mech, « Where can the wolf… », *National Geographic*, USA, 1977. Dans cet article sur le loup, la Bête serait un croisement entre un chien et un loup.

Nadal A., « La Bête du Gévaudan », *Historama*, Paris, 1977. Analyse et critique de l'article de G. Breton.

Epistolier-Rougé, « La Bête du Gévaudan », *Le Peuple français*, Paris, 1978. B.D. noir et blanc de 2 pages.

Prémia, « La Bête du Gévaudan », *Pif gadget*, Paris, 1978. B.D. en couleurs.

Contes pop. et lég. du Languedoc, Renaissance, Paris, 1978. Texte de 1839 et doc. Ollier et Antoine (François Fabre?)

Pourcher Pierre, *La Bête du Gévaudan*, Reider, Paris, 1979. Le complément indispensable à l'ouvrage de François Fabre. Réédité par Laffite, à Marseille en 1981 et 1996.

Barloy Jean-Jacques, « La Bête du Gévaudan », *Sciences et vie*, Paris, 1980. 1er essai de la Bête sur ordinateur. L'auteur conclu que c'est un sadique ?

Victor Paul-Emile et Larivière, *Les Loups*, Nathan, Paris, 1980. Ouvrage général sur les loups.

Alran C., *La Bête du Gévaudan*, Théâtre, Théâtre, 1981. Scénario d'une pièce de théâtre jouée dans la région.

Anglade Jean, *Le Pays oublié*, Hachette, Paris, 1981. Un chapitre sur Saugues où l'auteur évoque la Bête.

Bernard Daniel., *L'Homme et le loup*, Berger-Levraut, Paris, 1981. Ouvrage richement illustré pour montrer les rapports hommes-loup, au cours de l'Histoire.

Cubizolles Pierre, *La Baronie du Besset*, 1981. Antoine logea en ce château.

Ragache Cl. et Cath., *Les Loups en France*, Aubier , Paris, 1981. L'auteur évoque l'hypothèse de loups venus d'ailleurs.

Remize F, *Contes du Gévaudan*, 1981. L'histoire de Portefaix en occitan.

Touret, *Histoire de la Bête du Gévaudan*, 1981. Curieux dessins et histoire romancée de la Bête.

« Qui a tué la bête du Gévaudan », *Inexpliqué* (Ed Atlas), Paris, 1981. Le paranormal et la bête.

15 histoires d'Auvergne, Gautier-Langereau, Paris, 1981. Un chapitre donne un résumé romancé de l'histoire de la bête.

Cubizolles Pierre, *Saugues et François Fabre*, Arsere et demo, 1982. Longue biographie de Fabre, photos et bibliographie de cet auteur...

Fabre François, *Un simulateur de la Bête du Gévaudan* (œuvre posthume), Arsere et demo, 1982. Crime d'un sadique en 1777 au Cros de Saugues. Avant de mourir, la victime accuse la Bête.

Farran J.-M., *La Bête du Gévaudan*, Thèse vétérinaire, Lyon, 1982. L'auteur exerce au Malzieu.

De Chantal R., *La Fin d'une énigme*, Pensée universelle, Paris, 1983. Longue étude originale sur la Bête qui serait un tigron, croisement de tigre et de lion .

De Mandriargues, Film *Bête du Gévaudan*, I.N.A., F.R.3, Toulouse, 1983. Téléfilm sur la Bête, jamais diffusé.(INA Toulouse).

Bellemare P., *Grands Crimes de l'histoire*, N°1, Paris, 1984. Un chap. sur la Bête.

Boileau-Narcejac, *Dans la gueule du loup*, Paris, 1984. Roman policier se déroulant à St-Chély avec évocation de la Bête.

Brunetaud M.P., *Le Loup mythe et réalité*, Ecole vétérinaire, Toulouse, 1984. Thèse vétérinaire.

Claverie-Lamaison, *L'Impossible mariage*, Hachette, Paris, 1984. Ethnologie du Gévaudan.

Crouzet Guy, « Le Singe de Pinols », *Lou Païs*, Montpellier, 1984. La Bête aurait été un singe d'après le curé de Pinols.

Delort Robert, *Les animaux ont une histoire*, Le Seuil, Paris, 1984. A l'article sur le loup, résumé de l'histoire de la Bête.

Loire Ch., *Le Loup à la fin du XXe siècle*, Ecole Vétérinaire, Lyon, 1984. Thèse sur le loup à notre époque et importante bibliographie sur cet animal.

P.T.T., La Bête du Gévaudan, P.T.T., Saugues, 1984. Flamme P.T.T.

Sabatier Robert, « La Bête du Gévaudan », *Figaro* juillet, Paris, 1984. A la dernière page, Saugues et la Bête.

Scohy R., *La Bête du Gévaudan*, Fac. de lettres, Bruxelles, 1984. Thèse « littéraire » d'un belge qui analyse quelques écrits anciens et récents sur la Bête.

Barloy Jean-Jacques, *Les Survivants de l'ombre*, Arthaud, Paris, 1985. Un chapitre sur la Bête et son régime alimentaire.

Bourre J.-P., *Le Sang, la Mort et le Diable*, Veyrier, Paris, 1985 ; Fantastique.

Buffières Félix, « Ce tant rude Gévaudan », *Revue du Gévaudan*, Mende, 1985. Un chapitre traite de la Bête. C'est un loup.

Castres D., *La Bête du Gévaudan*, Ecole vétérinaire, Toulouse, 1985. Thèse vétérinaire.

Crouzet Guy, *Quand sonnait le glas*, C.R.D.P., Clermont-Ferrand, 1985. L'auteur a fait l'arbre généalogique de la famille Chastel. Réédité en 1987 et 1992 (Requiem en Gévaudan).

Poujade R., « La Bête du Gévaudan », *Revue du Gévaudan*, Mende, 1985. Excellente (et première) étude sociologique sur le mythe de la Bête. Edité aussi par Cahiers de Craponne en 1986.